英国の贈物

Kawasaki Ryoji

奇良二

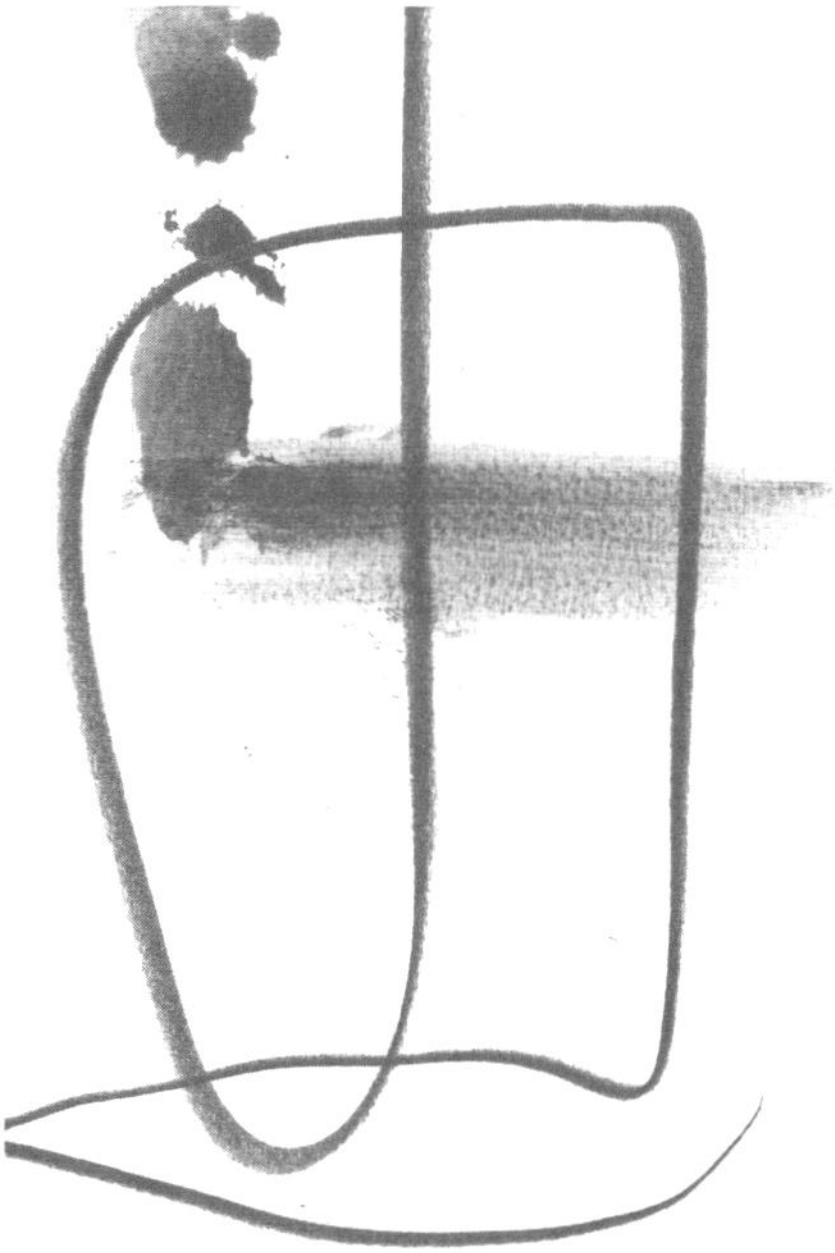

編集工房ノア

英国の贈物　目次

装画　松谷武判
装幀　森本良成

英国の贈物

メアリー・ポピンズの不思議な世界

I

空に虹が見えると
　心が躍る
人生が始まったばかりの頃はそうだった
大人になった今もそうだ
老いてもそうでありたい
　そうでなければ死んだほうがいい！
子どもは大人の父親だ

これからの一日一日が自然への愛に
結ばれることを願っている

これはイギリスの詩人ワーズワースが一八〇二年、三十二歳のときに書いた「虹」という詩である。彼はその数年前、フランス革命の挫折に深い精神的打撃を受け、自然への共感を失っていた。そこから立ち直るまでの日々を彼は一八〇五年に着手した自伝的な詩『序曲』に描いた。この詩「虹」はその三年前に書かれたもので、自然への愛を取り戻そうとする意志がはっきり表れている。「子どもは大人の父親だ」。この子ども時代を重視する思想はイギリス児童文学につながっていく。

「世界の児童文学」という構えの大きな講義を依頼されたのは昨年（一九九九年）のことである。「世界の児童文学」を講じるなどとてもできないので、イギリスに限定して講義をすることにした。それまでイギリス児童文学を系統立てて読んだことがなかったので、多いに勉強になった。

イギリス児童文学は『ハリー・ポッター』の爆発的な人気が示しているように、才能豊かな作家の優れた作品に満ちている。それまで十八世紀のイギリス小説を中心にイギリスのリアリズム小説を読んでいたので、ファンタジーを敬遠していたのだが、授業を担当して初めて、児童文学、とりわけファンタジー作品の面白さと深さを理解することができた。このエッセイは『メアリー・ポピンズ』の魅力を解き明かそうとするものだが、それは『メアリー・ポピンズ』がイギリス児童文学の中で最も謎めいた作品に思えるからだ。傑出した作品、後世の作家に大きな影響を与える作品ではないかもしれない。しかし、イギリス小説を読んできた者として言えることは、大抵の児童文学作品は、創作の過程を作品、作家の経歴、作家の創作に関する言葉などから捉えることができるが、『メアリー・ポピンズ』の場合それが難しい。その理由は明らかで、作者P・L・トラヴァースの言葉を借りれば、「創作していない」からである。トラヴァースは「妖精物語とは、時間と場所のなかに落下してきた神話ともいえるでしょう」（トラヴァース）と言い、神話は「夢みることのなかにある。それらは創られたものではなく、呼び出されたものなのだ」と考えている。夢みられたもの、「呼び出されたもの」であるがゆえに、作品のエピソードは飛躍が大きく、想像力の軌跡を辿ることが困難なのである。なぜそのような方法を使うのか。一体何を書こうとしているのか。このエッセイを通して『メアリー・ポピンズ』の謎に迫ってみよう。

先ず、イギリス児童文学における『メアリー・ポピンズ』の位置についておさらいをしておきたい。

児童文学の源は『動物説話集、寓話集、伝奇物語、歌物語、初等読本、そしてホーンブックやチャップブックの考案』（コット）にあるが、イギリス児童文学の本格的な創作は、ロマン派の詩人による子どもの発見から始まっている。そのことがイギリス児童文学の性格を決定したと言える。たとえばロマン派の特徴と言われている新古典主義の規範への反発、無限定なものへの憧れ、天才の讃美、自然への愛、感情の解放は、児童文学の中では道徳や教訓への批判、自然に対する驚嘆の念、本能的な力の解放として生きている。この、子どもの持つ力、幼年時代の重要性を最も的確に表現したロマン派の詩人はワーズワースであろう。例えば、先に挙げた「虹」という詩は自然に対する驚嘆の念が大人になっても生き続け、喜びを与え続けることを語っている。

しかしワーズワースは理想的な社会に生きていたのではない。彼が生きていたのは産業革命後の合理主義と功利主義に支配された社会であった。利益と効率が重視される社会を子どもの持つ瑞々しい感覚や生きる喜びを基礎とした社会に変革することはできない。ワーズワースは記憶の中の喜びを詠った。ちょうどその頃、つまり十九世紀初めにグリム童話とアンデルセンの童話が紹介された。その影響を受けてジョン・ラスキン、ウィリアム・サッカレーが伝統的な妖精物語に新たな息吹を注ぎ、続いてチャールズ・キングズリー、ルイス・キャロル、ジョージ・マクドナルドが新しい空想の世界を創造した。子どもの置かれた社会を変革することはできないが、彼らを妖精の国、空想の世界に連れて行き、そこで彼らを解放することはできる。イギリス児童文学は、このように功利主義に支配された社会への批判を内に秘めて誕生した。「慰めと批判、それが児童文学の本質らしい」とジョナサン・コットがその著『子どもの本の8人』で書いているのは、まさにイギリス児童文学の本質を言い当てた言葉である。そのことは妖精によらない空想の国を作ったキングズリー、キャロル、マクドナルドの作品にも見ることができる。キングズリーは『水の子』で煙突掃除の子どもを水の底へ、キャロルは少女を『不思議の国』へ、マクドナルドは馬丁の息子を「北風のうしろの国」へ送った。

このようにして生まれ、成長したイギリス児童文学は、やがて二十世紀初めに、非現実世界の住人が現実世界に現れるファンタジーを生んだ。エディス・ネズビットの『砂の妖精』(一九〇二)である。この「ネズビットが先駆者として開発したファンタジーの方法は、以後イギリスのファンタジーの強力な伝統」(猪熊)となる。トラヴァースの『メアリー・ポピンズ』もその一つなのである。ただ、ネズビットの『砂の妖精』と違って、メアリー・ポピンズは魔法の力を保持し、子どもたちを驚異の世界に連れて行く。しかし、第二次世界大戦後、戦争の影響は児童文学にも現れ、例えば人間のエゴとそれを乗り越えるキリスト教的愛を善と悪の戦いとして描いたC・S・ルイスの『ナルニア国ものがたり』(一九五〇—五九)などが書かれる。

では二十一世紀の始まりにあって、現実と非現実を往復するファンタジー『ハリー・ポッター』が世界中で読まれているのはなぜか。「慰めと批判」というイギリス児童文学の本質から言えば、新たな産業革命と思われる情報社会が、第一次産業革命の時代と同様に、合理主義と功利主義に支配された社会であり、自然への驚異や人間の喜びを基礎とした社会ではないという不安の現れだろう。人々はまた、児童文学の空想世界に、新たな驚異、幼年時代の喜びを求め始めているのだ。

『メアリー・ポピンズ』はこのようなイギリス児童文学の流れの中から生まれた。これまでになされてきた主な批評を挙げてみる。

メアリー・ポピンズがそのような驚異のこの現実世界の具現者でありえたのは、非現実世界の驚異の力を信じるトラヴァースが、ネズビットのように現実世界の論理でこの謎の女性を割り切り合理化してしまわず、その神秘性を残しているためである。

トラヴァースは、おもしろくおかしな驚異を子どもに味わわせることにとどまった（後略）。（猪熊）

子どもであったトラヴァースの世界の内面にたちいって考えてみるとき、その世界とは神話、民話をさかいめなしに包みこむ妖精の世界であった、ということができる。そして、その世界を大人になったトラヴァースが確認し、それを再創造すること―「メアリー・ポピンズ」の世界は、その苦しい作業の果てに生まれてきた世界であった。（安藤）

もっと広い意味では、願望と現実、内側と外側、過去と現在を結びつけたいという願いが、六冊の『メアリー・ポピンズ』の、それぞれのテーマの下にある。(Demers)

バンクス氏にも影響しているのだが、もっと大きな規模では、この過去と現在の再統合は、物語の、地上と空、既知の世界と未知の世界を結ぶアーチと対応している。ピクニックから帰る時、子どもたちはなじみの家々と、はるか遠くの銀河を結びつけている鎖を見る。(Demers)

三人の評者とも『メアリー・ポピンズ』の核心に触れている。しかし、第一の批評では、非現実世界の驚異の力を信じるとはどういうことかが問われていない。そのために、「驚異を子どもに味わわせるにとどまった」という批判で終わっている。第二の批評では、具体的に神話、民話、妖精の世界の内実が突き止められていないために、曖昧な感想で締めくくられてしまっている。第三の批評は、トラヴァースの創作方法を言い当てている。しかし、実は、それはトラヴァース自身が講演で語っていることなのだ。

しかし、「ただ結びつけること」という一句こそは、私が引き出そうとしてきたものでした。この銘句で始る『ハワーズ・エンド』(一九一〇)を読んで以来というもの、この言葉は私にとって貴重なものになっていました。全くのところそれは、フォースターのあらゆる作品の主題だといえるのではないでしょうか。激しい懐疑主義と意味を見出そうとする願いとを結びつけること、われわれの周囲に存在する非人間的世界への人間的な鍵を見出すこと、個人を共同体と結びつけること、既知のものと未知のものを結びつけること、過去を現在に、そしてこのふたつを未来と関連づけること。全くそれはすばらしい一句であり、私は今夜の講演のためにそれを利用させてもらうことにしたのです。(トラヴァース)

もちろんパトロシア・デイマーズはトラヴァースの言葉をなぞっているだけではない。しかしデイマーズは神話、妖精物語、創作について作家トラヴァース以上の問題意識をもっていないように思える。それゆえデイマーズの論はトラヴァースの世界の説明に終わっているのだ。

このことは次のジョナサン・コットとトラヴァースの対談と比較すればよくわかる。コット自身が神話、昔話の本質を理解しようとしているために、コットの言葉は作者が十分意識していなかった問題を想起させる。しかも、それが、実はトラヴァースのいう「結びつけること」であることがわかる。

（コット）：マックス・リューティの『昔話の本質』の中に、次のような力強い表現があります。「すべてのものは、他の何ものとも結びつきをもつことができる。これは現実に起こる奇跡であり、同時に、おとぎ話では絶対にそうなるとわかっている結末でもある。……昔話は人間を本質的に孤立した存在と見なす。しかし固い結合の中に編み込まれていないからこそ、拘束されていないからこそ人間は世界中のあらゆるものと関係を結びうるのである。そして昔話の世界には地球だけでなく、全宇宙が属している」（コット）

（トラヴァース）：孤独。そう、たぶんね。孤独しか一体感を生み出せないものね。近すぎるとかえって遠い。（中略）つまり、考えとか人からある距離を置いてみると、ふいに繋がりがもてるものよ。（コット）

（トラヴァース）：家事を引き受けるお手伝いさんたちは、さきほど、あなたが読んでくださったマックス・リューティの文で言われていることと同じ理由で存在しているんです。つまり、宇宙の一部として、そこにいるわけ。それから、メアリー・ポピンズは、本質的にはどの点から見ても召使いであることを忘れてはダメですよ。（コット）

上の文から、コットの引用したリューティの言葉がトラヴァースの記憶、人生観、創作とどのように結びついていくかが見える。全宇宙に存在するものは全て孤独であり、孤独であるがゆえに結びつくのである。これがトラヴァースの言う「結びつく」という言葉の内容である。トラヴァースが創作という言葉を好まないのは当然だろう。

（コット）：「わたしは神話と詩の家のお手伝いにすぎない」というあなたの言葉を思い出します。

（トラヴァース）：ええそうなのよ……というより、そうなりたいといったほうがいいでしょうね。ホメロスにワインの入った杯を捧げたり、パラス・アテーネー（アテネの守護神。知恵、学芸、工芸、戦争の女神）のサンダルを磨いたり、火にかけた鍋の中をかきまぜたり！（コット）

メアリー・ポピンズが召使いであるのもこのような考えから出てきたものだったのだ。しかし、このように考えれば、私たちもまた「結びつけ」ながら生きていることにならないだろうか。トラヴァースは読者からの手紙を引用しながら、私たちもまた結びつけながら生きていることを認めている。「その方の美しい心が、手探りで捜し求めていたものをつかみ、それが、その方にとって真実だと思われる他の何かに、たちどころに結びついていっただけのこと」。（コット）

トラヴァースのいう「結びつけること」とは、このように私たちが強く何かを求めているとき、心の奥で瞬間的に起こる結びつきに近い。しかし、はっきりした違いがあることも確かである。トラヴァースは「新聞をひろげさえすれば、そのなかには神話がひしめいているのが発見できるでしょう。人生そのものが、絶えず神話を再生産しているのです」（トラヴァース）と述べているように、私たちの世界と神話の世界とが結びついていると確信しているのである。もちろんトラヴァースが扱っているのは神話そのものではない。しかし、「妖精物語とは、時間と場所のなかに落下してきた神話ともいえるでしょう」と述べているように、トラヴァースの物語の奥には、宇宙的な広がりをもった神話の世界が広がっているのである。

では、『メアリー・ポピンズ』はどのように「神話と詩の家のお手伝い」によって呼び出され、結びつけられているのだろう。トラヴァースは、「分析すればもとのものは消えてしまい、全体ではなく、部分の寄せ集めにすぎなくなります。全体はけっして見つかりませんよ」(コット)と警告している。私たちとしてはできる限り作者の警告に耳を傾けながら、結びつけられた物語を解きほぐしてみたい。

II

『メアリー・ポピンズ』の中で最も謎に満ちていて、完成度の高さを示しているのは第五章「踊る牝牛」であろう。この章はイマジネーションの飛躍が大きく、読者は読み終わった後、不思議議な高揚感を覚える。しかし、それが何によるのかわからない。それがわかれば、『メアリー・ポピンズ』の謎に迫ることになるだろう。そのためには本当は第一章から順に読んでいくべきなのだが、ここでは助走なしに謎に迫ってみよう。

第五章「踊る牝牛」はマザー・グースの 'Hey diddle diddle' という唄をヒントに作られているように思う。

Hey diddle diddle,　　　　えっさか　ほいさ

The cat and the fiddle,
The cow jumped over the moon ;
The little dog laughed
To see such sport.
And the dish ran away with the spoon.

ねこに　バイオリン
めうしがつきを　とびこえた
こいぬはそれみて　おおわらい
そこでおさらはスプーンといっしょに
おさらばさ　（谷川）

月を飛び越える牝牛という神秘的な非日常世界から皿とスプーンが駆け落ちするという滑稽な非日常世界に至る広がりが画家のインスピレーションに訴えるのだろうか、この唄の挿絵は数多く描かれている（鷲津）。では、イギリス人はこの唄をどのように理解してきたのだろう。谷川訳の解説には、「英語でおそらくいちばん有名なナンセンス唄」と書かれているが、それだけである。挿絵を見ても、画家たちがどのように理解していたかほとんどわからない。しかしトラヴァースは、このナンセンスな世界を現実と牝牛と非日常世界とを結びつけることによって理解しているように思える。「踊る牝牛」の話を追ってみよう。

バンクス家の娘ジェインは耳が痛いのでハンカチで頭をしばって寝ていた。弟のマイケルはジェインのために午後中、窓際に腰掛けて通りで起こったことを話して聞かせていた。すると、通りの向こうから牛が歩いてきた。驚いたマイケルとジェインが興奮してメアリー・ポピンズに知らせると、メアリーは牛を見て、あの牛を知っていると、いつものきつい顔で言った。ずっと昔のことだけれど、母の大の仲良しだったと話し始める。

この牛は赤牛と呼ばれていた、たいへん偉い、物持ちのいい牛だった。緑の生垣と空に囲まれた世界で、赤牛は朝、昼、晩と子牛に勉強を教え、しつけをしながら、いつもと同じ生活をしていた。ところが、ある晩、突然、赤牛は起き上がり、踊りだした。音楽もないのに調子よく、美しく踊った。いや朝になっても踊りを止めることができず、とうとう一週間踊り通した。寝ることも食べることもできず、困ってしまった赤牛は王様のところへ行かなければと草原を出た。行く途中も、宮殿に着いた後もずっと踊り続けた。王様は踊りを止めるように命令したが、赤牛は止められなかった。どんな気分かと尋ねられて、赤牛は答える。

「奇妙な気持です」と、赤牛は言った。「けれど」と、赤牛はだまりこんだ。まるで、何と言おうか迷っているようだった。「どちらかといえば、楽しい気分でもあります。まるで、笑いが、体中をかけまわっている、とでも申しましょうか」

じっと赤牛を見ていた王様は、赤牛の角に落ちた星が突き刺さっているのに気づいた。王様は星を取るように命じたが、廷臣たちが何人も連なって取ろうとしても取れなかった。王様はしばらく考えた後、「月を飛び越すことだ。ききめがあるかもしれん。とにかく、やってみるだけのことはあろう」と言った。慎み深い赤牛は拒否するが、それがお前が求めに来た助言だと言われて、飛ぶ決心をする。王様の合図で、王様の笛に合わせて飛び上がると、赤牛はどんどん空高く飛び上がり、月を飛び越えた。「そして、まぶしい光が後ろへすぎて、首を地面の方へ向けなおしたとき、角の先の星が、取れるのがわかった」。星が落ちていった方向からすばらしい音色の音楽が聞こえてきて、それが空一面に響いているようだった。次の瞬間、赤牛は地面に着いた。そこは元の野原だった。赤牛は元の野原に帰ってきたのだった。

この話を読んだ読者の心の中には、赤牛の角から取れた星と、空に響き渡る美しい音色が鮮やかに残っているだろう。その上、赤牛と同様に、満ち足りた思いが体中にみなぎっているだろう。しかし、それが何によるのかわからない。あるいは、イマジネーションの飛躍が大きいためについていくことができず、子どもじみた話だと考える人もいるだろう。しかし、話はここで終わってはいない。トラヴァースは、この赤牛を再びマイケルの見た牛と、つまりは私たちの世界と「結びつける」のだ。

子牛のところに戻った赤牛は、昔の静かな生活に満足していた。しかし、しばらくすると、落ち着かなくなっていた。「赤牛は、踊ることと、あの星のおかげで味わった楽しい気分に、すっかり親しんでしまっていたので、もう一度、ホーンパイプ踊りをして、角に星をつけたくなってきたのだ」。赤牛はいらいらするようになり、食欲もなくなり、メアリー・ポピンズの母親のところに助言を求めに行った。すると、メアリーの母親は、野原にまた星が落ちるのを待っているわけにはいかないだろうから、探しに行ったらどうかと勧めた。それで、赤牛は野原を出て、マイケルが見たように、桜町通りにやってきたのだ。

赤牛は踊ることによって生じる陽気さ、楽しさを知った。赤牛は、もう一度その喜びを味わおうと、星を探しまわっている。この時、もはや誰も赤牛を牛だとは思わない。なぜなら、赤牛は私たちそのものだからである。喜びを求めて赤牛が野原を出た時、赤牛は私たちの心の中で牛ではなくなり、私たちそのものになっているのだ。

赤牛は「時間と場所の中に落下してきた神話」なのである。そこでは私たちも赤牛も、犬も、皿やスプーンも同じ命を与えられ、同じように行動しているのだ。これがトラヴァースが理解したマザー・グースの「えっさかほいさ」であろう。「新聞をひろげさえすれば、そのなかには神話がひしめいているのが発見できるでしょう」とトラヴァースが言うように、現実の中に非現実、神話は生きているのだ。

トラヴァースが結びつけた「踊る牝牛」をこのように読み取ったのだが、作者トラヴァースは「踊る牝牛」をエジプトの神話と結びつけている。

エジプトでは、空は常に牝牛だと考えられていました。牝牛の体が地球の上をまるくおおい、四本の足が、地上にしっかと立っていたのです。またしてもこのふたつの間に関係を見出しているのはこの私であって、歌の作り手ではありません。（トラヴァース）

星座に名をつけた人々は空にさまざまな動物の姿を想像した。トラヴァースの見方はそのような古代人の見方に近い。しかし、私たちには、「踊る牝牛」と空である牝牛とを結びつけることができないし、牝牛が空であることの意味が理解できない。私たちは『メアリー・ポピンズ』を間違って解釈してしまったのだろうか。それとも、よく言われるように、作者が必ずしも作品を最もよく理解しているわけではない、ということだろうか。第一章に戻って、何が、どのように書かれているのかをみてみよう。

III

第一章「東風」で、メアリー・ポピンズは風に運ばれるようにして桜町通り十七番地にやってきて、手すりを滑り上がり、空っぽのはずの絨毯でできたバッグからエプロンやせっけん、歯ブラシなどを取り出す。ここでは、メアリー・ポピンズがバンクス夫人の背後で手すりを滑り上がり、ジェインとマイケルが見た空っぽのバッグから色々なものを取り出すところが重要なのだ。

つまりメアリー・ポピンズの謎は大人の背後で起こる。つまり召使いを雇うのに紹介状が必要だというバンクス夫人のような大人はメアリー・ポピンズの謎の一部さえ見ることができないのだ。彼らは批判的に扱われていると言っていいだろう。では子どもはどうだろう。確かにジェインとマイケルはメアリー・ポピンズが手すりを滑り上がるのを見た。しかし彼らはバッグの中に何も見ることができなかった。つまりジェインやマイケルの年代の子どもにはメアリー・ポピンズの魔法の一部は見えるが、見えない部分も多いのだ。

第二章「外出日」ではメアリー・ポピンズはマッチ売りのバートと一緒に彼の描いた絵の中に入っていき、午後のお茶を楽しむ。そこでは、絵に描かれていなかった給仕人が、木のかげにおりました、と言って出てきたり、やはり絵になかったメリーゴウラウンドが絵の奥の方にあったりする。やがてメアリーとバートは絵の世界から出てくる。二人は振り返るが、給仕人もメリーゴウラウンドも消えていた。しかし、メアリー・ポピンズとマッチ売りは、顔を見合わせて、ほほえむのだ。なぜなら、「二人は、木の後ろに何があるか知っていた。そうでしょう……」。この文章のうち、二人が木の後ろに何があるか知っていたというのは物語の説明である。しかし、次の「そうでしょう」という言葉は読者に向かって書かれている。そうです、と答えられない読者は『メアリー・ポピンズ』の世界には入れないのだ。大人の読者だから入れないのではない。そのことはエピソードの続きに書かれている。外出から戻ったメアリー・ポピンズはジェインとマイケルに尋ねられ、「おとぎの国」へ行っていたと答える。子どもたちは、シンデレラにもロビンソン・クルーソーにも会わなかったのなら、それは「おとぎの国」ではないと言う。するとメアリー・ポピンズは「誰だって、自分だけのおとぎの国があるのですよ！」と答える。これを先の読者への呼びかけと「結びつける」と、ここでメアリー・ポピンズは読者に、心の中におとぎの国があるでしょう、と呼びかけていることに気づく。自分の心の中におとぎの国がある、つまり幼年時代の自分がいると信じる読者。『メアリー・ポピンズ』を読むとは、そのような読者になるということなのだ。

第三章「笑いガス」では、メアリー・ポピンズはジェイン、マイケルと一緒におじウイッグさんを訪ねる。ところがその日はおじさんの誕生日だった。おじさんは特別な日に笑ったために体に一杯笑いガスがたまり、宙に浮いてしまっていた。しかも、笑いガスは伝染する。ジェインとマイケルは笑いだし、空中に浮いてしまう。ここでは笑いガスは陽気さ、明るさ、子どもらしさと関わっている。家主のミス・パーシモンが空中に座っているウイッグさんたちを見て驚くのは、それが魔法だからではなく、「分別のある」人間のすることではないからだ。分別のある人間、「結びつける」のではなく、ものを別々に分けていく人は笑いを殺してしまう。なぜなら笑いは思いもよらない結びつきから生じるからである。笑うことは第三章の「心の中のおとぎの国」と繋がっている。そのことはマイケルが笑いだした時のジェインの描写を見れば明らかである。

ジェインは返事をしなかった。何か不思議なことが、ジェインに起こりかけていた。笑っているうちに、ポンプで空気を一杯つめこまれたように、だんだん、体が軽くなるような気がしてきたのだ。それは、不思議な、そして、とても楽しい気分だったので、ますます笑いたくなってきた。すると突然、ひと飛び、はずんで、体が急に空中に飛び上がっていくのがわかった。

これは誰もが経験したことのある笑いの瞬間を描いたものである。笑いが生まれるとき、心は暖かくなり、軽くなり、まるで空に飛び上がるように弾む。ジェインの経験は私たちの経験なのだ。しかし、家主のミス・パーシモンのように分別によって行動する大人にとって、それはしてはいけない、子どもっぽいことなのだ。ウイッグおじさんとミス・パーシモンの二人はそれぞれ子どもの世界と大人の世界を表しているのである。

第四章「ラークおばさんの犬」は、犬の心を考えないで、一方的に愛情を注ぐことが愛情だと思っているラークおばさんの話である。ただそれだけの話だが、ここでも第三章の二つの世界の対立が基底にある。この章ではメアリー・ポピンズがウイッグおじさんの世界を、ラークおばさんがミス・パーシモンの世界を表している。ここで読者はメアリー・ポピンズが犬と話ができることを知る。メアリーは犬の気持ちを知ることができるので、ラークおばさんの気持ちと犬のアンドリューの気持ちとを結びつけることができる。しかし大人の分別をもっているラークおばさんはアンドリューの気持ちを知ることが必要だとは考えないのである。

このように第三章、第四章で分別を超えた世界の豊かさを描き、またメアリーが動物と話ができるというエピソードを受けて、先に見た第五章が書かれるのである。マイケルの前に現れた雌牛はマザー・グースの伝承世界から、あるいは神話の世界からやってきたのである。メアリー・ポピンズのいる世界では、人も動物も、皿やスプーンも同じ命を与えられているのだ。

このように、『メアリー・ポピンズ』は単なるエピソードの寄せ集めではなく、読者を徐々に世界の神秘の奥深くへ導くように構成されていることがわかる。私たちの解釈は間違ってはいない。もちろん、作者トラヴァースのように、雌牛をエジプトの神話と結びつけることもできるだろう。しかし、その結びつきだけが唯一のものではなく、解釈は開かれているのだ。

では、皿やスプーンが人や動物と同じ命を与えられているというのが作者が書こうとしていることなのだろうか。その答を第五章以降、とりわけ「踊る牝牛」に近い問題を扱っている第九章と第十章にみよう。

第九章「ジョンとバーバラの物語」は、歯が生える前には、木や日の光と話すことができた双子ジョンとバーバラが、誕生日を迎え、歯が生えたとき、そのことをすっかり忘れてしまう話である。歯が生える前、ジョンとバーバラは日の光とムクドリ、そしてメアリー・ポピンズと話をしている。姉のジョインや兄のマイケルには風の言葉やムクドリの言葉がわからないことを不思議だと言う。メアリーとムクドリは、ジェインたちも以前はわかったが、大きくなると忘れるのだ、ジョンたちも忘れてしまうのだ、と言う。ジョンとバーバラは、決して忘れないと、激しく泣いて抗議する。この場面は詩的で、私たちに人間という存在の根源的な在りようを考えさせる。

日の光は長い金色の光を引きながら、部屋の中を動いていった。外では、軽い風が立ちだして、優しく、通りの桜の木にささやきかけていた。

「ほら、ほら、風が話してる」と、ジョンが耳を傾けて言った。「ほんとに、ぼくらももっと大きくなったら、あれが聞こえなくなるの、メアリー・ポピンズ?」

「大丈夫。聞こえるわよ」と、メアリー・ポピンズが言った。「ただ、意味がわからなくなるのよ」
それを聞くと、バーバラは静かに泣きだした。ジョンも、目に涙をうかべていた。「でも、どうしようもないのよ。そういうものなんだから」と、メアリー・ポピンズは分別のあることを言った。

ムクドリが飛んでいって間もなく、双子に歯が生えた。双子の誕生日の翌日、ボーンマスまで休暇に行っていたムクドリが帰ってきて、双子に話しかけた。しかし、二人にはもうムクドリの言葉の意味がわからなくなっていた。話し相手を失ったムクドリはがっかりした様子で二人を見ていた。

この話は第一章で、ジェインとマイケルはメアリーが手すりを滑り上がるのを見たが、メアリーのバッグの中に何も見ることができなかったことと繋がっている。つまり、ある年齢を過ぎて、知識を獲得し始めると、何かを失っていくという考えが『メアリー・ポピンズ』にあるのだ。ここでは満一歳を過ぎると、風やムクドリなどのような自然のものの言葉の意味がわからなくなるのだ。それが知識の木の実や楽園喪失に結びついているのか、それとももっと古い神話につながっているのかはわからない。とにかく、作者は満一歳未満の子どもは、自然と話す力を持っていると考えている。このことは、人も動物も木も同じ命を与えられているという作者の考えから来ている。

このことをさらに突き詰めて描いているのが第十章「満月」である。ここでジェインとマイケルが経験することが、夢の中のことか現実のことかが曖昧にされているが、作者が言おうとしていることははっきりしている。真夜中に訪れた動物園では人間が檻の中に入れられ、動物が外を自由に歩いていた。その日はメアリー・ポピンズの誕生日で、動物たちがお祝いに集まっていた。動物の世界の王であるキング・コブラが従兄妹よ、とメアリー・ポピンズに呼びかける。二人は母方の従兄妹なのだ。キング・コブラは、普段は弱肉強食の動物たちがなぜ今夜は仲良くしているのかというジェインの問に、今日は特別の日なのだと言い、次のように続ける。

食べることも、食べられることも、結局、同じことかもしれない。私の分別では、そのように思われる。私たちは、全て、同じもので作られている。いいかな。私たちはジャングルで出来ており、君たちは町で出来ている。同じ物質が、私たちを作りあげている—頭の上の木も、足の下の石も、鳥も、けものも、星も、私たちはみんな、変わりはない。全て、同じところに向かって動いている。私の子よ、私のことを忘れてしまうことがあっても、このことだけは覚えておくがよい。

『メアリー・ポピンズ』を支えている世界観は森羅万象に生命を見る東洋的な考えに近い。作者トラヴァースは、実際、禅に強い関心を持ち、江戸時代の禅宗の僧白隠の書を居間に飾っていた。Feenie Zinerもエッセイ「禅僧としてのメアリー・ポピンズ」で、トラヴァースが禅の師から、「『メアリー・ポピンズ』には禅が一杯詰まっている。禅の物語の一つ一つに全て秘密がある」と言われたと書いている(論文集*A Lovely Oracle*)。しかし、作者の世界観を東洋的なものに限る必要はない。キリスト教以前の西洋の宗教、例えばケルトのドルイド教はあらゆる草木が霊魂を宿すとするアニミズムである。しかもトラバースは、ケルトの文化に熱中していたイギリス人の父とスコットランド人の母の間に生まれた。もちろん、作者の世界観をケルトに限る必要もない。作者トラヴァースによれば、第十章「満月」を書いていたとき、考えていたのはグノーシス派のヨハネ行伝による「イエスの輪舞」だったと言う。

そう、それを書いていたとき「十字架の輪舞」の一節を考えていたわね。「私は注ぎかける」、ひとりが言うと、もうひとりが「わたしは注がれる」。それがわたしの人生に処する態度ですよ、注がれればわたしは幸せ。注ぎかけるぶどう酒びんとなるのもまた幸せ。命の水は洗礼を授け、渇きをいやし、嬰児と死者を洗う。わたしはあらゆる意味に使っています。

注ぎかける男、注がれる女、陽と陰といった相互関係です。（コット）

陰と陽の相互関係によって世界が成り立っているという考えを、私たちは抵抗なく受け入れることができる。しかし「食べることも、食べられることも、結局、同じことかもしれない」という考えを受け入れることは難しい。それは私たちが自分より弱いものを食べて生きてきたからであり、それが逆転することなど認められないからである。ただ、そこには人間の生に伴う根源的な罪が付きまとう。この問題は日本人にはキリスト教のヨハネ伝よりも、むしろ法華経の教えと結びついた宮沢賢治の童話「よだかの星」を思い出させる。もちろんメアリー・ポピンズはよだかのように悲壮ではない。『メアリー・ポピンズ』では、メアリーの誕生日という特別な日に、全ての生き物が「くさり輪おどり」を踊ることによって結びつき、共存する理想的な時間が描かれている。食べるものと食べられるものが結び合い、一体化することによって、食う／食われる敵対関係を乗り越えるのだ。

このように見ると、『メアリー・ポピンズ』は、単に「おもしろくおかしな驚異を子どもに味わわせるにとどまった」ものでないことがわかるだろう。さらに言えば、『メアリー・ポピンズ』には恐ろしい問が隠されている。私たちは『メアリー・ポピンズ』を分別を振りかざす大人の入れない世界、子どもの心を持った人たちの世界として考えてきた。しかし第十章「満月」で、動物園の檻に入れられて「くさり輪おどり」に加わることができないのは、大人だけではないのだ。「別の檻には、産着を着た赤ん坊から、もっと大きなものまで、ありとあらゆる姿と背格好の子どもがうようよしていた」とあるように、子どもも赤ん坊も檻に入れられているのだ。とするなら、一体誰が『メアリー・ポピンズ』の世界に、「くさり輪おどり」の輪に入ることができるのだろう。

『メアリー・ポピンズ』は笑い、陽気さ、喜びの世界であるが、その裏には人間に対する批判や問が秘められているのである。

ハーンと息子の英語の授業

詩人杉山平一先生のエッセイ集『窓開けて』（二〇〇二年）に「目の民族」がある。短いものだが、西洋人と日本人の本質的な違いを鋭く突いたエッセイで、忘れがたい。

一般には、虫の音を日本人は快い音楽のように感じることができるが、西洋人は騒音として感じると言われている。しかし、どうもそれは過去のことのように思える。最近の日本人が音に無頓着なことは、電車の駅や車内の大きなアナウンスや、携帯電話のおしゃべりを考えてみれば一目瞭然である。いや、この一目瞭然という言葉そのものが日本人が目の民族であることを物語っている。

杉山先生のエッセイ「目の民族」はアインシュタインの「死ぬということは、モーツァルトがきけなくなるということだ」という言葉で始まる。続いて、目と耳のどちらかを取り上げられるとすれば、どちらを選ぶかという問に、目は失っても耳だけは残してほしいと答えたヴァレリーの話が紹介される。『窓開けて』の他のエッセイに、ジャン・コクトーの有名な詩、「私の耳は貝の殻／海のひゞきをなつかしむ」が紹介されているが、これも耳の民族の例だろう。

エッセイ「目の民族」を読む度に考えてしまうのは、次の指摘である。「つまり我々は表意文字によって育っており、意味の多くは目によって伝えられている。我々が、発音によって成り立っている外国言語の習得が不得手なのも、耳できいたものを頭の中で片仮名や文字などヴィジュアルなものにしてしまうからである。従って目で読む能力は抜群に秀れている」

これは他人事ではない。もしこの考えが正しいとしたら、私自身を含め日本人が膨大な時間を英語の勉強に費やしながら、それに見合った会話力がついていないのは、実は日本人が目の民族であり、耳の民族でないためなのだ。この指摘は外国語学習において十分に考慮されねばならないだろう。

今年（二〇〇三年）の秋、この指摘を裏付ける例に出会った。ラフカディオ・ハーンである。ハーンは長男一雄に英語を教えていたが、英字新聞に墨で書いたものを練習帳にしていた。それが小泉八雲の研究会である八雲会から『小泉八雲父子英語練習帳―幼児の英語教育のために―』として平成二年（一九九〇年）に出版されていた。序文によると、この練習帳に最初に目をつけたのは英語学者市河三喜であった。昭和七年に市河博士は松江の市役所内で、昼食を取る時間も惜しんで、一枚一枚英字新聞から転写されたのだという。練習帳の話を知って、九月の初め、松江に行き、八雲記念館で練習帳と、ハーンの妻セツと長男一雄による回想記『小泉八雲』を買った。そこにはハーン父子の英語の授業だけでなく、西洋人ハーンの音に対する鋭い感覚の例が多く書かれていた。先ず、ハーン自身のことを書いてみたい。

妻セツによる「思い出の記」に、「ヘルンの好きな物をくりかえし列べて申しますと、西、夕焼け、夏、海、遊泳、芭蕉、杉、寂しい墓地、虫、怪談、浦島、蓬萊などでございます」とある。夕焼けが好きなのは目の民族と言われそうだが、ハーンは単に夕焼けを見ていたのではない。一雄が、「特に極楽浄土のありという西方に茜さす日没の美を称えることは実に仰山なものでした」と書いているように、ハーンは夕焼けにこの世を超えた世界を見ていたのだ。寂しい墓地、怪談、浦島、蓬萊が好きだったというのも、このようなハーンの心性を考えれば自然なことに思える。ハーンはいわば心の目で見ていたのである。

セツは先の文の最後に次のように書いている。「まず書斎で浴衣を着て、静かに蟬の声を聞いていることなどは、楽しみの一つでございました」。虫の声や鳥の鳴き声を楽しむハーンの姿は他にもあちこちに描かれている。松江にいた頃、現在旧邸として残っている家の庭を歩くのが好きだったハーンは、山鳩の鳴き声が聞こえると妻を呼んだ。「『あの声聞こえますか。面白いですね』自分でもテテポッポ、カカポッポと真似して、これでよいかなどと申しました」

明治三十五年（一九〇二年）三月十九日にハーンは東京、西大久保に引っ越した。ハーンは家の後ろに竹藪があるのが大いに気にいった。移った最初の日には、鶯がしきりに囀っていた。セツの文には、「『如何に面白いと楽しいですね』と喜びました」とある。『怪談』の中の「耳なし芳一」を書いていた頃には、この竹藪の音が雰囲気を作るのに大いに役立ったようで、セツは次のように書いている。

書斎の竹藪で、夜、笹の葉ずれがサラサラといたしますと「あれ、平家が亡びていきます」とか、風の音を聞いて「壇ノ浦の波の音です」と真面目に耳をすましていました。

これらの例からわかるように、音はハーンの記憶の中の、様々な心象を呼び起こすのである。先に引いたヴァレリーの言葉の後に、杉山先生は次のように書いておられる。「たしかに、人間存在の中心は心や精神であるとすると、そこに達する音楽や声がなくなると人間でなくなってしまうと感ずるのであろう」。ハーンもまた、音が心や精神と結びついている典型的な例であろう。

では、このような耳の民族はどのようにして育つのだろう。ハーンと長男一雄の英語の授業を見てみよう。先に述べた『小泉八雲父子英語練習帳』を見ると、最初の授業は明治三十一年(一八九八年)九月二日(金)である(一雄は明治三十年としている)。

PLA/PRA/BABA/BEB/BIB/BOB/BUB/BYB

AB/EB/IB/OB/UB

基本的な子音と母音AEIOUの発音から始まって、この日の最後はもう文章である。THE CAT EATS A RAT. 翌日の九月三日も子音と母音で始まり、最後はbox、nice、whose、yours、this is your .... と文章の練習になっている。

さすがに速度が速すぎると思ったのか、あるいは一雄がついていけなかったのか、同じような練習が十月二十七日頃まで続き、十月二十八日から数字、十一月二日からは文章である。SNOW is WHITE. BLOOD is RED. など。しかし、二ケ月間の基本的な練習のほとんどは子音と母音の練習で、徹底的な音の訓練である。

DEW/FEW/HEW/JEW/LEW/MEW/NEW/PEW（九月五日）

abe/babe/cabe/dabe/fabe/gabe（十月二十五日）

これらの中には英語にない文字の組み合わせもある。英語の単語であるかどうかを無視して、あえて音の訓練をさせているのである。上の例を見ればわかるように、これは明らかに同じ音の繰り返しの練習である。同音の繰り返しは、例えば谷川俊太郎の詩の「かっぱらっぱかっぱらった」のように、口に出すだけで面白い。しかも、同音の繰り返しはいわゆる脚韻という英詩の韻律の基本である。音に敏感であったハーンはときどき同音の繰り返し練習をさせているように見える。

I HAVE A CAT. / I HAVE A BAT. / I HAVE A HAT.（十一月四日）

MY little SON. / THE SUN（十一月二十二日）

このような基本的な単語と文章の発音の練習を半年近くした後、五週間ほどかけて六頁にわたる昔話「赤頭巾」が始まる。過去形や不定詞などがよく出てくる文で、半年の練習後に読むものとしては難しい英語である。おそらくこれを一ケ月以上にわたって暗唱させたのだろう。三月六日には同等比較、三月二十九日には比較級、六月十三日には関係代名詞、七月二十五日には完了形と、かなり速い速度で英語の文法の基本がたたき込まれている。しかし、基本方針は完全な暗唱である。

長男一雄はこの授業をどのように受け入れたのだろう。幸い、一雄は「私への授業」と題するエッセイを残している。授業の雰囲気が出ている箇所を引用してみよう。

父は私に英語を教え始めてから後は、父か私か何方かが病気の場合の外はほとんど休みませんでした。それもちょっとした鼻風邪や下痢くらいだったら矢張り休まぬのです。正月だろうと盆だろうと日曜だろうと祭日だろうと決して休みませんでした。そして「速く学ぶ下され、時待つないです。パパの命待つないです」と毎度申しました。

読書中誤った発音をしたり、忘れている箇所が多かったり、へマな訳ばかりすると父は癇癪を起こして「何んぼ駄目の子供！」と怒鳴りますが、もうこの「駄目の子供」が始まる頃には、私は横面を平手で二ツや三ツはピシャーリと張られているのです。

教材はマザーグース、おとぎ話、不思議な物語など子供用の本から適当なものを選んで、新聞紙に墨で書いて使っていた。しかし、一雄がむしろ詩の方が向いていると気づいてからは、詩を多く読ませている。七、八歳から十一、十二歳までの間にシェイクスピア、ワーズワース、テニスンなどの詩を実に六十八篇、その他にも詞華集を十冊近くも読ませている。もちろん、ただ読ませているだけでなく、ほとんど暗記させている。それは次のような一雄の思い出からわかる。

あるとき、アメリカの詩人ロングフェローのノルウェーの王である「オラフ王の物語」中の「トール神の挑戦」を読んだとき、気に入った一雄は、'I am the God Thor,' と、トール神になりきって、物置や台所に置いてある金槌や玄翁などを竹垣や板塀に投げつけ、'This is my hammer.' と叫んでいた。母親からは大目玉を食らったが、これを聞いたハーンは家中に響くような声で笑っただけで怒らなかった。ただ、「トールの神様美術的の垣根毀しません。大きいの山です。あの山の崖に投げるよろしいです」と言って、一雄の頬に接吻した。一雄が難しい英語の詩を完全に覚えていただけでなく、まさに詩の中のトール神になりきっているのを知って喜んだのである。英語の授業の成果であった。

もちろん、これだけで耳の民族が育つわけではないが、詩の暗唱を通して精神的世界とリズムを教え込むのが、耳の民族の教育の基本なのだ。このことは英文学者ピーター・ミルワードが自らの幼年時代の、童話との関わりを描いた『童話の国イギリス』の第一章「マザーグース」を見ればよくわかる。イギリスの子どもはお母さんと一緒に、あるいは兄弟や友だちと一緒にマザーグースを口ずさみながら育つのだ。一人異国で子どもの教育を始めたハーンは、幼年時代を過ごしたアイルランドの環境を家庭の中で作ろうとしていたのだ。

もちろん、これは単に英語の教育だけに言えることではない。ハーンは日本の歌も好んで歌った。セツの思い出の記には次のような思い出が書かれている。

日本のお伽噺のうちでは『浦島太郎』が一番好きでございました。ただ浦島という名を聞いただけでも「ああ、浦島」と申して喜んでいました。よく廊下の端近くへ出まして「春の日の霞める空に、すみの江の……」と節をつけて面白そうに毎度歌いました。よく暗唱していました。それを聞いて私も諳んずるようになりましたほどでございます。

つまり、毎日の生活の中に、耳の民族が育つ可能性があるのだ。日本人も以前は意味などわからないまま美しい響きの文語の歌を歌っていた。あるいは、その頃の方が、日本人の語学力は、今より優っていたかもしれない。

漱石とデフォー
──『ロビンソン・クルーソー』を読み直す

序

一七一九年、それまでジャーナリストとして当時の政治に深く関わっていたダニエル・デフォーは、五十九歳のときに、アレグザンダー・セルカークなどの漂流の記事に刺激されて『ロビンソン・クルーソーの生涯と冒険』（以下『ロビンソン・クルーソー』と記す）を出版する。それは海外貿易によって富を築き始めていた中産階級、信仰から見れば主にピューリタンであった人々が求めていた新しい読み物であった。詩やロマンスなど、それまでの貴族階級の文学伝統に与えることのできなかった商人たちはそれを実話として、彼らピューリタンの生き方を表現したものとして歓迎した。もちろん、『ロビンソン・クルーソー』は実話ではない。十八世紀初頭から始まる初期のイギリス小説の一つである。私もロマンス、霊的自伝から小説へと移行する時期の重要な作品として拙著『語りから見たイギリス小説の始まり』で取り上げたが、現在でも多くの研究書が書かれている。しかしその研究には、私の論も含めて、一つの特徴があるように思う。それは一つの視点から論じているが、それには全く反対の視点から論じた研究があるということである。一九九一年に出されたManuel Shonhornの『デフォーと政治』もその一つである。

ションホーンは、デフォーは名誉革命によってイギリスの国王となったオレンジ公ウィリアムに絶対君主、征服者としての力による政治を期待したのであり、それが『ロビンソン・クルーソー』の中では、後半のフライデイやスペイン人を家来とし、島の王として君臨するエピソードに現れているという。この論はデフォーを当時の思想家ジョン・ロックの考えに近い近代的な考えの持主として考えてきた、それまでのデフォー観、クルーソー観とは全く正反対の見方であった。結論を言えば、ションホーンの見方は間違ってはいない。しかし、それは『ロビンソン・クルーソー』の後半のエピソードにおいてのみ正しい、と言わざるをえない。前半のエピソードにおいては、クルーソーは絶対君主とは無縁である。

『ロビンソン・クルーソー』の批評の多くがションホーンの論のように、作品のある一部の解釈に留まっている。クルーソーを近代的経済人の原型とする解釈は島を開拓していく前半のエピソードに基づいている。根拠のない不安に駆り立てられて、無目的に行動する現代人の原型という解釈は、主に洞窟が一杯になるのもかまわず難破船から物を持ち帰るエピソードや、島に人間の足跡を見つけ、誰かわからぬ者に襲われる恐怖を断ち切るために住処のまわりに二重の塀を築き、さらに二万本もの杭を打つエピソードに基づいている。

もちろん、『ロビンソン・クルーソー』の全体を論じようとする試みがなかったわけではない。それは、この作品の背景ともいうべきピューリタンの日記や自伝のパターンから論じたものであった。つまり父親への反抗→その罰としての嵐や孤島への漂着→信仰への目覚めによる解放→フライデイを改宗させるところに現れている信仰を確かなものにする行為→イギリスへ帰国するまでの苦難と神の恵。たしかにこの解釈は『ロビンソン・クルーソー』の全体を解釈しえている。しかしこの解釈の問題点は読書体験と隔たっているところにある。後半のエピソードでは、先に述べたションホーンの解釈のように、クルーソーは島の王として君臨しているのであり、フライデイに改宗をうながすのも征服者の行為と考える方が自然である。蛮人と彼が呼ぶ原住民との戦いや、反乱を起こしたイギリス船の船員との戦い、スペインの山越えで出会う熊やオオカミとの戦いにおいても、そこに神による救済を読み取ることは難しい。

では、なぜこのように作品の一部だけが論じられるのだろう。それは『ロビンソン・クルーソー』がほとんどエピソードの羅列であるために、それら全体を捉える視点を見いだせないからである。この全体の構成という問題についてデフォー研究者は次のように考えている。

A. W. Secord は『ロビンソン・クルーソー』はプロットと言えるものがないと言う。Michael M. Boardman は『ロビンソン・クルーソー』は形式から見ても道徳から見ても無定形であると言う。J. Donald Crowley もほぼ同じ考えで、章分けがないことも漫然と続いているという印象を与えると言う。

このように『ロビンソン・クルーソー』はエピソードの羅列であるという批評が定着していると言える。しかし一つの作品として書かれたのである以上、エピソードの間に何らかのつながりがあると考えるのが自然である。つながりが見いだせないということが、作品をトータルに捉える視点が存在しないということにはならない。問題は『ロビンソン・クルーソー』をトータルなものとして捉える視点が未だに見出されていないということではないか。それを見出すためには、大雑把な、非学問的な言い方だが、西洋的な分析的方法ではなく、東洋的な、総合的な物の見方が必要なのではないか。

このように問題を設定すれば、漱石を取り上げることになるのは自然なことである。周知のとおり漱石は『文学論』の「序」で、「吾等ハタダ西洋ノ批評家ノ云フ事ヲ真ニウケテ之ヲ受売シテ得々タルベキカ、若クハ日本人ハ日本人ノ見地ニテ西洋人ノ文学ヲ批評スベキカ又ハ批評スベキ権能ナシトスレバ其理由ハ如何」と述べているように、この問題に真剣に取り組んだ研究者でもあったからである。もちろん漱石の見方は、デフォー研究者から見れば、独りよがりな一作家の見方と言わざるをえない点が多いが、研究者の見落としがちな、作品全体の意味をとらえるための方法を含んでいる。もっとも、それはコロンブスの卵のように、わかってしまえば大げさに方法と言うのをはばかるような見方であるが。

その方法を検討する前に先ず、漱石がデフォーをどのように評価していたのかを見ておこう。

I

夏目漱石（正確に言うなら、夏目金之助というべきだが、この論では漱石と金之助との関わりを問題にしていないので、一般に行われているように漱石というペンネイムで通すことにする）は『文学評論』（一九〇九年、明治四十二年）の中で次のようにデフォーの小説を非常に厳しく批判している。

「（デフォーの小説は）労働小説である。どのページを開けても汗の臭いがする。しかも紋切り形に道徳的である。デフォーの小説はある意味において無理想現実主義の十八世紀を最下等の側面より代表するものである」

デフォーの作品が道徳的であることは認めるとして、漱石の言う労働小説とは一体どのような小説だろう。どの頁を開けても汗の臭いがするとは、どのような場面なのだろう。漱石はそれを次のように言い換えていると見ていいだろう。

「デフォーは人間を時計の機関のごとく心得て、この機関の運転をまったく無神経なる、かつ獣的に無感覚なる筆をもって無遠慮に写してゆく」

「ロビンソン・クルーソーのごときは山羊を食うことや、椅子を作ることばかり考えている。まったくの実用的器械である。このクルーソーを作ったデフォーもやはり実用的器械である」

「クルーソーは単に自然と相撲を取っている。そうして着々進行する。しかし石地蔵と相撲を取って番数もだんだん進みましたというようなものである。どこでいい加減にやめてもさして統一を傷つけない。だから加速度の興味がない」

漱石の批判は大きく分けて三つある。一つは、デフォーは人間を機械のように見ている。二つ目は、彼の小説の人物はいかに生活していくかしか考えていない。三つ目は、作者デフォーは時計の歯車のような人間の動きをただ写しているだけだ。これが漱石の言う労働小説ということの内容であろう。文学の根幹に感覚や心理、印象、意識を置く漱石の文学観から見れば、デフォーの小説はあまりにも単純に見えた。そのことが、知的に劣った十八世紀イギリスの産物、知識人が読むに値しない労働者の読み物だ、という偏見に近い批判になっていくのである。

私はデフォーの作品をそれほど単純なものとは思っていないが、漱石には単純に見えた。漱石、正確には夏目金之助、はこのデフォー論を最後に教壇を去り、小説家として立つことになる。おそらく、このデフォー論はそのような漱石の、小説家としての自負が言わせた言葉であろう。矢本貞幹氏はその著『夏目漱石―その英文学的側面―』の中で「これをデフォー批評と見るならば、デフォーには大変気の毒であるが、漱石の創作論とすればかえって興味が沸いてくる。漱石は自分の小説論だけによってデフォーを裁断したからである」と述べておられるが、まさにその通りであると思う。たとえば、次の引用に漱石の小説観がはっきりと現れている。

クルーソーが漂着以後仕遂げた事業は家を作るに始まって畠を耕やすに至ってたくさんある。けれどもこれを類別すると簡単から複雑に、直接から間接に移るという普遍的な階段になるばかりである。だから衣食住に必要な手段を器械的に取っているだけで、内より動く性格の事件が階段を形作って漸移の興味と漸移に伴う変化の興味を与えない。

「内より動く性格の事件が階段を形作って漸移の興味と漸移に伴う変化の興味を与え」る小説こそ統一があり、加速度的に興味が増していくのだ、という考えである。それは別のところで「有機的の統一」と言い換えられていることと同じである。漱石はこの小説観に基づいて、デフォーの作品を批判しているのである。

有機的の統一は器械的の統一と同じく部分と部分の関係から成立する。ただ有機的であり得るためには、部分と部分が作者の命令によって関係していてはならぬ。自己の本性によって連動しなければならぬ（作者が大事件の推移を写すに偶然を嫌うはこの嫌いを避くるがためである。）部分と部分が自己の本性によって連結する以上は、両者の関係は心理上の因果によって縦に推移しもしくは横に展開しなければならぬ。心理上の因果によって推移しもしくは展開する統一は、統一のための統一ならずして、発展のための統一とも見る事が出来る。

つまり漱石のデフォー批判はデフォーの作品が有機的統一を持っていないということにある。これが漱石の『ロビンソン・クルーソー』評である。

十九世紀小説の完成された構成を基に作り出した小説観から漱石は最初の小説、未だに小説と言えるかどうかが議論されている作品を論じているために、このような厳しい評価をしたのだが、私は漱石の言う機械的統一という批判を問題にしたいと思う。『ロビンソン・クルーソー』の機械的統一とは果たしてどのようなものなのだろうか。有機的であり得るためには、部分と部分が作者の命令によって関係していてはならぬ、と漱石は言う。それでは『ロビンソン・クルーソー』はどのような作者の命令によって部分と部分が関係しているのか。そのことを考えてみたい。と言っても、それは言うほど簡単なことではない。なぜなら『ロビンソン・クルーソー』はエピソードの羅列であると考えられてきたことが示しているように、未だに部分と部分との関係がいかなるものかが見いだされていないからである。言い替えれば、部分と部分との関わりを見いだすための視点が見いだされていないのである。私は、その視点を見いだすための糸口を漱石の別の作品に見いだせるように思う。

『漱石文明論集』の中に「現代日本の開化」という講演がある。それは一九一一年、明治四十四年八月和歌山において行われたものである。明治においては、開化という言葉がよく使われた。しかしそれが一体何を意味するのか十分理解されていなかった。漱石にしても事情は同じだった。それで彼は自分なりに当時の日本の開化について考えをまとめてみようとした。それがこの講演である。私がこの講演をここで取り上げようと思ったのは、漱石の開化の説明が、私にはまるで『ロビンソン・クルーソー』を支えているデフォーの思想、あるいは小説技法の説明であるように思えたからである。漱石は次のように開化の説明を始める。

「それ自身に活動力を具えて生存するものには変化消長が何処までも付け纏っている。今日の四角は明日の三角にならないとも限らないし、明日の三角がまたいつ円く崩れ出さないともいえない」。円、三角、四角と明解で面白い例えであるが、座禅を組んでいた漱石らしい宇宙の象徴的表現であるとも言える。全てのものは変化する。これもまた仏教や老荘思想を貫く、東洋人には馴染の世界観である。これが漱石の講演の基調にある考えであり、それによって新しい現象を説明しようとする。少し長くなるが、引用する。

開化は人間活力の発現の経路である。（中略）人間の活力というものが今申す通り時の流《ながれ》を沿うて発現しつつ開化を形造って行くうちに私は根本的に性質の異った二種類の活動を認めたい、否確かに認めるのであります。

その二通りのうち一つは積極的のもので、一つは消極的のものである。（中略）人間活力の発現上積極的という言葉を用いますと、精力の消耗を意味する事になる。またもう一つの方はこれとは反対に精力の消耗を出来るだけ防ごうとする活動なり工夫なりだから前のに対して消極的と申したのであります。この二つの互いに喰違って反《そり》の合わないような活動が入り乱れたりコンガラカッたりして開化というものが出来上るのであります。（中略）元来人間の命とか生とか称するものは解釈次第で色々な意味にもなりまた六ずかしくもなりますが要するに前申した如く活力の示現とか進行とか持続とか評するより外に致し方のない者である以上、この活力が外界の刺激に対してどう反応するかという点を細かに観察すればそれで吾人人類の生活状態もほぼ了解が出来るような訳で、その生活状態の多人数の集合して過去から今日に及んだものがいわゆる開化に外ならないのは今更申上げるまでもありますまい。

私は以前「精神的自伝から小説へ」という論文で、虚構作品である『ロビンソン・クルーソー』を、それが属していると言われている当時のピューリタンの文学伝統である精神的自伝と比較することによって、作者デフォーの思想と創作の方法を明らかにしようと試みた。そこでわかったことは、デフォーは世界を変化していくもの、人も物も状況次第で変化するものと捉えているということであり、『ロビンソン・クルーソー』においては、クルーソーを様々に変化していく状況の下に置き、物、他者、外界との関わりの中に、人間の在り様を考察しているということであった。これは、今引用した漱石の見方に非常に近いと言えるだろう。漱石の開化の説明を『ロビンソン・クルーソー』に当てはめれば次のようになる。『ロビンソン・クルーソー』においても、彼を取り巻く全ての物が、時と共に変化していく。また活力に溢れたクルーソーの生というのも、活力の示現とか進行とか持続としか言いようのないものである。それを理解するには、彼が外界の刺激に対して反応していく過程を見ることである。クルーソーがイギリスの開化、つまり大航海時代の後の植民地主義、商業主義の影響を受けた近代人であるなら、彼のたどる過程は「Aの状態で生きるかBの状態で生きるかの問題」になっているだろう。彼がどちらを選ぶにしろ、何らかの優勢なるものが現れて波瀾を起こしたり、外部から影響を受けたりすることは避けられない。すると「各部の比例がとれ、平均が回復されるまでは動揺して已められないのが人間の本来で」ある以上、クルーソーもまたこの波の動きに動かされていくことになる。

漱石の言葉を通して、私たちは問題をはっきりとさせることができたのではないか。『ロビンソン・クルーソー』を読むとは、クルーソーが「外界の刺激に対して反応していく過程」を読むということになるだろうし、その過程を描いていく間に、作者が深め、あるいは明確にしていった、作品を支える思想を読むことになるだろう。もちろん今述べたことはあくまでも一つの見方であって、物語の読みを縛るものではないが、この視点から『ロビンソン・クルーソー』を読み直すことによって、作品全体を捉えることができる視点を見いだすことができるのではないかと思う。

II

外界の出来事とそれに対するクルーソーの反応を細かく見ていくために、先ず物語の前半をエピソード毎に読んでいこう。(各エピソードに番号をふることにする。)

（エピソード１―海に出るまで）

冒頭部を読んでいる時には気づかないのだが、途中まで読み進み、そこから振り返ってみると、若者としてのクルーソーの行動に、ある特徴があることがわかる。もっとも、それが作者の意識的な工夫なのか、それとも無意識のものなのかは、この段階ではわからない。その特徴とは、若者としてのクルーソーは欲望や衝動、あるいは外からの刺激に対して主体的な判断や行動ができないということである。彼は何かに動かされて行動しているのである。例えば、最初のエピソードの家出の場面がそうである。

三男であったクルーソーは何の職業も身につけず、ただ海へ出たいという気持ちにとりつかれていた。しかし父は家業を継ぎ、中位の生活を送ることがいかに幸福であるかを説き、船乗りになることを止めさせようとする。ここでクルーソーが直面するのは生きるか死ぬかではなく、漱石の言う「生きるか生きるか」の問題である。つまり父が勧める生き方か、自分が望む生き方か、言い替えれば、義務か自由かの選択の問題である。父親は親の義務として、子どもが不幸にならないように忠告する。クルーソーも子としての義務から、父親の忠告に従おうとする。しかしそれはあくまでも義務であり、できれば逃れたいものである。自分の思いのままに生きたいという気持ちの方が当然強い。それゆえ彼は母親を通して、一度だけでいいから船に乗せてくれるようにと頼む。しかし、父親の承認は得られなかった。

クルーソーは海へ出たいという強い思いと親への義務の間で引き裂かれて、ジレンマに陥ってしまう。しかし、このジレンマを解決するのは彼でも、両親でもない。それは偶然の要素である。ある日、家出など全くする気もなしに、ふとハルの港に行ったクルーソーは、そこで偶然友人に会い、船でロンドンまで一緒に行かないかと誘われたのだった。しかも無料でいいというのだった。この誘いが膠着状態に変化をもたらすのである。クルーソーは無目的に船に乗るのではない。一度でいいから航海に出たい。それが彼の願いであった。

この願いが友人の、偶然の誘いによって実現したのである。しかし、それはふとした出来心というのに近く、彼が主体的に選択した行為とは言えない。もちろん、これを精神的自伝の文脈で、クルーソーの忘恩、放蕩息子クルーソーと解することもできる。しかし、ここではむしろ、ある状況内で事態が膠着してしまった時、当事者の全く思いもよらないところから、その状況を動かす要素が突然現れて、事態が一変してしまうというように書かれていることに注目したい。人は誰でも、ある一つの状況の中に生きている。ところが、その状況が次にどう展開するか、予想できるようでいて、実はわからないのだ。主体的な判断や行動ができないうちに、予測できない要素が事態を変化させるということが、この作品の最初のエピソードの特徴なのである。

（エピソード２―海で嵐に遭う）

エピソード１と同じことが、クルーソーが望んでいた海においても言える。彼は両親の許可を得て船に乗ったのではない。それゆえ、航海に出ながら、彼は父の忠告に背いたという思いに悩むことになる。嵐がやってきた時、彼はそれを罰として受け取る。罰としての嵐とは精神的自伝においてよく使われたパターンであった。しかし、その思いは天候の変化によって消えてしまう。嵐が止んだ後の夕暮れは美しかった。この天気の変化によって、彼は全てを忘れてしまうのである。

（エピソード３―ギニア航路）

海でのエピソードでは圧倒的な外部の力の下に翻弄されるクルーソーが描かれていたのだが、無事陸に上がると、今度は感情が彼の行動を決定する。嵐を天罰として受け止め、船長に二度と船に乗らないようにと訓戒されながら、彼は父の元へ帰ることをためらう。家に帰るのは恥ずかしいという感情が、彼を支配する。彼は結局もう一度船に乗ることを選ぶ。彼は「不気味な運命の力」によって動かされたのであった。

（エピソード４―奴隷、脱出）

何かに動かされていたクルーソーに変化が現れるのは、ムーア人の奴隷となったクルーソーが逃げ出した場面からである。「私の計算では、私の現在いる場所はモロッコ皇帝の領土と黒人地帯の中間にある、ただ野獣しか住んでいない、荒涼たる無人地帯に違いなかった」

引用の「私の計算」が示しているように、クルーソーは未知の状況を自分の能力で推し量り、なんとか脱出しようと試みる。その脱出の試みはさらに続けられ、それを表す言葉も「意図」となり、ますます外界を自分の手で切り開こうとする主人公の意志がはっきり表現されるようになる。ここでのクルーソーは、これまでと違って、大人という感じを与える。冒頭から続いてきた、何かに動かされていくクルーソーとは別の要素が加わってきたのである。

（エピソード５―ブラジルでの植民と奴隷貿易）

意図した動きが始まったとはいえ、クルーソーが何かにつき動かされて行動することがなくなったわけではない。クルーソーはポルトガル人船長に助けられ、ブラジルへ連れていかれる。そこで農場経営や製糖方法を学ぶ。素早くお金が儲かるのに魅せられて、クルーソーは農園を広げ、黒人の奴隷とヨーロッパ人の召使いを買うまでになる。

（エピソード６──難破、漂着）

農場経営者仲間から有利な条件を提示されて、クルーソーは黒人奴隷を買うために船に乗る。「しかし私は急がされていたため、つい理性よりも若気の命ずるところに盲目的にしたがった」。ここでも受身で表現されているように、この航海も彼が主体的に選んだものというより、動かされたものなのである。彼の船が激しい嵐の前になすすべもなく、波のままに動かされ、孤島へ流されていくのは彼の置かれた状態を象徴していると言えるだろう。

漂着した翌朝、彼が最初に見たのは自分の乗っていた船が難破した姿だった。船まで行ったが乗り込めない。ようやく乗り込むと、今度はどうして物を持ち帰るかという問題があった。次々に出てくるこのような困難を乗り越える過程が、具体的に、こまごまと描かれる。しかしここで重要なのは、「困りはてれば創意工夫が必要だった」とあるように、困難な状況が彼を行動に駆り立てていることである。未知の環境に一人置かれた恐怖、誰かに襲われるのではないかという不安、餓死する不安。こういった不安に駆られて、クルーソーは難破船から次々に物を運び、住処に蓄えるのである。それはまさに無目的な行為に見える。しかし彼を動かしているのは恐怖であり、その恐怖から逃れようとする工夫である。強いられた行為は主体的な行為ではない。それゆえ、後の机や壺を作るエピソードに見られる労働の喜びは、ここでは見られない。

ではクルーソーが何かに動かされるのではなく、自発的で主体的な行動を取るのはいつか。それは、これらの恐怖や困難を乗り越えたとき、つまり彼が島の支配者になったときである。しかもそれは彼が神を見いだした後にやってくる。

ところで、こうして外界への反応を追ってきて初めて気がついたのだが、今挙げた、彼が島の王であるという文章が丁度一〇〇頁目、オックスフォード版で三〇六頁中のほぼ三分の一のところにあるということは全くの偶然だろうか。それともこの作品はページ数まで計算し、意図的に作られているのだろうか。もしかすると、このページ数にデフォーの創作の秘密を解く鍵が隠されているのではないだろうか。漱石の言う「外界の刺激に対する反応」を追いながら、同時にページ数に注目して、その後を見てみよう。

（エピソード7—島を征服）

孤島における恐怖を乗り越えたクルーソーは大麦や米の種を撒き、工夫して年に二度収穫できるようになり、住居の周りに木を植えて、防御壁を造り、山羊を捕まえ、囲い込みを始める。勤勉に、計画的に働くことによって彼は島を征服し、王として君臨する。精神的な悩みは聖書を読むことによって克服することができるようになった。

（エピソード８―浜辺の足跡）

島での生活を完全に自分の思い通りにできるようになったと思った時、彼は浜辺に人の足跡を見つけ、底知れぬ恐怖を覚える。驚いたことに、これが物語の丁度真ん中、一五三頁目である。これは偶然ではなく、作者の計算によって構成されたものであると言っていいだろう。なぜなら、そこにははっきりと、次のように書かれているからである。「さて、私は自分の生活の新しい局面に来たのである」

（エピソード９―蛮人が来る）

数年後、クルーソーは浜辺に焚火を見た。蛮人たちが人肉を食べていたのだった。クルーソーはその非道な行為に怒りを覚え、次に彼らが来た時には皆殺しにしてやろうと考えた。それはやがて蛮人を手に入れて島を脱出しようという考えに変わっていく。いよいよ蛮人がやってくるのが、驚いたことに、ちょうど二〇〇頁目である。

（エピソード10―脱出の計画）

フライデイや、その後救出したスペイン人やフライデイの父と島を脱出する計画を立て、実行に移している最中に、彼がそれで島を脱出することになる英国船が島にやってくる。反乱を企てた船員たちが、船長とその仲間を島に連れてくる。これが二四九頁目、つまり島からイギリスに帰るまでのエピソードのほぼ真ん中に設定されているのである。

III

以上の考察から、この作品が周到な計算の上に作られたものであることは疑いの余地がないだろう。漱石のデフォー批判と開化についての講演から始めた私たちの考察は、デフォーの創作の秘密のかなり奥に入ってきたように思う。クルーソーの外界に対する反応の分析を続ける前に、この「機械的統一」、形式的な構成の持っている意味を考えてみなければならないだろう。実は一〇〇頁目に作品の区切りとなるような事件が置かれていることに気づいた時点で、以前読んだDouglas Brooks著『十八世紀小説における数と様式』を思い出していた。それは一九七三年に出版され、当初少し話題になったが、あまりにも機械的な分析のために、以後ほとんど言及されることのなかった論である。

ブルックスの論を簡単に要約すれば次のようになる。ピタゴラスやプラトンは彼らの哲学の基礎に数秘学（Numerology）を置いていた。数秘学はルネッサンスにおいて盛んであったが、経験主義的、科学的思考が定着していく十八世紀にはほとんど信じる者もなく、風刺の的となった。しかし風刺の対象であるということは、それがまだ人々の中に、たとえば迷信のような形で残っていたということであるとブルックスは言う。十八世紀の小説家はこの数秘学の考えに基づいて小説を構成しているので、『ロビンソン・クルーソー』を始めとする十八世紀の小説は、作品のページ数やシメトリという観点から分析することができる。これがブルックスの考えである。以前、この論を読んだ時には、あまりにも形式的な方法に共感できなかったのだが、今見てきたように『ロビンソン・クルーソー』の構成は確かに機械的、形式的である。ブルックスの論を参考にしながら、作品の構成についてもう少し考察を続けよう。

ブルックスによれば、数秘学は「宇宙は数によって定義できるし、宇宙は数学的であると同時に音楽的であるというピタゴラスとプラトンの思想」に起源があるという。それは、ピタゴラスやプラトンの考えを聖書の創世記にもあてはめようとしてきた、たとえばアウグスティヌスのような教父たちの試みを通して、ルネッサンスに受け継がれていく。

数秘学は、文学においては主に、たとえば詩のスタンザの数や一つのスタンザの行数に、小説においては巻や章の数に、象徴的な意味を担わせるという形式的な形で使われている。数秘学を信じる書き手にとって、文学作品とは自然の模倣、宇宙の雛形なのであり、小規模ではあるが、宇宙の秩序を象徴する構成を持ったものなのである。

ブルックスによれば、十八世紀の小説家が最もよく使ったシメトリはＡＢＣＤＣＢＡという

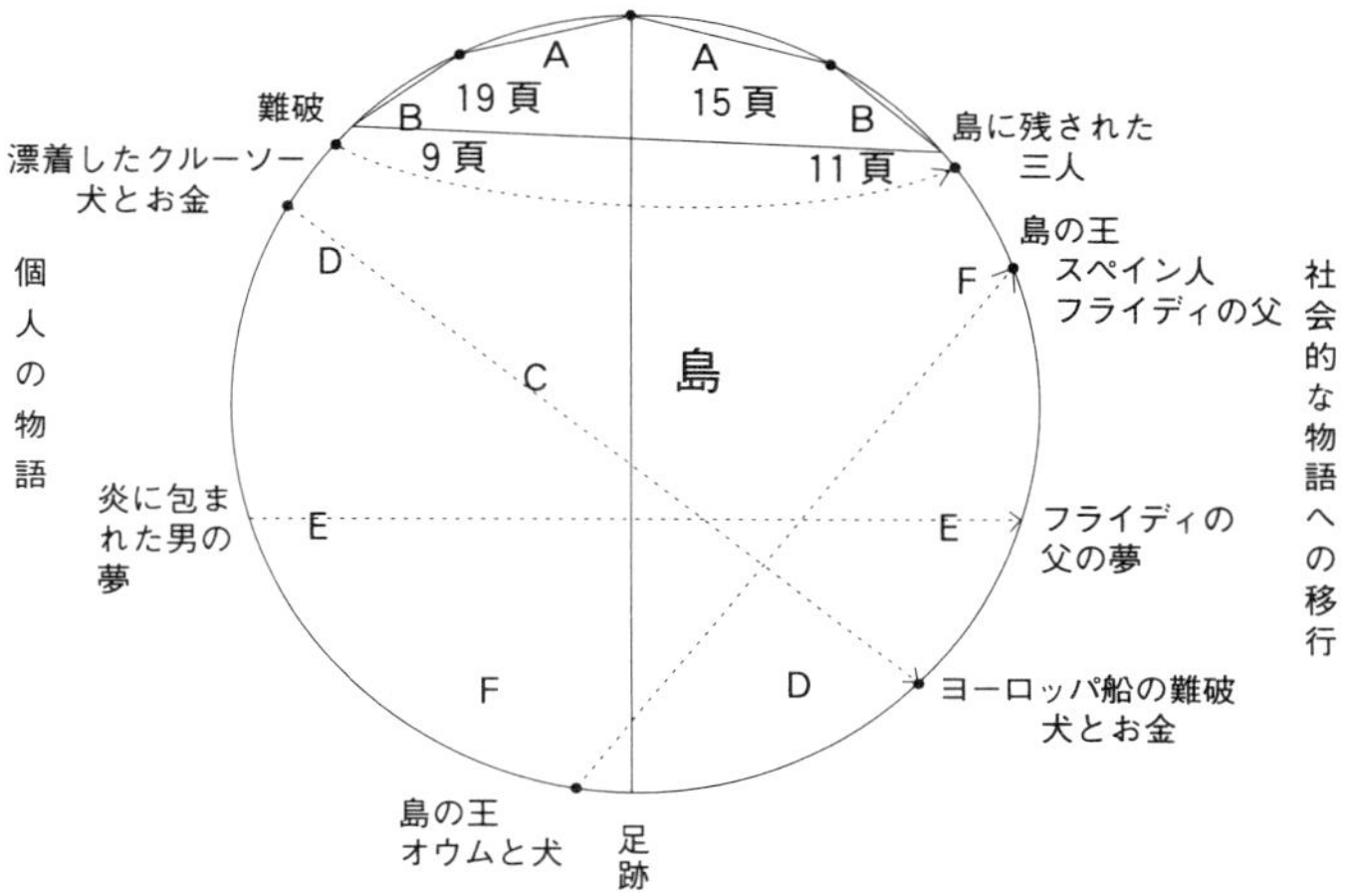

図一

交差対句法で、小説家はこれを意識的に、しかも巧妙に使っていると言う。

確かに『ロビンソン・クルーソー』の場合、数秘学が見事に当てはまるように見える。なぜなら、とりわけこの作品の前半に顕著な、この世が摂理によって導かれていることを示そうとするデフォーの意図は、数秘学と深く関わっているからだ。ブルックスによれば、デフォーはABCBAという交差対句法の構成によって、罪、後悔、回心という内容を秩序づけていると言う。つまりジューリとの冒険／ブラジル／島／ブラジル／フライデイとの冒険と、ABCBAというシメトリになっていると言う。しかも、Aの頁数は十九と十五、Bのページ数は九と十一のようにほぼ近い数字になっている。以下ブルックスの論を図にしてみよう。

ブルックスの論点を要約しながら、この図一の説明をしてみよう。Cの島の部分が足跡の出現を境に左右相称になっている。物語の前半は孤立から魂の再生までで、ここではクルーソーは一人の人間としてヨーロッパの人間の歴史を生き直す、つまり個体発生は系統発生を繰り返すことを示している。後半は前半のABCとは逆の形になっていて、そこではクルーソーの社会的な再教育がなされる。外の世界を思い出させる足跡、次には遠くに見えるボート、人肉を食べた跡、蛮人の出現、そしてフライデイ、スペイン人、反乱を起こしたイギリス船。このように後半は個人の物語から社会的な物語へ移行しているのである。

さらにブルックスは、この島での生活の明確なパターンに組み入れられている同一作品内の他箇所参照（cross-references）を明らかにしている。主なものを挙げると、

1・難破したヨーロッパ船はクルーソー自身の難破と彼が取り出した物資を思い出させる。

2・スペイン人やフライデイの父を部下として王になったクルーソーはオウムと犬を家来とする島の王クルーソーと対応している。

3・フライデイの父が見たクルーソーとフライデイの姿（彼はそれを二つの天上の精だと言った）はクルーソーが見た炎に包まれた男の夢を思わせる。

4・島に残された三人は島に着いた最初のクルーソーを思わせる。彼には夢の中で天使が現れたように、三人には「天から降りてきたような亡霊のような人（変装したクルーソー）」が

現れる。

つまりこの作品はＡＢＣＢＡという交差対句法とＣの部分のＤＥＦＤＥＦからなっている。デフォーはこの作品に秩序を与える際に、秩序づけられた神意の働きのパラダイムを作り出したのだ、というのがブルックスの論である。

ブルックスの論は興味深いものだが、その背景にはJ. P. Hunterの論があるように思える。ハンターによれば、ピューリタンにとって、この世の事物も出来事も全て霊界の象徴なのである。それゆえ、彼らは日々の出来事の中に霊界の象徴、神意の存在を見いだそうとした。こうして彼らは手引き書、神意の書、精神的自伝という文学伝統を作り出した。ピューリタンの作家にとって、宇宙の秩序は神の秩序であり、それは既に存在しているのである。しかしピューリタンでない作家にとって、世界は秩序あるものではない。それゆえ彼らはあるパターンを事物や出来事の中に押しつける。シンボルを作るのは神ではなく、芸術家の役割となったとハンターは言う。

ハンターは、このようにデフォーの作品をピューリタンの文学伝統の中に引き込んで論じている。ブルックスはハンターの論を利用しながら、それを、より古い、数秘学の伝統の中に位置づけようとしたと言えよう。

ブルックスの論はデフォーを構成に意識的な作家として扱おうとしている点で、興味深い指摘を多く含んでいる。しかしハンターがピューリタンの文学伝統にとらわれているのと同様、ブルックスも数秘学にとらわれすぎている。意識的な構成がなされていることは確かである。しかしそれは数秘学ともキリスト教の神とも無縁な作家にも可能であることを忘れている。さらに批判を続けるとすれば、「意識や物質性における位階的な構造という考え方は、全ての民族に共通したもの」(タンズリー)である。「人間の肉体の形を様式化して神殿を建造することは、あらゆる国々に共通した主題である。カルナックにあるエジプトの大神殿、ユダヤの諸神殿、またインドの諸寺院はこの形に従っている」(タンズリー)。それゆえ、宇宙の秩序をキリスト教とのみ関連づける見方は偏狭であると言わざるをえない。その上、デフォーが本当に神の存在を信じていたかどうかは非常に曖昧である。あるいは彼は神の実在を信じ、神意によって世界が動いていると考えていたかもしれない。しかし彼の作品を読む限り、そこにはピューリタンの信仰や数秘学が持っているはずの神秘的な世界がほとんど現れていない。意識的な構成と宗教、そして数秘学とは必ずしも結びつかないし、また結びつける必要もないのである。作家が自分の意図をより効果的に表現しようとするなら、意識的な構成は必ず必要になってくる。つまりブルックスの発想は強引であるが、彼の導き出した『ロビンソン・クルーソー』は意識的に構成されているという考えは納得できるものである。

次に、私たちの読みをブルックスの図につけ加えて、図を作り直してみよう。

IV

この図二（左）の外側の円は作品を、内側の六角形、十二角形は作品の構成を表している。対角線は後の解説のために便宜的に引いたものである。この図を作ってみて始めて、『ロビンソン・クルーソー』が意識的な構成を持っていることがわかった。デフォーが意識的な書き手であることはわかっていたのだが、実はこれほど計画的に物語を構成しているとは思ってもいなかった。先ず、図二からデフォーの意図した構成を読みとってみよう。

内側の太線で出来ている六角形は物語がＡＢＣＤＥＦの六つのエピソードから成っていることを示している。つまりＡは島に漂着するまで、Ｂは島を征服し、島の王となるまで、Ｃは足跡を見つけるまでの島での生活、Ｄは足跡を見つけてから蛮人が上陸

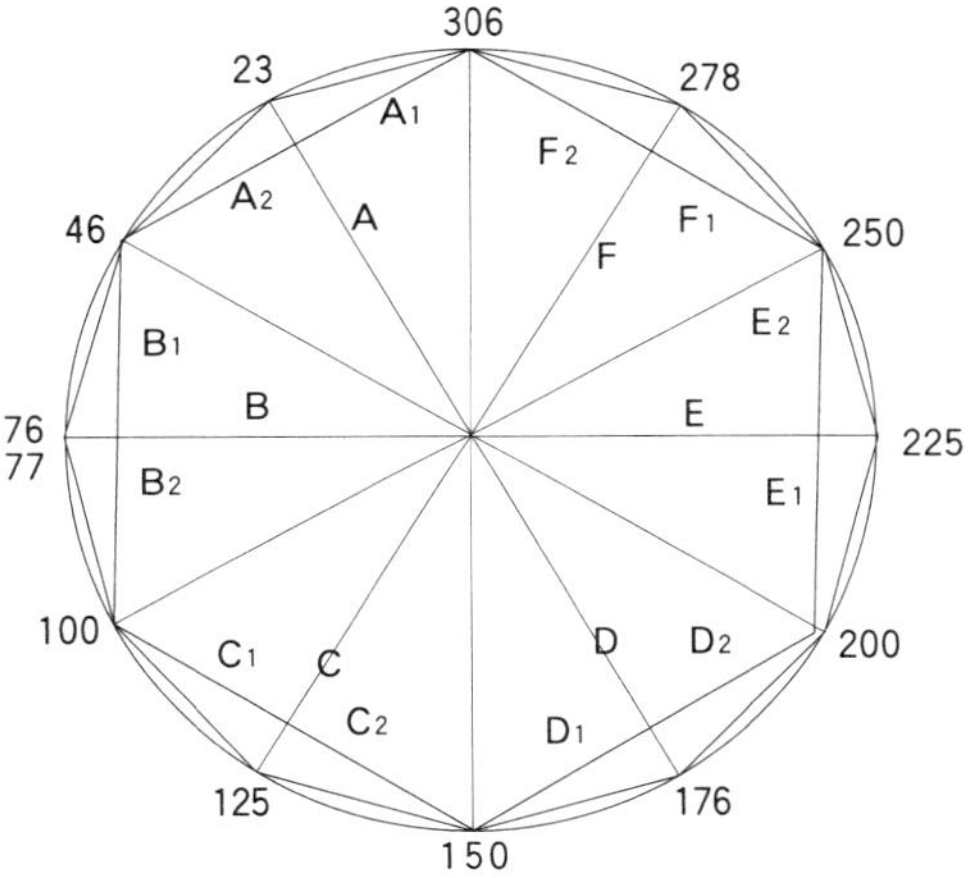

図二

するまでの不安な生活、Eはフライデイやスペイン人を家来とし、島を脱出する計画を立て実行に移したところへ、イギリス船の船員たちがやってくるまで、Fは船長を助け、その船で島を脱出してからイギリスに帰るまで。こうした明確な区分に加えて、驚いたことにそれぞれのエピソードはほぼ五〇頁で書かれている。内側に書かれた数字はオックスフォード版の頁数を示している。Aが四十六頁で終わり、Bが一〇〇頁、Cが一五〇頁、Dが二〇〇頁、Eが二五〇頁、Fが三〇六頁で終わる。この意図的な構成は、さらにそれぞれのエピソードがほぼ中央で同じように重要な転換点を持っていることによって、さらに強調されている。ムーア人の捕虜となったクルーソーがジューリを連れて脱出するのはAの真ん中二十三頁である。先の私の指摘を加えれば、受け身のままに動かされてきたクルーソーが、まだ受け身とは言え、主体的な行動に移る重要な転換点である。Bでは島に漂着したクルーソーが住居の壁を完成させたのが七十六頁、麦の芽を見いだし、そこに神の計らいを感じるのが七十七頁である。Bのエピソードの中心は物質的な世界から精神的な世界への転換点である。それがBのエピソードの真ん中に置かれている。パンや壺を作り、山羊を飼い、生活のめどを立てたクルーソーが海の向こうに見える島に渡りたいとボートを造り始めるのが一二五頁。島の外へと彼の関心が移っていく転換点であり、Cの真ん中に置かれている。足跡を発見し、恐怖のために住居を砦のように強固にし、内に引きこもっていたクルーソーが、炭を作るために外へ出始めるのが一七六頁。

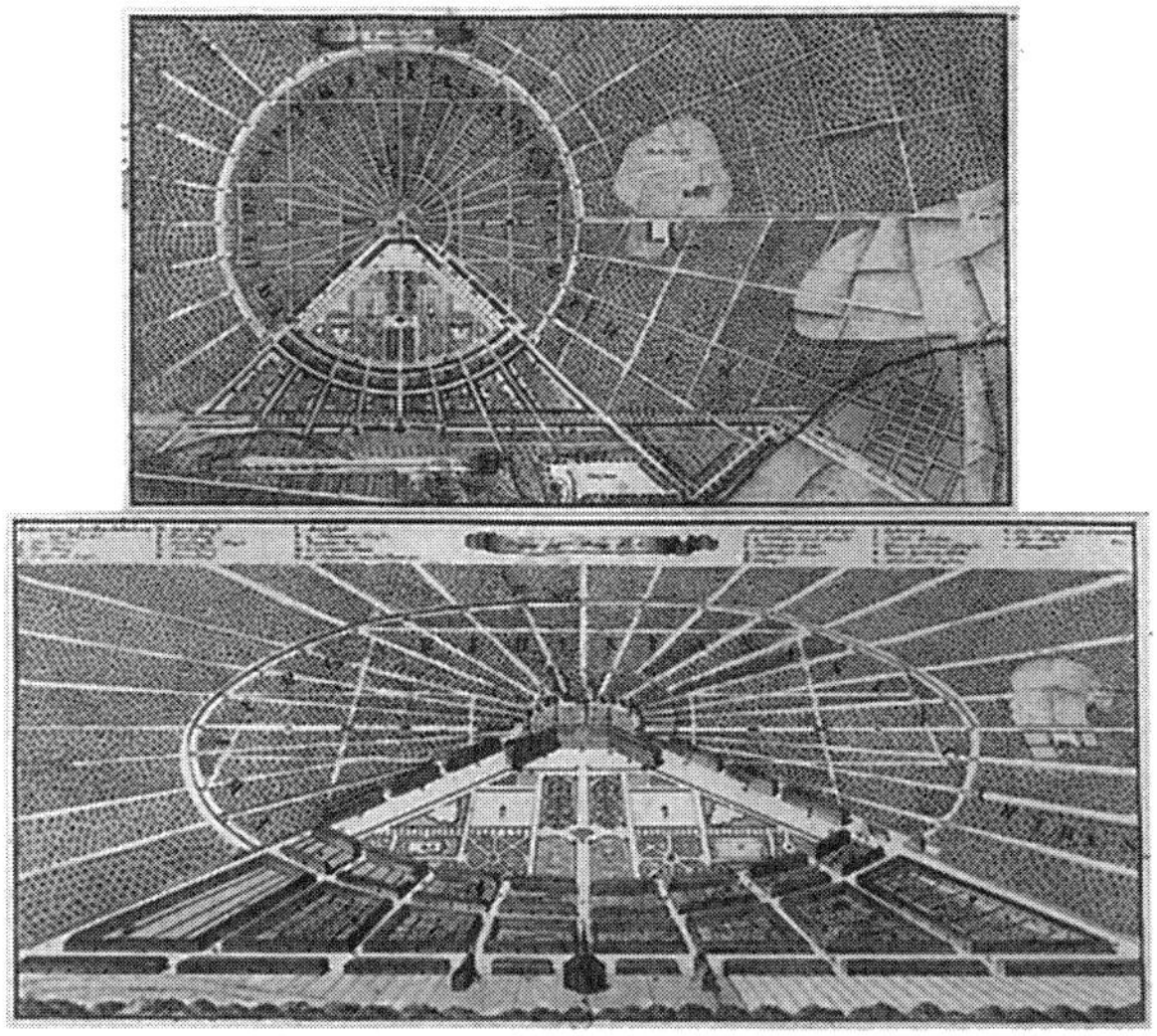

カールスルーエ宮殿と庭のプラン（1715、パリ国立図書館版画部蔵）
図三

Dのエピソードの真ん中である。フライデイから彼の部族がいたところに白人がいると聞き、会いたいと思うのが二二五頁。Eの真ん中であり、クルーソーの関心がここからまた外へ向かう。二十七年ぶりに島を出るのが二七八頁。イギリスに帰国するまでのFのエピソードの中間である。

この機械的な構成を見ると、誰でも十七世紀フランスにおいて王侯貴族の間に流行したフランス式庭園を思いだすだろう。奇しくも図三は『ロビンソン・クルーソー』が書かれる四年前に設計されたものである。

フランス式庭園は、周知の通り絶対王政のイデオロギーの表現であり、理性による自然の支配を表したものである。デフォーの構成も理性の勝利と言えるものである。

ところで、このデフォーの意識的な、機械的な構成、理性の勝利とも言える構成は単に形式上のことにとどまらず、内容とも深く関わっている。すなわち、作者デフォーが、様々なエピソードの海を、ある目標地点を目指して進んで行くのは、クルーソーがムーア人のもとを逃げ出した後、「私の計算」あるいは「私の意図」によってボートを進ませることと対応しているのである。作者と同様、クルーソーにとっても最も頼りになるのは理性であった。困難な状況を乗り切ろうと努力する中で、クルーソーは自分の置かれていた状況を見直し、自分が多くの点で恵まれていることに気づく。そこには理性への信頼が根底にあるのである。椅子やテーブルを作る時にさえ、彼は理性を持ち出してくる。

そこでさっそく仕事にかかった。しかしここで一つ言っておかなければならないことがある。それは、理性が数学の本質であり根源である以上、すべてを理性によって規定し、事物をただひたすら合理的に判断してゆけば、どんな人間でもやがてはあらゆる機械技術の達人になれるということである。

クルーソーは自然に対しても同じように理性を適用することによって征服しようと努める。

それは試行錯誤の繰り返しとなるが、そこには冷静な計算が働いている。ニュートンが偉大な神の力を、宇宙の動きを観察し、計算することによって知ろうとしたように、クルーソーも未知の島を知るために、観察し、計算し、様々な工夫を忍耐強く重ねていく。それが私たち読者の中に眠る人類の長い環境との戦いの歴史と、その中での先人たちの創意工夫を思い出させる。クルーソーの努力は、このように単に「相撲の番付が進みました」というような単純な行為ではない。そこには生き抜くための様々な創意工夫があり、希望や意欲が込められている。それが、この物語の魅力を構成している大きな要素である。

もちろんクルーソーが支配しなければならないのは外界だけではない。彼は足跡がもたらした恐怖、蛮人に殺されるのではないかという恐怖におののく。その恐怖におののく彼の心と、その恐怖を克服していくまでの長い過程がわずかな変化をつけながら描写されていく。それが読者にとって興味深いのは、クルーソーの外界との戦いが内面の戦いと密接に結びついているからであり、同時に恐怖を克服していく過程が人間の普遍的な、内面の戦いと重なるからである。足跡を見たあと、クルーソーが理性によって恐怖を克服していくところを読むとき、読者はそこに自分の体験を重ねながら読むことになる。

「自分の身の安全を計るためには、以上のように用心には用心をかさねて考えられるすべての手段を講じた」

「囲いをいくつも作ることは大変な時間や手間をとることであったが、このさいこれが一番合理的な方法だろうと私は思った」

長い時間をかけて、外界だけでなく自分の心という厄介な相手を支配するようになったクルーソーは落ち着いた生活を送るようになる。

「自分の境遇について今さら思いわずらうこともなく、すべてをただ摂理の支配にゆだねて、心は充分にみちたりた感じであった。私はじっさいあらゆる面で幸福な生活を楽しんでいたといえよう」

クルーソーの平穏な生活にはやはり神が、そして信仰が関わっているのである。理性というものが神意を理解するために人間に与えられた能力であると考えていた当時のキリスト教徒から言えば当然のことであると言える。

クルーソーが個人としての、外的なそして内的な戦いを終えるのは、図で言えばDの終わりである。それ以降のＥＦにおいてはクルーソーは島の王として行動する。フライデイを家来とし、彼を教化し、改宗させ、二人で穀物の生産高を上げるために島の開墾に精を出す。クルーソーとフライデイはほぼ父と子のように暮らす。彼らはボートを作り、フライデイの国へ渡ることを計画する。いまやクルーソーはほとんど思いのままに暮らすことができるようになっていた。

もしこの世に完全な幸福があるとすれば、まさにこれこそその幸福であった。この野蛮人は今や善きキリスト教徒、私以上に善きキリスト教徒であった。とはいえ私も私なりに、われわれ二人がともに同じように深く罪を悔い、慰められ、また救われた悔悟者であったことを思い、そのことについて神に感謝したい気持をいだいているのだ。

ここまで来れば、彼らがスペイン人とフライデイの父親を救出し、反乱を起こしたイギリス船員を制圧するのも、いわば自然の成りゆきである。Fの後半に見られるフライデイのほとんど遊びと言ってもいい、熊との戦いは、まさに彼らが状況を完全に掌握していることを示している。

外界を支配し、内面を支配し、そして他者を支配していくこのクルーソーの物語は、人間の、とりわけ十七、十八世紀イギリス人の夢、欲望と結びついていただろう。デフォーはそれを機械的とも言える意識的な構成によって描いたのである。

V

ここまで、私たちは自己と外界を征服していくクルーソーの姿を見てきた。しかしこの作品の面白さはそのような理性への信頼というプラスの面によってのみ支えられているのではない。理性への信頼を描くと同時に、理性への信頼が状況の変化によって崩れていくことを描く作者の人間を見つめる目の冷静さ、確かさ、深さがこの作品を一層魅力的なものにしている。冒頭のエピソードが象徴しているように、クルーソーは自分自身にもよく理解できない衝動によって動かされていく。それはおそらく作者デフォーがピューリタンであったことと深く関わっているだろう。デフォーが本当に敬虔なキリスト教徒であったかどうかは疑問である。しかし彼にとっても、人間は原罪のために堕落した存在であるというピューリタンの根本的な人間観は生きていたと思われる。たとえば、海に出たいという衝動に動かされていくクルーソーは禁断の木の実の誘惑に負けるアダムとイヴを想起させる。そのような堕落した人間が恐怖、不安、あるいは怒りといった激しい感情に動かされていくのは作者デフォーにとって当然のことなのである。例えば、それは先に述べたようにクルーソーが何かに襲われるのではないかという恐怖や、蛮人の行為に対する怒りに動かされていくところに現れていると言える。これは、これまで述べてきた理性による支配の裏側を見ることになるのだが、神を見いだした後にもなお、クルーソーは、物語の最初と同様に、衝動に動かされているのである。

大陸を見たクルーソーはそれ以来、大陸のことが頭から離れなくなってしまう。大陸に渡ることが困難であればあるほど、大陸に渡りたいという思いが強くなっていく。突き動かされて、彼はボートを造り始める。それを海に運び出す方法を考えずに造り出す。結局造ってはみたが、運び出すことができなかった。

「まったく途方もないやり方だった。しかし、私自身、自分の気まぐれに圧倒された形で、仕事にかかった」

島に来て二十四年目、このエピソードから二十年以上経っていたが、彼はまだ島に完全に落ち着いてはいなかった。様々な脱出の計画を立てていた。それを彼は、神が置いてくださった境遇に満足できない人間の業であると言う。

私の今までの境涯は、人間誰しもかかりやすい例の業病にみまわれた人々へのみせしめであった。思うに人間の不幸の半分は、じつにこの業病に発するといってもよかった。つまり、それは、人間が神と自然が定めた境遇に満足できないということ、まさしくこのことにほかならないと思うのである。自分の生まれついた境遇や父の立派な忠告のことまでさかのぼっていうつもりはない。たとえ父の忠告にそむいたことが、いわば、私の「原罪」だとしてもである。しかし、私はそのご数々の同じような過ちをおかしてきた。それが今の不幸な事態をまねく契機となったのである。たとえば、神の摂理のおかげで農園経営者としてブラジルで私は幸福な生活をおくっていたが、もし私がものを欲しがるにも節度があるということを知り、ことを運ぶにも徐々に運ぶことに満足していたならば、今ごろでは、つまりこの島にいたくらいの期間には、ブラジルでも屈指の農園経営者になっていたにちがいなかった。二十四年もの間、島で満足な生活を送りながら、しかも蛮人への恐怖があるにもかかわらず、大陸へ渡りたいという思いは強くなっていた。暴風でスペイン船らしい船が座礁しているのを見てから、クルーソーは島を出たいという思いに抵抗できなくなる。

くりかえしていうが、私はまったくこういう思いで焦慮にかられていたのだ。すべてを神の摂理にゆだね、その決定のまにまに従うという、私のかねての平静な心も今や宙にういてしまっていたのだった。本土へ渡るという計画以外のことを考えようとしても、もう私には考える力がなかった。この計画のもつ迫力と強烈な意欲、これにたいして抗すべきすべはもはや私にはなかった。

航海に出たいという気持ちを抑えきれず、父の元を出たクルーソーは、それから二十六年経ってもなお、若い時に持ったのと同じ衝動を抑えきれないのである。一所に居続けることに耐えられなくなり、外へ出たいという気持ちに心が乱され、理性さえも失ってしまう。島に閉じこめられた人間、欲望を解き放とうにも解放しようのない状況に置かれた人間にとっても、欲望を抑えることは難しいのである。全てをはぎ取られても、なお心の内にある欲望を閉じこめて置くことができない人間。孤島でのクルーソーはそのような人間の姿を、裸の形で示している。

クルーソーが理性を失うのは欲望によってだけではない。彼はまた外界の恐怖によっても理性を失っていく。これも以前に述べたことがらの裏側を見ているのであるが、彼が理性によって恐怖を克服していく背景には、恐怖によって理性を失っていた長い期間があったことを知っておかねばならない。クルーソーは決して常に平静を保っていたわけではない。とりわけ砂浜に何者とも知れぬ足跡を見いだしてからのクルーソーは、ほとんど狂人のように行動している。次の文はそのような言葉で溢れている。

どうしてここにこんなものがあるのか、私には理解もできなければ想像もつかなかった。

混乱に混乱しきって気が変になった男みたいに、さんざんわけのわからないことを考えたあげく、私は自分の要塞に帰った。その帰途も、いわゆる足が地につかないというのか、ただ心の底までおびえきってしまい、二、三歩いってはふり返り、灌木や立木をなにかと感ち《ママ》がいしたり、遠方の切り株を人間の姿と見まちがえるなどさんざんなていであった。いわゆる疑心暗鬼というのか、心が動転しているためにつまらぬものがいかに奇々怪々なものにみえたことか。またいかにとりとめもない妄想が次から次と私の頭脳をかすめ去っていったことか。異様ともなんともいいようのない幻想が道すがらいかに私の心を悩ましたことか。まったくこれらのことは私にはなんといって表現してよいかわからないものばかりであった。

　こういうふうにして、私は恐怖のあまり、神により頼む敬虔な心を失ってしまった。考えてみれば神にたいするそれまでの信頼は、すべて神の恵みに私が不思議にも浴してきたという事実にもとづいたものであった。それが、今きれいに消えうせてしまったのだ。

自分が見たのは錯覚だったのではないか、あれは幻覚ではなかったか。こわごわ外へ出る。「いかにおっかなびっくりで進み、いかになん度もふり返り、いかになん度もちょっとしたことで籠をなげだして一目散に逃げだそうとしたことであろうか」。それでも徐々に大胆になり、足跡は自分のものだったのだと考えて計ってみる。やはり別の人間のものだと知り、あわてて逃げ帰る。「だがどうやって身の安全を計ったらよいのか、私には見当がつかなかった」。恐怖と不安に取り憑かれたクルーソーが、恐れながら、なんとか恐怖を克服しようともがく姿は、これまでと同様、簡潔な外面の描写によって描かれているが、読者はクルーソーの内面を容易に想像することができる。そこには恐怖に出会った人間の普遍的な姿があるからである。

「恐怖心にかられると、人間はなんと馬鹿げたことを考えるものであろうか。一度恐怖心にかられると、万一に備えてかねてから理性が考えていた救いの手段はまったく用をなさなくなってしまうのだ」

クルーソーは理性によって行動することができなくなる。神に祈るということもできなくなる。彼はこのような状態で二年間過ごすのである。

ここで私たちは先に、理性への信頼について述べた時に引用した文を思い出してみたい。実は理性的行動の例として挙げた文はこの、足跡を見た後の混乱の中でのエピソードからとられたものだった。

「自分の身の安全を計るためには、以上のように用心には用心をかさねて考えられるすべての手段を講じた」

「囲いをいくつも作ることは大変な時間や手間をとることであったが、このさいこれが一番合理的な方法だろうと私は思った」

つまり、クルーソーはほとんど理性を失いながら、なお事態を理性に従って収拾しようとしているのである。つまり理性を麻痺させられたクルーソーと、理性を保ちながら行動するクルーソーとがほぼ同時に存在しているのである。これが作品解釈の揺れを生む原因になっていると思われる。前者を強調すれば、恐怖に駆られて住処の周りに二重の壁を築き、なおその上に、壁の外にほぼ二万本の杭を打ち込むという、ほとんど狂人に近い行為を行うクルーソーを見ることになる。これは島に漂着した後、住処が物で埋まってしまうほど難破船から物を運ぶクルーソーの姿を思い出させる。そこでは彼はほとんど物を運ぶこと自体が目的であるような行動を取っていた。このような行動を取るクルーソーに注目すれば、私たちは神経症的な、病める現代人の原型としてのクルーソーを見ることができるだろう。しかし、そのように解釈する時、私たちが注意しておかなければならないのは、そのような行動を取るクルーソーが、全く逆の、理性的な行動を取るクルーソーと並置されていることである。このことを無視して作品を解釈することは作品の一面だけを見ることとなる。既に見たように、作者はこの作品を意図的に構成している。作者は単にエピソードを羅列しているのではなく、はっきりとしたプランに基づいて書いている。このクルーソーの二つの面もまた、ばらばらに置かれているのではなく、互いに関係をもったものとして描かれているのである。もちろんそのことはクルーソーが完全に理性的に行動することが出来たということを意味しているのではない。彼の内面はX軸とY軸をそれぞれ信仰と人間的な欲望あるいは恐怖とする座標の間に置かれた関数のように動いているのである。それはある制限された枠の中ではあるが、それでもなお、かなり自由に、乱雑に動いているのである。

たとえば、クルーソーが信仰を得た後、パンを焼いたり、壺や籠を作ったりして、満ち足りた生活を送っているところを見よう。それ以前は、一人で島を歩き回っているとき、突然自分は永遠に閉じこめられた囚人だと考えて希望を失ったものだった。それが信仰を得た今、彼は、惨めな状況は変わらないが、以前よりずっと幸福に感じることができるようになった。

「どんなにつらいことがあっても、現在の私の生活のほうが、過去のあの不義と呪いと汚れにみちた生活よりもどれくらい幸福であるかしれないと、私はしみじみ感じた」

確かに彼は満足を感じている。しかし彼はそのように言う自分を偽善者だと知っている。彼の本当の気持ちは言葉と反対なのである。

「『お前は無理におれは満足だと思いこもうとしているが、そのじつ、一生懸命にこういう境遇から救われたいと祈っているではないか。それなのに、お前はその境遇に感謝するふりをしようとするのか、なんという偽善者だ！』私はそれ以上ものをいうのをやめた」

同じような例は他にも多く見られる。とりわけ顕著な例は、完全に外界を支配したと思ったときに、それが過ちであったことを知るという形で描かれているところである。クルーソーは住処を完璧に安全なところにしようと、壁造りをする。遂に彼は完璧な囲いを造る。ところが地震が起こり、完璧に安全であるはずの住処も天井や壁が崩れるのである。完全と思える避難所が出来たと思ったのだが、それはやはり完全ではなかった。思いもよらない地震があったのだ。彼が身を守るために作り出したものが今度は彼自身にとって新たな困難、不安となる。こうして恐怖と不安が物語を押し進めていくのである。

このように物語は、クルーソーが完璧なものを作ろうと努力し、完成したと思った時に、それまでの努力を無にするような新たな事態が起こるというように仕組まれている。しかしそれが非常に巧妙になされているために私たち読者は作りものという感じを持たない。あるいはそれは、人間がいかに完全に外界を、他者を、あるいは自分自身を支配したと思っても、それは不完全な支配にすぎず、次の瞬間にはまた新たな問題が待っていることを私たちが経験上知っているからであろう。とりわけデフォーはこのような人間の限界、言い換えれば、人間がいかに不安定な存在であるか、外界の変化にいかに動かされやすいものであるかをよく知っていたように思う。物語の展開が外部の要素に大きく依存している理由の一部は、このような作者の思想によると言うことができるだろう。それを作品内の言葉に探すとすれば次のような言葉だろう。

「われわれ人間にとって、自分の境遇のほんとうな姿はそれとまったく相反するものをつきつけられるまではわからないものなのだ。げんに自分がもっているものの値打ちは、それを失ってみなければわからないものなのだ」

そして、おそらく『ロビンソン・クルーソー』で最も作者の思想が凝縮されていると思われる次の文も人間の限界に関わっている。少々大げさかもしれないが、私はこの言葉を読むと、必ずハムレットの独白を思い出してしまう。

人生というものは、摂理の織りなすなんという不思議な市松模様であることか！　少しでも別な事情が生じると、なんという目に見えぬ別な力で人間の感情は動揺させられることとか！　われわれは、今日あるものを愛していても、明日にはそれを憎むかもしれないのである。今日求めているものも明日になれば避けるかもしれないのである。今日欲しがっているものも明日になれば恐れるかもしれない、いや、そのことを考えただけでも身慄《ママ》いするかもしれないのだ。

このような作品内の言葉を読むと、理性の勝利を謳いながら、その直後に理性の勝利が崩れていくことをデフォーは知っていたと思わないわけにはいかない。彼の作品が理性の勝利と敗北の果てしない繰り返しになるのも必然的なことなのである。『ロビンソン・クルーソー』とは、そのような理性を頼りに生きる人間に魅せられたデフォーが意識的に構成した作品なのである。

では作者デフォーが理性への信頼が崩れていくことをも当然のこととして考慮に入れていたとすれば、全てがデフォーの計算だったのだろうか。そのことを最後に考えてみたい。

結論

漱石の言葉にヒントを得て、部分と部分の関わりを見てきた私たちは、作者が機械的と言ってもいいほど意識的な構成によって作品を作っていたことを見た。ではどうしてこのような意識的な構成にこれまで気づかなかったのだろうか。なぜそのことがこんなにも長く理解されなかったのだろうか。一つの原因は、先に述べたように、物語をX軸とY軸の間で綿密な計算に従って動かしながら、同時にその時の筆の勢いに任せて自由に描いているからであろう。これは矛盾しているように見えるが、次のような例を見れば容易に納得できる。

J・D・クロウリィはワールド・クラッシック版『ロビンソン・クルーソー』の「序」で、デフォーがいかに不注意な書き方をしているかを次のような例を挙げて述べている。

最も目だつ食い違いは、難破船に泳いでいくために服を脱いだと言ったのにもかかわらず、その二十行ほど先で、船で見つけたビスケットをポケットに入れているところである。同じように、インクがなくなってきたと言いながら、二十七年も後に難破船の生存者との契約書を作成しようとする。塩がないために苦しんだと言いながら、後にはフライデイに塩付けの肉を食べるように教えるという矛盾。雄の山羊を柵の中に囲って入れておいたのに、子どもを産ませて数を増やしていこうという考えが浮かぶと、雄がいつの間にか雌に変わっている。

クロウリィはその原因について、「デフォーは、状況が求める方向に物語の計画を変えている」。「そういう例では、目の前の状況の要求が物語全体の構想の要求を覆すようである」と述べている。

これこそデフォーの書き方なのである。目的地は決めてある。しかしその道中はどの道をどのように進もうと自由なのだ。それでデフォーは思いついたアイディアに飛びついてエピソードをつないでいく。その自由さが時に不注意な間違いを生み、それが長い間読者を混乱させてきたのである。

私たちがデフォーの構成に気づかなかったもう一つの理由は、先に述べた理性の勝利と敗北の繰り返し、人生における浮き沈みが、何度も何度も繰り返されていることにある。確かに作品は意識的に、機械的に構成されている。しかしその度が過ぎると、構成は逆に無秩序に見えてしまうのである。例えば、先に外界への反応を追ってみた図二のａ１までのわずか二十七頁の間に、両親の訓戒からジューリとの脱走まで少なくとも七つのエピソードがあり、そこに反省と欲求とが作る浮き沈みが少なくとも五回は繰り返されている。読者はただそれらのエピソードに流されていくだけで、自分が読んでいるエピソードがどのように展開していくのかがつかめないのだ。秩序づけられた道が読者を道に迷わせる。そんなことはあり得ないと思われるが、実際にはこのような転倒あるいは逆説が起こるのである。ここでも庭園の例を見るのが最もわかりやすい。図四は高山宏氏の著『庭の綺想学―近代西欧とピクチャレスク美学』にある幾何学的図形によって秩序づけられたフランス式庭園である。私自身イギリスの庭園を歩きながら自分のいる位置、進んでいる方向を見失ってしまった経験があるが、高山氏の解説にあるように、造園においては「自然を馴致する合理空間が必ず迷路の非合理に反転する逆説」、「幾何学の過剰が『迷宮』をつくりだす逆説」が起こる。文学の空間においてもやはり同じことなのである。デフォーが綿密に計算し、構成した物語も、私たちはその不注意な書き方や多くのエピソードに目を奪われて、彼のプランが見えないのである。そのことは私に先に引用したこの作品の次の言葉を思い出させる。「われわれ人間にとって、自分の境遇のほんとうな姿はそれとまったく相反するものをつきつけられるまではわからないものだ」。人間には神の意図が見えないのである。

『ロビンソン・クルーソー』は漱石が言うように、心理上の因果によって発展していく小説ではない。その意味ではこの作品は小説としては未熟な段階に留まっている。しかしそれは作品の裏側に後世の、つまり十九世紀、二十世紀の小説にも劣らないしっかりとした構成を持った作品なのである。

ジョルジュ・ルージュ「英国支那式庭園」（1776-89）より
図四

ナルニアー罪と歓びの物語

『ナルニア国物語』（以下『ナルニア』と記す）は何度読んでも面白い。とりわけ第一巻『ライオンと魔女』は二十世紀最高の児童文学作品の一つと言われているが、それは決して誇張ではない。第二次大戦中、ロンドンへの空爆を避けてピーター、スーザン、エドマンド、ルーシィのベベンシー家の四人兄弟が片田舎に疎開する。彼らが送られたのは駅から遠く離れた独身の老教授の家で、彼らに与えられた二階の部屋から一階の食堂まで行くのに十分もかかる大きな、古い家だった。翌日、四人は家の探検を始める。大きなタンスだけが置いてある部屋を兄たちは素通りしたが、末っ子のルーシィはタンスを開けた。ルーシィは毛皮の匂いや手触りが好きだった。タンスの中に入ると、コートに顔を擦り付けながら奥へ、奥へと進んだ。すると、靴の下でジャリジャリと樟脳を踏みしめるような音がした。触ると、冷たかった。おかしいなと思いながら、さらに一、二歩進むと、木の枝が突き刺すような感じがした。しかも前方に明かりが見えた。それは真夜中の、一面雪の森の中だった。ここで私はいつも、不思議な解放された気持ちになる。やがて、ルーシィは街灯の下で買い物包みを持ったフォーンに出会い、家に招待されて森の中に入っていく。神話上の生き物に出会い、お茶に招かれるなどということが現実には決して起こりえないとわかっているのに、私はいつもその不思議を受け入れ、幸福な気分になる。なぜだろう。

最高気温四十一度を記録した異常に暑かった今年（二〇一三年）の夏、『ナルニア』の魅力について考えてみようと全七巻を読み返し、何冊か研究書を読んでみた。A・N・ウィルソンのルイス伝 *C. S. Lewis : A Biography* によると、二十世紀半ばに出版された『ナルニア』に世界中で何百万もの人々が魅了されてきたと言う。そのことは、理性によって生きようとする試みが失敗したことを示しているのだとウィルソンは考えている。人々は心の奥で理性を超えたものを求めているのだと言う。確かに、タンスの裏に別の世界があると考える時、私たちは日常使いなれている意識とは違う部分を使っている。しかし、それはフィクションを読む時のように、理性や知性の働きを一時的に中断しているからではないか。『ハリー・ポッター』のような魔法が支配するファンタジーでも私たちは一時的に理性を超えた世界に生きている。しかし『ナルニア』は『ハリー・ポッター』、『指輪物語』、『ライラの冒険』など世界中で多くの読者を魅了してきたファンタジーとどこか違っている。もちろん、それはルイスがキリスト教護教論者であったからだと言えば簡単なのだが、『ナルニア』の魅力はキリスト教信仰や聖書だけでは説明できない。私たち一人ひとりの心の奥にある霊的な部分を刺激する不思議な魅力を持っている。楽しい物語だが、その楽しさを説明しようとすると難しい。

そんなことを考えながら冷房のよく効いた書店をぶらぶらしていた時、一冊の本に出会った。新たに文庫で出た河合隼雄著『こころの最終講義』である。第二部「『日本霊異記』にみる宗教性」に、死後の世界を往還した者の話が書かれていた。『日本霊異記』が書かれた九世紀初め頃までは、あちらの世界に行って戻ってきたという話は意外に多く聞かれたらしい。十九世紀後半、チャールズ・キングズリーの『水の子』やジョージ・マクドナルドの『北風の後ろの国』から始まった死後の世界との往還を描いたイギリス児童文学の世界は、九世紀の日本では大人の間で普通に聞かれた話なのであった。『日本霊異記』についての河合氏の記述を読みながら、これはルイスの『ナルニア』に通じる話だと思った。河合氏は次のように解説している。

現代人は、表層の意識、あるいは進化した意識といってもいいかもしれませんが、そういうものに固執して、それだけが人生みたいに思っているけれども、本当はどんどん深まる。そのときに深い体験をすることによって宗教的な体験をする。つまり、自分という存在はこの世に一人いるのではない、自分よりもっと偉大な存在がある、あるいは、自分は人間として生きているけれども、動物ともみんな一緒なんだという体験をする。頭でわかるのではなく「体感」としてわかるし、そのときは深い感動を味わうのです。

そういうふうにずっと深くなって、すごく深いところに死というところがあって、人間は死ぬ瞬間ぐらいまで行ったときは、すごく意識の深い体験をするのではないかと思っています。そういうところの体験が臨死体験ではないかと思っています。

何百万もの人たちが『ライオンと魔女』を読むたびに、ルーシィがフォーンと出会い、フォーンの家に招待されるという話を何の疑問もなく受け入れる。神話上の動物と人間とのやりとりが私たちを日常の表層の意識から解き放ってくれるのだ。それだけではない。ナルニアはアスランを信じ、アスランによって受け入れられたものたちの国である。それは天国に近いイメージを持っているが、罪が入り込んでいる。『ナルニア』最終巻『最後の戦い』で明らかなように、新しいナルニアになるためにナルニアは一度滅ばなければならない。『最後の戦い』でナルニアに呼ばれたピーター、エドマンド、ルーシィ、従兄弟、その友だちはこの世では事故で死んだことになっている。彼らはそこでアスランとともにナルニアの滅亡を目撃し、新たなナルニアに向かう。その他の巻では、彼らはアスランに呼ばれてナルニアに行き、再びこちらに戻ってくる。その意味では新しいナルニアは天国のさらに奥の国ということになる。『ハリー・ポッター』でも最終巻第三十五章でハリーは明るい光に包まれた死の世界に入り、亡くなったダンブルドア校長に会う。そこでハリーは校長からヴォルデモートに関わる全てを聞いて、再びこの世界に戻ってくる。私たちがファンタジーを読むときに感じる喜びは、河合氏の言葉にあるように、動物と同じ世界にいることの喜びであり、深い死の世界に触れる体験から来るものなのだろう。

このように、一度心が深層の世界に開かれると、私たちは神秘的な世界に喜びを感じ、どこまでも物語について行こうとする。小鳥が話しかけても、ビーバーが家に案内して食事をごちそうしてくれても驚きはしない。それどころか、どんどん不思議な、神秘に満ちた話を読みたくなる。ルイスは全七巻の『ナルニア』で多くの印象的な動物や神秘的な場面を描いている。私が好きなのは一人革張りの小さな船でこの世の果てに向かう勇敢なネズミの騎士リーピチープと、深くものを考える沼人パドルグラムである。

ところで、河合隼雄著『こころの最終講義』にはもう一つ、「隠れキリシタン神話の変容過程」という興味深い章がある。そこにもまた『ナルニア』を読む上で大切な指摘がある。日本人にとってキリスト教の原罪を理解することは難しいのではないかという指摘である。隠れキリシタンが守り抜いた旧約聖書『創世記』の日本語訳『天地始之事』には原罪という意識が見られないだけでなく、原罪も許されるものと書かれている。これでは、イエスが十字架に架けられた理由がわからない。だから『天地始之事』では、イエスは人類の原罪を贖うために死ぬのではない。イエスは自分の罪を贖うために死ぬのである。

キリストが生まれたというので（中略）ベレンの国（ベツレヘムが訛《なま》った言葉）の王様が（中略）キリストを殺すために子供は全部殺してしまえ、と命令します。（中略）それを見てデウスがキリストに「おまえのためにこれだけ子供が殺される。これだけ子供が殺されたら、おまえはもう天国へ帰ってこられないかもわからない。だからおまえは十字架について苦しんで死ぬことによって自分の罪を贖《あがな》って天国に帰ってくることになるだろう」と、そういうことから十字架にかかることになります。

イギリス文学という、キリスト教色の強い文学を長く読んできた私自身のことを考えてもそうだが、日本人には人類全体に宿命として宿っている罪があり、それをイエスが贖うために死んだという考えは頭で理解できても、骨身にこたえるほどの痛みを伴った理解にはならない。河合氏も、これは単に隠れキリシタンの信仰の問題ではなく、日本人の心性の深いところにあるものだと述べている。

『天地始之事』によると、アダムとイヴが木の実を食べたときに、デウスが現れて、それは「悪の実」だと言う。そのときに二人はデウスに何とかもう一度「ばらいそ」の快楽を受けさせて欲しいと願う。すると、「天帝きこしめされ、さもあらば、四百余年の後悔すべし。其節《そのせつ》はらいそに、めしくわゆるなり」となって、罪は—長年かかるにしても—許されることになります。これが隠れキリシタンの特徴だと言っていいでしょう。

私は長い間『ナルニア』の最終巻『最後の闘い』の、スーザンを除く三人の兄弟が列車事故で死んでナルニアに来たという設定に違和感を持ってきた。しかし、隠れキリシタンの話を読んで、違和感を持つ理由がはっきりわかったように思う。キリストによる贖い、あるいは死後に罪深い肉体を離れてキリストの国に行く喜びは日本人である私の理解を超えているのだ。これまで『最後の戦い』がヨハネの黙示録に酷似した、あまりにキリスト教色の強い結末であることに抵抗感があったのだが、『ナルニア』全七巻の最後に来て、作者ルイスが無意識の世界の奥深くに下り、死の世界、神の世界を垣間見ながら書いている表現として読むなら、中心人物であった子どもたちの死、ナルニアの消滅、そして新しいナルニアの誕生を、まだ頭の中だけのことだが、受け入れられるように思った。神の国に関する東洋と西洋の認識の違いは深層において大きなものだと改めて感じる。

今年の夏、『ナルニア』を再読しながら考えていたのはこのような文化の深層にある心性の違いだった。記録的な酷暑の中でかまびすしかったのは日本の過去の戦争責任についての中国、韓国からの批判をめぐる報道であった。多分に政治的な意図を持った動きであったので、冷静に事態を見つめることが必要だったが、児童文学の世界に遊ぶのはそれに適していた。児童文学には人として取らなければならない正しい行動がはっきり書かれている。日本人は戦後、過去の戦争について何の反省もしてこなかったわけではない。過去の戦争を忘れようとしているわけでもない。日本の責任者は批判を逃げないで、世界に向けて日本の考えを説明してほしいと思う。ただ、日本では最高責任者はほとんど責任を取らない場合が多い。東京電力福島第一原子力発電所の汚染水漏れでも同じである。長い間、村社会に住んできた日本人の心性がまだ残っていて、日本という村の外には意識がいかないのだ。その上、原罪が理解できないとすれば、問題はかなり深刻である。

その点、児童文学は人間の基本的な生き方を描いたものが多いので、読んでいると自分の行動を省みることになる。とりわけファンタジーは心の鏡である。ファンタジーが大人にとって面白いのは、自分が送ってきた人生だけでなく、現代の問題をも見つめ直す機会になるからである。例えば宗教学者島田裕巳氏は『ハリー・ポッター　現代の聖書』を書き、『ハリー・ポッター』を二〇〇一年九月十一日のニューヨーク、世界貿易センタービルへのテロ以降の、二十一世紀の世界観を表現した作品と評価した。島田氏は地下鉄サリン事件を起こしたオウム真理教との関わりを疑われ、勤め先の大学を追われ、以後、オームを含む新興宗教を中心に現代日本の抱える心的な病を研究してきた人である。氏は、期せずしてヴォルデモートの第七番目の分霊箱になっていたハリー・ポッターに、二十一世紀に生きる人間が持つ自意識の肥大化という問題を見出している。

では、『ナルニア』はどうなのか。約六十年前に書かれた『ナルニア』に私たちが見出すのは何だろう。第一には、日常と繋がっている神秘的な世界を経験する歓びだろう。単調な日常の生活でも、美しい陽の光や花や緑の木々は私たちに解放された歓びを与える。しかしその歓びは長く続かない。日が陰ればすぐに別の感情が私たちを支配する。それに対して『ナルニア』の喜びはもっと内面的で、持続性がある。それはタンスの裏に別の世界があると信じることから来る歓びだろう。『ナルニア』に見出すもう一つのものは、その歓びをつかむために通らねばならない道があるということである。

ルイスは多くのキリスト教信仰に関する書物を書いていることからわかるように、現実を超えた神の世界に歓びを求める人々の心の底をきわめて正確に理解し、表現してきた。『ナルニア』においても、ルイスは原罪や誘惑を物語の中に静かに織り込んでいる。人間は罪を犯すことを免れない。自覚できないままに、あるいはささいな反抗心から罪を犯す。そのことを自覚すること。自分とは何かを悟り、善なる方向に進むこと。それが物語の重要な基盤になっている。しかも主人公たちは自らの罪を意識し続けることによって、高い精神的、霊的境地に行き着く。『ナルニア』の全ての物語を貫くこの精神的なメッセージが神秘的な世界を経験する喜びの核になっているように思える。

ルイスはナルニアを書いた理由を、「子ども向けの本が自分の言わずにいられないことを表現する最良の芸術だから」であると書いている。彼が「言わずにいられないこと」の一つは、多くの研究者が指摘している通り幼年時代の歓びである。しかし護教論者ルイスにも信仰者となる前の生活があり、そこには普通の人間としての悩みや苦しみがあった。ただ、ルイスは幼い頃から感情を抑えてきた。また作家として、大学教授として、自らの感情を客観的に見ることもできた。しかし『ナルニア』を夢中になって書いていく中で、彼は幼い頃から心を占めてきた罪について深く考えたように思う。

以前私は、C・S・ルイス著『悪魔の手紙』について小文を書いたことがある。『悪魔の手紙』は叔父の悪魔が新米の悪魔である甥に人間の誘惑の仕方を教える手紙である。私は悪魔の誘惑がルイスの作品を一貫しているテーマではないかと思う。インターネットが発達し、便利な情報と一緒に種々の誘惑が身近になった今、ルイスの世界は私たちに近づいたように思う。

そのような目で『ナルニア』を見る時、はっきり見えてくるのは魔女に誘惑されていくエドマンドであり、ユースチスであり、ディゴリーである。彼らがどのように誘惑され、罪を犯し、最後に解放されるのか。先ず『ライオンと魔女』（一九五〇）のエドマンドから見ていこう。

○

ロンドンから田舎の老教授の家に着いた時、エドマンドは旅の疲れから感情を抑えられず、意地悪な言動で三人を不愉快にする。翌日、ルーシィがナルニアから戻ってきたと言ったとき、エドマンドは屋敷中の戸棚を開けて、からかった。その数日後の午後、かくれんぼをすることになって、ルーシィがまた大きなタンスに入るのを見た時、エドマンドはルーシィをからかいたくて後について行く。しかし、そこはルーシィが言っていた通り、雪の降り積もった森だった。エドマンドは雪深い森の中で一人佇み、心細くなってルーシィの名を呼ぶ。その時、エドマンドの前に現れたのが橇に乗った白い魔女であったというのも、自然なことに思える。

魔女はエドマンドを見た。そして、優しい言葉をかけ、お菓子を差し出した。エドマンドは何のためらいもなく大好きなお菓子を食べた。しかし、そのお菓子には魔法がかけられていた。エドマンドはお菓子が食べたくてたまらなくなる。魔女の聞くままに四人兄弟であること、妹が既にここに来て、フォーンのタムナスに会ったことを話してしまう。二人のアダムの息子と二人のイヴの娘が王座に就くとき、ナルニアでの魔女の世界は終わりを迎え、魔女の命も終わると言われていた。魔女はエドマンドに兄弟を連れてくるように言う。そうすれば好きなだけお菓子が食べられる。王様にしてあげる。兄や姉は家来だと言われて、エドマンドは心を動かす。それがエドマンドの弱点であることを魔女は見抜いていた。

魔女が立ち去った後、エドマンドはタムナスのところから戻ってきたルーシィと出逢う。ルーシィはエドマンドがナルニアに来たことで、他の二人に自分の話が嘘でなかったことを証明できると喜んだ。しかし、エドマンドは元の世界に戻ると、二人で作り話をして、よその国ごっこをしていたのだと言う。語り手はこの部分を「この物語で最も嫌なところ」と書いている。それはエドマンドがルーシィを裏切った瞬間である。ルーシィは走って部屋を出ていった。それを見てエドマンドはほくそ笑んだ。

もちろんエドマンドは全くの悪人ではない。彼は兄ピーターに対する反感から素直に行動できないのだが、善悪の判断はしっかりしている。それゆえに彼の心は揺れる。その揺れが大きく描かれるのは、偶然タンスの奥からナルニアに入った四人がビーバー夫妻にかくまわれ、ごちそうをいただいた後、エドマンドだけが兄弟を裏切り、一人で魔女の館に向かう時である。

エドマンドはターキッシュ・ディライトが欲しかったのと、王子に（それから王様に）なって、自分を獣と言ったピーターに仕返しがしたかったのだ。魔女が他の兄弟をどうするかについては、特に良くしてほしいとは思わなかった――自分と同じというのは嫌だった。しかし一方では、魔女が彼らに悪いことをしないだろうと信じようとした、あるいはそう信じているふりをした。「というのは」と心の中で考えた。「魔女を悪く言う人たちは魔女の敵なので、彼らが言うことの半分は本当ではないのだ。とにかく、あの人は僕には本当に親切だったし、他の人たちよりもずっと親切だった。あの人は正当な女王だと思う。とにかく、あの恐ろしいアスランよりはずっといいだろう」。少なくとも、それが、彼が心の中で、自分がしていることに対する言い訳だった。しかし、それは良い言い訳ではなかった。というのは心の奥では、白い魔女が悪いこと、残酷であることを知っていたからだ。

ここには間違った方向に進んでいることを知りながら引き返そうとせず、そのまま深みにはまっていく人間の逡巡と言い訳が的確に描かれている。ビーバーの家にコートを忘れてきたエドマンドは滑ったり、転んだりしてずぶ濡れになっていた。引き返して全てを打ち明けようかと思うが、その度に王様になったら色んなことをしたいと、空しい夢を見、一方ではみんなピーターのせいだと考える。

しかし、魔女からお菓子をもらえなかったとき、エドマンドは現実に目覚める。魔女はオオカミにピーターたちを襲うように命じる。事態は取り返しのつかないところに来ていた。エドマンドは魔女の橇に載せられてアスランが現れるという石舞台に向かう。その途中で、パーティを開いていたキツネやリスを見て腹を立てた魔女は、サンタが来たんだ、と狂ったように叫ぶ子リスを石にしてしまう。止めに入ったエドマンドは魔女に気絶するほど強く殴られる。しかし、「エドマンドはこの物語で初めて、自分以外の者をかわいそうだと思った」と書かれている。これを起点にエドマンドは変わっていく。

その夜、エドマンドは魔女にいけにえとして殺される寸前に、アスランの軍勢に助けられる。翌朝、エドマンドはアスランと共にいた。彼らは二人だけで話をした。しかし、「アスランが言ったことを話す必要はない。(中略)しかし、それはエドマンドが決して忘れたことのない会話であった」と書かれているだけである。

ここから物語は魔女の要求に応じて、アスランが裏切り者のエドマンドの身代わりに死ぬという話に移る。身代わりとしての死を前にして悲しみに沈むアスランの姿を見たルーシィとスーザンは、夜、アスランが一人でキャンプを出ていくのに気づき、ついていく。その途中でアスランは意気消沈し、ルーシィとスーザンの慰めを求める。それは死ぬことの恐ろしさ、重さを読者の心に刻み込む。アスランはその後一人で石舞台に向かい、魔女の仲間に捉えられ、ロープで巻かれ、毛を剃られ、殺される。読者は死んだアスランを抱きしめるルーシィとスーザンと共にその死を悲しむ。エドマンドの行為がナルニアの創造主アスランの死を招いてしまったのだ。私たちは自然にイエスの磔刑に思いをはせる。

アスランの死の知らせを聞いたエドマンドは、死を覚悟して魔女の軍と戦う。闘いの後ピーターがアスランに報告したように、エドマンドが魔女の杖を叩き落としたことで、魔女は力を失い、闘いに負けたのだ。その場でアスランはエドマンドに騎士の位を授ける。その後、四人の兄弟がケア・パラベル城の王座に就き、ナルニアに平和が訪れる。エドマンドはピーターより真面目で物静かだったので、「正義の王」と呼ばれた。重大な罪を犯したエドマンドを「正義の王」としたところに、作者ルイスの人間観が現れていると言えよう。四人の子どもたちは『ライオンと魔女』では終始アダムとイヴの子どもと呼ばれている。それは悪魔の誘惑に負け、神の命令に背いた者の子どもという意味である。これがルイスの考える人間であった。

このように、エドマンドが死を覚悟して魔女と戦うに至るまでのエドマンドの心の変化はアスランの死によって暗示されているにすぎない。それが具体的に描かれるのは『カスピアン王子のつのぶえ』(一九五一)に続いて出版された『朝びらき丸東の海へ』(一九五二)のユースチスにおいてである。要約が続くので、ここでは回心の場面だけを見ることにする。

エドマンドたちの従弟ユースチスは傲慢で、嘘つきで、他人を馬鹿にして友だちを作ろうとしなかった。そのために東の果ての国への航海の途中に立ち寄った島で竜になってしまう。彼はライオンに助けられて人間に戻る。その様子を彼は次のように語った。

ユースチスが惨めな思いで寝ていると、ライオンが現れて、ついてこいと言った。山の頂に庭があり、真ん中にプールがあった。ライオンは服を脱ぐように言った。服は着ていなかったので、竜の鱗のことだと思って引っかいた。すると皮がむけ始めた。皮をむいて水に入ろうとすると、また鱗が出てきた。下にまだ皮があったのだと思って、もう一度引っ掻いたが、また皮が生えてきた。それをまた引っ掻いて皮をむいたが、だめだった。その時、ライオンが、お前は私にその着物を脱がさせなければならない、と言った。

ライオンが初めて僕の体を引き裂いたとき、心臓まで裂かれたかと思った。ライオンが皮を引きはがし始めると、今まで感じたことがないほど激しい痛みを感じた。我慢できたのは、皮がはがれるのを感じる喜びだった。（後略）

（前略）僕は皮をむかれた小枝のようにすべすべして、柔らかかった。それからライオンは僕をつかんだ―僕はそれが嫌だった。皮膚がなくなっていたので皮膚の下が傷つきやすかったのだ―それから、ライオンは僕を水の中に放り込んだ。ずきずき痛んだが、ほんの一瞬だった。その後は全く気持ちがよくなって、泳いだり、水をはねかけたりし始めたが、すぐに腕の痛みが消えているのがわかった。

『ライオンと魔女』においてエドマンドが経験しなければならなかったのはこのような回心の苦しみだっただろう。エドマンドはユースチスに、アスランだと言った。そして、「ここだけの話だけれど、君は僕が初めてナルニアへ行った時ほど悪くなかったよ。君は愚かだっただけだけれど、僕は裏切り者だったんだ」とつけ加えた。エドマンドが自分の罪を忘れることはなかったのだ。

それにしても、二人の罪は取るに足りないものに見える。しかしその取るに足りない罪がアスランを死に追いやり、ナルニアを亡びに導いたというのが、ルイスの考えである。ナルニア国の誕生を描いた『魔術師の甥』(一九五五)においても少年ディゴリーの好奇心が結果的に誕生したばかりのナルニアに罪をもたらすことになる。そのいきさつを簡単に見ておこう。

○

『魔術師のおい』では十九世紀後半のロンドンが舞台で、ディゴリーという名の少年が主人公である。ディゴリーの父はインドで仕事をしていた。ディゴリーは病気の母と一緒に、父方の伯父アンドルーとレティ叔母の家に住んでいた。母親の病気はもう手の施しようがない状態であった。伯父は頭がおかしいと思われていたが、実は魔術師だった。妖精の血を引く大叔母から処分するように言われた秘密の箱を取っておいて、そこに入っていた別の世界の土から別の世界へ行く指輪と、そこから戻る指輪を作ったところだった。伯父は実験材料が欲しかった。ある夏の雨の日、ディゴリーは親しくなった隣の少女ポリーと長屋の探検をしていて、偶然伯父の書斎に入ってしまった。本やノートなどが置かれたテーブルには、黄色と緑の指輪があった。伯父はポリーに指輪は好きかと聞いた。黄色い方ならあげるよと言った。ディゴリーはだめだと叫んだが、ポリーは指輪に手を伸ばした。触れた瞬間、ポリーの姿が消えた。伯父は自分は年寄りなので連れ戻しに行けないが、緑の指輪を持って後を追えばいいのだと言った。ディゴリーは選択を迫られた。戻ってこられるかどうかわからないし、病気の母親のことも心配だった。とうとう、ディゴリーは指輪を取り上げた。すると、しばらく水の中を通った後、池の側の林に出た。服も体も濡れていなかった。林の中には他にも池がたくさんあった。一本の木の根元にポリーが寝ていた。二人は緑の指輪をはめて、池の中に飛び込もうとした。ところが、そのとき、ディゴリーは好奇心にかられた。伯父は別の世界があると言ったが、もし別の池に飛び込めば、別の世界に行けるかもしれない。ポリーは反対した。それで結局、伯父の書斎に戻れることがわかったら途中で引き返して、それから別の池に飛び込んでみることになった。二人は伯父の部屋が見えると元に戻り、それから緑の指輪をはめて、別の池に飛び込んだ。

二人が着いたのは、大きな宮殿の中庭だった。辺りは気味の悪い、赤みがかった光に覆われていた。ポリーは、黄色い指輪をつけて早く元の池に戻ろうと言ったが、ディゴリーは周りの建物を探検してからだと言った。何千年も前に建てられたと思われる大きな建物の中を通って行くと、何百人もの女性が座っているところに出た。どれも美しい女性の像だったが、最後の像が一番きれいだった。部屋の真ん中に柱があった。そこに小さな鐘と金の槌が架かっていた。柱には文字が書いてあった。「選びなさい、冒険好きの見知らぬ人よ、鐘を打って、危険なものが現れるのを待つか、それとも、もし鐘を打っていたらどうなっていたかと、一生気が狂うまで、考えるか」

ディゴリーは迷った。しかし、鐘を打たなかったことを後悔したくないと思った。ポリーは反対だった。その時、ディゴリーは卑劣な行動に出た。ポリーを押さえつけて、鐘を打ったのだ。美しい鐘の音が響いた。それは徐々に大きくなり、建物が揺れ、ついに屋根が崩れ始めた。しばらくして静かになった時、王冠をつけた一番美しい女性が立ち上がった。女王だった。女王は二人の手を取って、都が見下ろせる高台に連れて行った。しかし都には生き物の気配がなかった。ここは死の都チャーンだ、と女王は言った。女王は姉と王位をめぐって戦った時の話をした。姉の軍勢が宮殿に押し寄せ、女王の最後の兵を倒した。そのとき、姉は「勝った」と大声を上げた。その瞬間、女王は呪いの言葉を唱えた。一瞬のうちに全ての生き物が滅んだ。それから女王は魔法をかけて像の一つになり、何千年でも、誰かが鐘を打ち鳴らすまで待つことにしたのだと言った。女王は魔女ジェイディスだった。

ディゴリーたちは女王を置いて帰ろうと、指輪に触った。世界と世界の間の林に出たとき、ポリーの髪の毛をつかんだ女王がついてきていた。女王は林の中では息をするのも苦しそうで、哀れな声で、助けてくれと言った。ポリーは女王を置いて元の世界に帰ろうとした。しかしディゴリーは一瞬、かわいそうに思って、躊躇した。その瞬間、女王はディゴリーの耳をつかんでいた。ディゴリーは伯父の書斎に女王を連れてきてしまったのだ。女王、いや魔女ジェイディスはこちらの世界ではすぐに人を圧倒する力を取り戻した。魔女と伯父は馬車に乗ってロンドンの街に出て行った。

ディゴリーは魔女を元の世界に連れて帰る方法を考えていた。その時、ぶどうをもって母親の見舞いにきた女性と叔母の話が聞こえた。この世の果物ではもう効き目がない。若さに溢れた国の果物でも食べないとだめだろうと言った。ディゴリーは指輪を使って、若さの国を探そうと思った。そこに、馬車に乗った魔女と伯父が戻ってきた。馬車はガス灯の柱にぶつかった。魔女はその街灯を折った。その時ポリーがやってきた。ディゴリーは魔女の足をつかんで、ポリーに黄色い指輪をはめるように言った。二人は魔女、伯父、馬車屋、そして馬を連れてあの林に出た。

そこは何もない世界だった。星もない暗い世界だった。そのとき、歌声が聞こえてきた。すると暗闇から太陽が昇ってきた。歌っているのはライオンだった。ライオンは歩きながら歌を歌った。すると、何もない土地に草が生えてきた。草は水が広がるように土地を緑に変えていった。やがて、芝生から花や木が生えてきて、一面の花畑となった。

ライオンはディゴリーたちの方にやってきた。魔女がライオンの頭をめがけてロンドンでへし折った街灯を投げつけた。街灯はライオンの頭に当たって、草のなかに落ちた。しかしライオンは何事もなかったかのように歩いていった。魔女は叫び声をあげて逃げた。その時、皆は驚くべきものを見た。魔女の投げた街灯が見る見るうちに伸びて行ったのだ。さらに驚いたことには街灯に明かりが灯った。伯父が叫んだ。「若さの国だ！」その言葉を聞いて、ディゴリーは母親の病気を治す果物があるかもしれないと思った。

その間にも、周りはどんどん変わっていった。土が盛り上がって、色々な動物が出てきた。ライオンはたくさんの動物たちの中からそれぞれ二頭ずつ選んだ。選ばれなかった動物は方々に散っていった。ライオンは選ばれた動物を集めて激しい声で言った。「今、ナルニアはできた。次に私たちは、この国を安全に守ることを考えねばならない。（中略）なぜなら、この世界は生まれてまだ五時間も経っていないのに、既に悪が入り込んだからだ」
ディゴリーは母親の病気を治す食べ物をもらいたくてアスランに近づいた。アスランはディゴリーを見て、この子が悪魔をこの国に連れてきたのだと言った。

長い要約になったが、これが『魔術師のおい』に描かれたナルニアの創世記の前半である。物語はこの後、ディゴリーの罪の償いへ移っていく。アスランは魔女がナルニアに近づかないように、魔女が恐れる木を植えることにした。アスランはディゴリーに、山の彼方にある果樹園のリンゴを取ってくるよう命じた。しかし魔女は果樹園に先回りして命の木の実を食べていた。ディゴリーが来ると、命のリンゴを食べなさい、そして母親のところに帰って母親を助けなさい、と誘惑した。ディゴリーは迷った。しかし、最後には誘惑をはねのけてアスランとの約束を果たす。

以上の要約でもわかるように、ディゴリーは好奇心から何度か罪を犯す。心の弱さから、あるいは優しさから、魔女を置き去りにできなかった。しかし、その罪を自覚し、反省したことによって、ディゴリーはアスランから許しと祝福を受けた。ルイスは原罪を、そして罪をそのように理解しているのだ。これはルイス独自の解釈ではない。十七世紀の詩人ミルトンの叙事詩『失楽園』でも、イヴは好奇心をそそられて木の実を食べ、アダムはそれを知ってイヴを愛しく思い、木の実を食べる。原罪についてルイスは正統な考えを継承していると言える。ルイスの故国イギリスにおいては、そのことが理解されている。しかし、原罪についての理解が乏しい日本においては、『ナルニア』は純粋な子どものためのお話に留まっている。

○

C・S・ルイスはこれまでキリスト教護教論者、あるいは聖者として考えられてきた。そのためかルイスがいつ頃から、あるいはなぜ悪魔の誘惑や罪に関心を持つようになったのかに言及した書物は、私の読んだ範囲ではマイケル・ホワイト著『C・S・ルイス　ナルニア国の父』だけである。ホワイトの著書を中心にルイスの人生を振り返ってみる。

クライヴ・ステープル・ルイスは一八九八年に北アイルランドの首都ベルファーストで生まれた。事務弁護士の父アルバートと、快活で物静かな母フローレンスの安定した家庭で育った。三歳年上の兄ウォレンとは仲が良かった。幼児期の特筆すべきことは四歳の時に自分の名前が気に入らなくて、突然ジャクシーと呼ぶように要求し、やがて家族や親しい者たちがジャックと呼ぶようになったことである。学校ではもちろんクライブと呼ばれていたので、ルイスは四歳で二つの名前を持つことになった。それが後の彼の生活に影響を与えたと思われるが、はっきりしたことはわからない。しかし、それが彼自身にも理由がわからない最初の小さな反抗であったことは確かである。

しかし、幼児期の最も大きな事件は一九〇八年、九歳の時に母が癌で亡くなったことである。それまでの楽しい生活が一変してしまった。兄は既に一九〇五年に家を離れて寄宿学校に行っていたので、ルイスは悲嘆にくれる父親と暮らさねばならなかった。母が癌だと診断された一九〇八年春、父親はそれまで同居していた老父を療養所に移した。ところが、二週間も経たないうちに老父は卒中で亡くなった。父親は罪の意識に苦しんだ。その間も妻の病状は悪化し続け、八月に亡くなった。さらに、その二週間後に父の兄が急逝した。相次ぐ不幸に打ちひしがれて、父親は子どものことを考えることもできず、酒に溺れ始めた。

母がいなくなった家の中で、父親が子ども以上に苦しんでいるとき、子どもはどのような状態に陥るだろう。ルイスは後に、「大人が悲しみに暮れ、恐怖に打ちひしがれているのを見るとき、子どもの心は麻痺し、相手から本能的に遠ざかりたくなる」と書いている。母が元気な頃、ルイスは父親を頼もしい存在と思っていたが、今や父親を遠ざけていた。ルイスは心の中で母親を求め、母親が生きていた楽しい日々を回想した。幼い頃から兄と一緒に想像上の国を作っていたルイスは、一人になったとき、兄との楽しい思い出や物語の世界に精神の安定を求めた。翌九月、ルイスのためを思って父親は彼を兄ウォレンがいるイギリスの寄宿学校に送り出した。アイルランドで父と息子が一緒に暮らすことは難しかったのだ。しかし、その学校は校長による体罰が原因で告発されていて、一九一〇年に閉鎖された。

ベルファストに戻ったルイスは一九一〇年九月にキャンベル・カレッジ寄宿学校に入学するが、病気のため一学期で退学した。一九一一年一月から一九一三年六月まで兄の学校に近いウースターシャー州グレイト・モールヴァーンの予備学校シャーバーグ・ハウスに在学した。このときにキリスト教信仰を失ったと言われている。その後、ウォレンが在学していたモールヴァーン・カレッジに進んだが、兄は退学し、一九一四年一月に陸軍士官学校に入学し、十一月にはフランスに出征した。ルイスは一九一四年九月から二年半、つまり一九一七年四月にオックスフォード大学に入学するまで、父親の恩師であったサリー州のウィリアム・T・カークパトリックの許で個人教授を受けた。罪と言えば、ここでカークパトリックの無神論の影響を受けたことだ。彼は「すべての宗教を論理的に不合理なものとして、屑籠にほうりこむように無視していた」。カークパトリックはラテン語、ギリシア語から始めて鋭い言語感覚を養い、明晰な論理を重視する教育を施した。「ごく単純な問題についても明晰な、洗練された思考の重要性を強調」した。それはルイスの教育に欠けていた「基本的な要素―訓練と方法論を提供した」と言われている。アンソニー・ホプキンス主演の映画『シャドーランド』（邦題『永遠の愛に生きて』）ではオックスフォード大学のルイスの研究室での授業風景が出てくるが、授業での議論の仕方はカークパトリックを髣髴させるものだった。

しかし一九一四年の冬、ルイスは父の元に帰ると、教会で堅信礼を受けた。父は事務弁護士の仕事と酒によって孤独で憂鬱な生活を紛らわせていた。ルイスが堅信礼を受けたのは、父との関係を悪くしたくないという配慮からだっただろう。ルイスは「その儀式を、自分が役者として登場しているだけの猿芝居と考えていた」とホワイトは書いている。ルイスを護教論者と考える人たちから見れば本当に罪深い時期だった。

一九一七年四月末にルイスはオックスフォード大学に入学する。六月には陸軍に召集され、そこで同じアイルランド出身のパディ・ムーアに出会い、親しくなる。しかし十一月にはフランスに出征した。このときパディ・ムーアと、どちらかが戦死したとき、生き残った者が戦死した者の家族の面倒を見るという約束をする。戦場はむごい所だった。ルイスは半年もたたない一九一八年四月に敵弾にあたって負傷し、本国に送られる。五月にはロンドンの病院に入院した。すぐに、パディの母親ジェイニー・ムーアが訪ねてきた。七月、ルイスはムーア夫人の家の近くにあるブリストルの病院に移った。パディは三月に行方不明になっていた。戦死の報が九月にもたらされた。ルイスはムーア夫人とその娘モーリーンの世話をすることを決意した。

ホワイトの伝記には、ルイスは出征前にパディを訪ねてきたムーア夫人と「精神的に結ばれるようになっていた」と書かれている。二人はルイスの出征中も文通をしていたという。それにはルイスの父親の態度が大きく影響したように思う。ルイスは出征前に父親に会いに来てほしいと手紙を書いた。ルイスとしては出征前の不安なときに父親と話がしたかったのだろう。しかし、父親は来なかった。ルイスが話すことができたのは友人の母ムーア夫人だった。彼女は夫と別れて、十二歳の娘モーリーンと暮らしていた。（しかし夫人は生涯離婚手続きは取らなかった。）彼女は息子パディが頼りだった。ルイスもムーア夫人も話を聞いてくれる相手を求めていた。戦場で負傷して帰ったときも、ルイスは父親に会いに来てほしいと手紙を書いた。しかし、父親は来なかった。彼を訪ねてきてくれたのは、戦場にいる息子の安否を気遣うムーア夫人だった。パディが戦死したという知らせが届いたとき、ルイスがムーア夫人の世話をしようと決心したのも自然なことだったと思う。しかし、同居するとなると、それはまた別のことだ。ルイスから話を聞いて、父親は同居に反対した。兄ウォレンも反対だった。しかしルイスは父親の言うことを無視して、一九一八年一月オックスフォードで同居を始めた。父親との関係は益々悪化していった。兄も二人の関係を嫌い、オックスフォードに来てもホテルに泊まった。後年、兄ウォレンは当時のルイスの生活を、「窮屈で、気がおかしくなりそうな奴隷的な暮らし」と評した。

日本で出版されているルイス関係の書物のほとんどが、ムーア夫人（当時四十六歳）との同居は戦死した友人との約束を果たそうとしたものであり、ルイスは夫人に母親を求めたのだと書いている。性的な関係があったと書いている本はほとんどない。ルイス自身はこのことについて何も書いていないし、友人にもムーア夫人の存在を伏せていた。その上、ルイスは亡くなる前に手紙類を全て焼却するように兄に頼んでいた。兄は忠実に頼みを実行した。それゆえ、二十歳から始まったムーア夫人との関係は謎に包まれたままなのである。

二十世紀前半のオックスフォード大学ではかなりの教授が伝統に従って独身であった。そのことを考えると、友人の母親との同居がいかに大きな問題であったかは明らかである。それがわかりながら同居を続けたのは、父親との確執が原因だったのではないか。父の干渉に断固として反対する。幼い頃、自分の名前が気に入らずジャクシーと呼ぶように求め、ついに家の者や親しい者にジャックと呼ばせたような頑固な一面がルイスにはある。その頑固さがときどき彼をとらえてしまう。これは彼がオックスフォードの教授になり、『ホビット』や『指輪物語』で知られるトールキンたちとインクリングという文学の会を作って創作に励んでいた頃の話だが、ルイスは詩学の教授職が空席になったとき、それほどその職に向いていない友人を推薦し、選挙活動をして通してしまった。後にルイスは間違いだったと反省している。

一九一八年一月に同居を始めたが、収入は戦傷補償金と奨学金を合わせても二五〇ポンド(今日の約一万二五〇〇ポンド)にもならず、父親からの年二一〇ポンドの仕送りが必要だった。ムーア夫人は収入がなかったこともあって、メイドを雇うことを認めなかった。ルイスは家では買い物、料理、掃除などの仕事までこなしていた。それでもルイスは勉学に専念した。一九二〇年には古典語学位取得優等試験で第一級学位を最優秀の成績で取得した。一九二二年には、人文科目最終特別優等試験で第一級学位を取得した。しかし就職は難しかった。オックスフォード大学以外で就職することはムーア夫人との生活を考えると難しかった。それで彼はもう一つ英語英文学の学位を取ることにした。ようやく一九二四年に常勤のチューターとなった。年収二〇〇ポンドだった。一九二五年にオックスフォード大学モードリン・カレッジの英語・英文学のフェローとなった。年収五〇〇ポンドだった。ようやく父親の援助なしに暮らすことができるようになった。ルイス自身が「生涯最悪のとき」と呼んだ時期は終わった。

精神的にも余裕が出てきたルイスはその年から故郷ベルファストに住む父親をしばしば訪れるようになった。父アルバートは一九二八年五月に仕事を辞めて、メイドを一人雇って、孤独な生活を送っていた。しかし一九二九年の夏に大腸癌が見つかり、入院した。ルイスは八月十二日から九月二十二日までベルファストに戻り、父親を見舞い、以前にはなかった打ち解けた関係を築いた。しかしルイスがイギリスに戻った三日後、父親は亡くなった。

兄ウォレンは一九二四年にはムーア夫人の存在をある程度認めるようになっていた。そこで彼らは父親の家を売却したお金でオックスフォード郊外に家を買い、ウォレンが中国から帰ったときに一緒に住むことにした。ウォレンがオックスフォードの家キルンズでルイスたちと一緒の生活を始めるのは一九三二年である。

ルイスはトールキンを始めとする多くの友人たちとの親交を通して、次第に信仰を回復し、一九三一年、三十三歳の時にキリスト教を信じるようになった。このことは無神論者であったムーア夫人との関係に影響を与えたと思われるが、外面的には彼らの生活は変わらなかった。夫人は五十八歳になっていた。翌一九三二年には兄が一緒に暮らし始めた。ルイスは家庭内のごたごたや家事をこなしながらも精力的に英文学の研究とキリスト教護教論者としての仕事に励んだ。彼の名が国民全体に知られるようになったのは一九四一年に『悪魔の手紙』の第一話を『ガーディアン』誌に掲載してからである。それが人気を博し、彼はBBCでキリスト教についての講話を担当することになった。一九四二年には『悪魔の手紙』が出版された。一九四三年には『キリスト教の精髄』が出版され、護教論者としてのルイスの地位が確立した。一九四五年、第二次大戦が終わる頃からムーア夫人の認知症がひどくなった。兄ウォレンのアルコール依存症もひどくなっていった。その後も宗教的著作が多く書かれ、一九五〇年には『ナルニア』第一作『ライオンと魔女』が出版された。しかし一九四九年六月には疲労のために倒れ、入院している。一九五〇年春、ムーア夫人を家で介護することができなくなり、近くの介護施設に入所させた。一九五一年一月十二日、夫人死去。

一九一九年一月十三日に同居し始めてから実に三十二年の共同生活であった。ルイスがその生活をどのように思っていたかを示す面白い言葉がある。「生きていくこつは不愉快なことをすべて、自分自身の生活、自分の現実の生活を邪魔するものと見なすのをやめることだ」。ルイスとムーア夫人との間に性的な関係があったかどうかはここでは問題ではない。同居することによって悪魔の誘惑を受けたことは間違いないだろう。しかも同居によって父親や兄との関係が悪化した。母親が亡くなって以来、父親とは疎遠だった。しかし、同居当初、父親の経済的援助なしには生活がなりたたなかった。経済的に自立してからも、ルイスの生活は兄から見て「気がおかしくなりそうな奴隷的な暮らし」であった。そこには先の言葉に見られるように、常に不愉快なことがあり、研究を邪魔するものがあった。平穏な学究生活に見えるが、ルイスの生活には彼を悩ますものが絶えずあった。ルイスはいつも悪魔の誘惑を受けていたと言ってもいい。彼は常に『ナルニア』の主人公たちが無意識に犯したような罪の誘惑に晒されていた。ルイスが罪や罪人の心の動きに精通していたとしても不思議ではない。

Alister E. McGrath はその著『C・S・ルイスの知的世界』で、一九三〇年代半ばからルイスは聖アウグスティヌスの『告白』に深い敬意を示していたと言う。しかし、『告白』と一九五五年出版のルイスの自伝『不意なる歓び』を比較するマックグラスの『告白』の扱いには情欲に関する言及が欠けている。マックグラスは『告白』の五つの出来事として、若い時に梨を盗んだこと、友人の死、嘘をついて母から逃れたこと、庭で回心を経験したこと、死ぬ前に彼と母とが共有した神秘的なヴィジョンを上げている。しかしアウグスティヌスは『告白』第三巻において十七歳から十九歳までの学生時代に囚われていた情欲について、第六巻でも肉欲を中心とした現世への執着について誠実に語っている。キリスト教の教父として尊敬されてきたアウグスティヌスでさえ多くの過ちを犯した。しかし放蕩息子であったアウグスティヌスは肉欲の絆から解放されて神の元へ進んだ。例えば次のようなアウグスティヌスの神への呼びかけは、ルイスにとって大きな支えだったのではないか。

過去を想いかえすのは苦い。しかし、あなたが私にとって甘美になりたもうために、いたします。いつわりのない甘美、さいわいでたしかな甘美よ。一なるあなたからそむいて多のうちにむなしくなったとき、私はずたずたにひきさかれていましたが、あなたはその分散の状態から、私を集めてくださいました。

『告白』第二巻の冒頭の一節である。『ナルニア』の歓びはルイスの幼年時代の歓びから来ていると言われてきたが、彼の過去の苦い経験から生まれたものでもあるだろう。先に一部を引いたルイスの言葉は次のようになっている。そこに私たちは、今引用したアウグスティヌスの言葉と同じ思いを感じることができる。

生きていくこつは不愉快なことをすべて、自分自身の生活、自分の現実の生活を邪魔するものと見なすのをやめることだ。人が邪魔と考えるものこそ、まさに現実の生活なのだ。神が日ごとに賜る毎日の暮らしなんだよ。

*

新渡戸稲造の『武士道』とクエーカー

霊的自伝あるいは精神的自伝と訳される自伝が十七世紀のイギリスで、ピューリタンの間に流行した。信仰に目覚めるまでの魂の軌跡を描いたものだが、アウグスティヌスの『告白』の英語訳が普及するとともに爆発的に増えていった。私が読んだのはそのうちの小説的表現をもったほんのわずかな自伝にすぎないが、その中にクエーカーのトマス・エルウッドの自伝があった。

エルウッドの名前は日本ではほとんど知られていないが、十七世紀イギリス文学の研究者にはクエーカーの創始者であるジョージ・フォックスの日記の編者として、また詩人ミルトンに『復楽園』の構想を与えた人物として知られている。一六六五年、ロンドンで疫病が流行し、ミルトンがロンドンの西、バッキンガムシャーのチャルフォント・セント・ジャイルズに移ったとき、家を手配したのはエルウッドだった。エルウッドはまたアメリカで迫害を受けていたクエーカーたちのために、アメリカ東部の森をクエーカーの理想の国ペンシルバニアとして整備したウィリアム・ペンと同世代で、ペンの妻となるギュリとは友だちであった。新しく生まれたクエーカーという宗派の信者たちは、聖書と一人ひとりの心の中に聞こえてくる神の声以外には、国王の権威さえも認めなかった。そのために彼らは親と対立し、また政府による弾圧によって監獄に入れられ、拷問にあった。その様子を、エルウッドの自伝はリアルに描いている。同じ神を信じている者にこれほどひどい仕打ちをするキリスト教信仰とは一体何なのかと考え込んでしまうほど徹底した弾圧であった。

　エルウッド、ペン、そしてギュリたちは、今はチャルフォント・セント・ジャイルズにある質素なクエーカーの集会所前の墓地に眠っている。それはウィリアム・ペン・カントリーとして知られている田園地帯である。大英図書館でエルウッドの自伝を読み終えた後、花がいっせいに咲き誇るウィリアム・ペン・カントリーを歩いたのは今から十三年前の一九九三年のことである。いつか、その日のことを書いてみたいと思っているが、ここではそれに触れる余裕がない。フォックス、エルウッドに興味がある方は参考文献にある拙論をお読みいただきたい。

　新渡戸稲造の『武士道』について語ろうとしてクエーカーの話を持ち出したのは、新渡戸が日本で最初のクエーカー教徒だからであり、『武士道』の思想的背景にはクエーカー信仰があるからだ。一年前の二〇〇六年に新渡戸の『武士道』が話題になったとき、新渡戸とクエーカーの関わりについて書いてみたいと思ったのだが、何もできないまま一年が過ぎた。今では誰も、新渡戸のことも『武士道』のことも言わなくなってしまった。元々流行とかけ離れた学問をやっているのでそのことは全く気にならないのだが、読んでくださる方は『武士道』が一年前に流行したなどということさえ忘れておられるだろう。それで先ず、一年前のことから始めたい。

平成十八年九月、安倍晋三政権が発足した。戦後生まれの首相は「美しい国、日本」というスローガンを掲げて、戦後レジームからの脱却を目指し、教育改革に乗り出した。そのときに脚光を浴びたのが新渡戸稲造の『武士道』であった。安倍政権は一年ももたずに終わり、一年前の『武士道』ブームは何も残さず消えてしまった。しかし、『武士道』は日本人としていかに生きるかを考える上で重要な問題を含んでいるし、新渡戸の思想を知れば知るほど、新渡戸は、今は埋もれているが、これからの日本にとって非常に重要な思想家であることがわかる。ブームとともに忘れるにはもったいない人である。

新渡戸の『武士道』は一九〇〇年に欧米人向けに英語で書かれ、アメリカで出版された。数年後に日本でも翻訳書が出され、それ以後何度も脚光を浴びてきた。日本人であることの誇りをくすぐる冒頭部分はとりわけ戦時中に日本人の心を魅了した。

武士道はその表徴たる桜花と同じく、日本の土地に固有の花である。（中略）それは今なお我々の間における力と美との活ける対象である。それはなんら手に触れうべき形態を取らないけれども、それにかかわらず道徳的雰囲気を香らせ、我々をして今なおその力強き支配のもとにあるを自覚せしめる。

ここには、太平洋戦争中に戦意を鼓舞した軍歌「同期の桜」に似た日本人の心に訴える調べがある。もちろん、新渡戸にはナショナリズムを鼓舞する意図はない。新渡戸は、宗教教育をしないでどうやって道徳を教えているのかとベルギー人学者に問われ、それに答えようとして『武士道』を書いたのだ。日本にも西洋に劣らない道徳教育があると説くことは、自然に日本人の精神の奥深くにある美しい特性を褒め称えることになった。しかし、新渡戸が『武士道』で日本の良さを称えていると解するのは、『武士道』を読んだことのない人だ。なぜなら新渡戸は、武士道は武士階級の崩壊とともに死んだが、そのすぐれた道徳性はキリスト教という木に接ぎ木をすることで生き延びることができると言っているのだから。

一年前に新渡戸の『武士道』がブームになったときも、日本の古来の精神をキリスト教に接ぎ木するという問題は明確に扱われなかった。いや、それより、一年前にそんなブームがあったのかと驚く人が多いと思うので、当時の新聞記事を見ておこう。平成十八年十二月九日の朝日新聞朝刊の文化欄に、「新渡戸『武士道』人気なぜ」という見出しで、新渡戸人気の原因をさぐる記事が載った。それによると、新渡戸が取りざたされるようになったのは、戦後日本の教育の根幹をなしていた教育基本法を安倍政権が改正しようとしたところから起こったのだった。面白いのは改正支持派も反対派も新渡戸を持ち出して持論を展開したことだ。その理由を、その記事では、小嶋毅東京大学准教授が次のように解説していた。

新渡戸の武士道は「日本の伝統文化についての実証的、歴史的、学術的な書物ではなく、クエーカー教徒の新渡戸の頭の中で構成したもので、野蛮なものを排除して清く正しいものにしている」。つまり『武士道』とは、クエーカー教徒であった新渡戸の頭の中で純化された古き良き時代の日本の道徳であった。『武士道』を持ち上げる人びとはキリスト教徒であった新渡戸という部分を無視して、武士道の純化され、美化された部分に注目し、日本人の中にも外国、とりわけ西欧の国々の道徳に負けないものがあると主張したのだ。

この記事では、『武士道』の翻訳者であり、新渡戸稲造の研究者である佐藤全弘大阪市立大名誉教授が「新渡戸は武士道は消えてもいいが、担ってきた徳目をどう継承するかを言いたかった」、「日本でも西洋とは違う形のキリスト教が徳目を担ってほしいというのが新渡戸の結論」と述べている。さすがである。

先に述べたように、新渡戸は武士道に流れている良い徳目はキリスト教に接ぎ木すれば継承できると考えた。『武士道』を称揚することは古来日本の伝統を大切にすることだと考えてきた人も多いだろうから、実際に『武士道』を少し読んでみたい。武士道といえば『葉隠』という別の書物を思い浮かべる人もいるだろう。武士道とは死ぬことと覚えたり、という言葉は戦前戦中の若者を戦地に駆り立てる強い力を持っていた。では、新渡戸の『武士道』では死はどのように扱われているのか。第十二章「自殺および復仇の制度」を読んでみよう。

新渡戸は先ず外国人を驚かせ、恐怖心を抱かせてきた腹を切るという行為が西洋の文学や絵画にも見られることを挙げ、それが全く日本人だけが行ってきた行為でないことを説明している。次に、日本人にはそれが「不合理でも野蛮でもなきこと」、それどころか、「最も高貴なる行為ならびに切々たる哀情の実例の連想がある」と述べている。「しかしながら真の武士にとりては、死を急ぎもしくは死に媚びるは等しく卑怯であった」と述べ、戦に敗れ、野山へと追われた一人の武士の話を書いている。この武士は「憂きことのなほこの上に積れかし／限りある身の力ためさん」とキリスト教殉教者のような忍耐を持っていたと書いている。そして新渡戸は次のように言う。

サー・トマス・ブラウンの奇書『医道宗教』の中に、我が武士道が繰り返し教えたるところとまったく軌を一にせる語がある。それを引用すれば、「死を軽んずるは勇気の行為である、しかしながら生が死よりもなお怖しき場合には、あえて生くることこそ真の勇気である」と。（後略）

これらの語は我が国民をして、「わがため己が命を失う者はこれを救わん」と教えし大建築者〔キリスト〕の宮の門に接近せしめているではないか。これらは、キリスト教徒と異教徒との間の差異を能う限り大ならしめんと骨折る試みがあるにかかわらず、人類の道徳的一致を確認せしむる数多き例証中の、僅か二、三であるに過ぎない。

新渡戸はキリスト教を中心として武士道を解釈している。武士の死についての態度はキリスト教の基準から見ても容認できるものである、と述べることが新渡戸の意図であった。そのことは第十七章「武士道の将来」において、さらに明確に述べられている。

日本人の心によって証せられかつ領解せられたるものとしての神の国の種子は、その花を武士道に咲かせた。悲しむべしその十分の成熟を待たずして、今や武士道の日は暮れつつある。しかして吾人はあらゆる方向に向かって美と光明、力と慰藉の他の源泉を求めているが、いまだこれに代るべきものを見いださないのである。功利主義者および唯物主義者の損得哲学は、魂の半分しかない屁理屈屋の好むところとなった。功利主義および唯物主義に拮抗するに足る強力なる倫理体系はキリスト教あるのみであり、これに比すれば武士道は「煙れる亜麻」のごとくであることを告白せざるをえない。

幼い子どもの命を奪う事件が頻発し、年間三万人以上の自殺者が出るこの国は、新渡戸が見通したように、全てを有用性から考える功利主義、精神より物質の方が根源的であると主張する唯物主義に支配されてしまった。お金が全てである。グローバル化した商業主義の網の目の中で生きて行くには、そう考えざるをえない。世界第二の経済大国であるにも関わらず、どんなに働いても楽な暮らしができない人が増えている。ここから抜け出すにはどうすればいいのか。明治の初めに戻ったとして、新渡戸が言うように「功利主義および唯物主義に拮抗するに足る強力なる倫理体系はキリスト教あるのみ」であるとして、もしその道を取っていれば今の日本は変わっていたのだろうか。キリスト教国の現状を見れば、彼らもまた商業主義に毒されているとしか思えない。だからこそ先に引用した佐藤氏は「日本でも西洋とは違う形のキリスト教が徳目を担ってほしいというのが新渡戸の結論」だと述べているのだろう。では、西洋と違うキリスト教とはどのようなものなのか。私にとって『武士道』とはこのような問題を考えさせてくれる貴重な書物である。『武士道』を読んでいると、私たちが失ったものがよくわかる。簡単に言えば、凛とした生き方を失ってしまった。凛とした生き方を支える倫理がなくなってしまったのだ。

武士道が養った徳目は義、勇、仁、礼、誠、名誉、忠義、克己などであった。「過去の日本は武士の賜《たまもの》である。彼らは国民の花たるのみでなく、またその根であった。あらゆる天の善き賜物は彼らを通して流れでた」

民衆娯楽および民衆教育の無数の道―芝居、寄席、講釈、浄瑠璃、小説―はその主題を武士の物語から取った。農夫は茅屋に炉火を囲んで義経とその忠臣弁慶、もしくは勇ましき曾我兄弟の物語を繰り返して倦まず、色黒き腕白は茫然口を開いて耳を傾け、最後の薪が燃え尽きて余燼が消えても、今聴きし物語によりて心はなお燃えつづけた。(後略)

武士は全民族の善き理想となった。

私の幼い頃でもまだチャンバラ映画が多かった。そして、私たちは無意識のうちに武士の生き方をどこか心の中にしまい込んでいたように思う。いや、今でも藤沢周平や山本周五郎の作品が愛され、何度も映画化されるのは、私たち日本人が武士を培った精神に憧れるからだ。だからこそ何度も、保守的と言われる政治家や学者から、西欧かぶれした教育基本法を改正して、日本的な徳目を教えようという動きが起こる。もし、それが可能なら、おそらく日本人の大半が賛成するだろう。しかし新渡戸が述べているように、武士道は武士階級の崩壊とともに無くなってしまったのだ。そのことを肝に銘じた上で議論しなければならない。

先の新聞記事のところで触れた佐藤全弘氏はその著『新渡戸稲造―生涯と思想』で、一九三一年の英文の著書 *Japan* で展開された武士道論について次のように述べている。

一九三一年の博士は、迫りくる日本軍国主義の濁流―真の武士道をわきまえない山賊流の軍人どもの―を見据え、武士道の内にあった徳が、その徳を養う地盤を全く失った現状にあって、どのようにして生かされるかにその考察の中心は向いていたといえます。

武士階級が崩壊した後、明治政府は神道を奨励した。しかし新渡戸が『幼き日の思い出』の中のエッセイ「道徳的影響」で述べているように、神道は倫理性に乏しく、「汝なすべからず」と、「汝なすべし」をはっきり示さなかった。仏教も、儒教も新しい時代の倫理の新たな基盤とはならなかった。「強力なる倫理体系はキリスト教あるのみ」という新渡戸の考えも採用されなかった。佐藤氏は、「日本でも西洋とは違う形のキリスト教が徳目を担ってほしいというのが新渡戸の結論」と述べていた。西洋と違うキリスト教とはどのようなものなのか。いや、そもそも、私たちはどのような道徳に基づいて行動しているのだろう。道徳を支えているはずの宗教がないとすれば、一体何が私たちの行動の規範となっているのだろう。百年を経て、私たちは新渡戸がベルギー人の学者に聞かれたのと同じ問に直面しているのである。

私はキリスト教徒の文学や絵画が好きだが、キリスト教徒ではない。お寺で静かに黙想したり、仏像を見るのは好きだし、仏典も現代語訳で少しは読んだが、日々仏の教えに従って生きてはいない。祖父たちの時代のように、毎朝、山の上に、あるいは海に登る太陽に手を合わせる素朴な行為ももはや私には無縁である。しかし、こういう文章を書いていることからわかるように、私の中には何かしらスピリチュアルなものを求めるところがある。しかし、それが何かはわからないし、それを突き止めることが豊かな実りをもたらすとも思えない。回り道のようだが、新渡戸がクエーカー教徒となったいきさつを調べることによって、武士道とキリスト教の関わりを考えてみることの方が豊かな実りをもたらすように思う。

○

『幼き日の思い出』は新渡戸が五、六十年前を回想して書いたもので、死の翌年、夫人が校閲し、昭和九年に出版された。新渡戸は江戸末期の一八六二年（文久二年）に、南部藩の中心地であった盛岡で江戸詰勘定奉行の家の末っ子として生まれた。それは坂下門外の変、寺田屋事件、生麦事件など攘夷運動が最高潮に達した年であった。しかし翌一八六三年にはイギリス軍艦による鹿児島砲撃、さらにその翌六四年には英仏等の四カ国による下関砲撃があり、国内では六三年の生野銀山の変、六四年の蛤御門の変を経て攘夷派は衰退し、六四、六五年の長州征討、六六年には一転して薩長盟約、そして六七年には江戸幕府が滅び、六八年に明治維新となる、正に激動の時代であった。佐幕派であった南部藩は勤王軍に降伏した。

新渡戸は『幼き日の思い出』に「私は、故郷の町が降伏した時をよく覚えている。私たちは深い屈辱を覚えた」、「私の身内の者はこの敗北に深く心を痛めた—叔父は特にそうであった」と書いている。叔父は切腹を命じられた隊長の介添人を頼まれたが、それを断り、家も財産も売り払って東京へ出た。新渡戸はその四年後の一八七一年（明治四年）、十歳のときにこの叔父の養子となり、太田姓を名乗る。そして東京に出る。

余談になるが、この敗北がもたらした屈辱が明治に多くの優秀な東北人を生み出す原動力となったと書いたのは太田愛人である。太田氏はその著『「武士道」を読む：新渡戸稲造と「敗者」の精神史』に原敬、後藤新平、吉野作造など多くの明治の著名な佐幕派の人々を挙げている。確かに新渡戸の友人たちの中でも内村鑑三は高崎藩、佐藤昌介は南部藩で、ともに佐幕派であり、明治維新で屈辱を味わった地方の出身者である。これらの人々は、言わば恨みを良い方向に向けて行った人たちだが、もっと直接的な形で恨みを晴らした人々の方が多かった。新渡戸の叔父や彼の二人の兄がそうであった。一八七七年に、政府内での征韓論を巡る対立から西南の役が勃発したとき、叔父や兄は政府軍に加わった。『幼き日の思い出』の中に次のように書かれている。

「私の叔父は、維新戦争で藩を辱めた薩摩に恨みを晴らす機が熟したと考え、警官隊の隊長に応募し、南へ向かって進軍した。私の上の兄も自費で故郷から新兵約百人の一団を募り、政府軍に加わった。病身の兄も一兵卒として参加した」

新渡戸はその同じ年に北海道に向かい、札幌農学校に第二期生として入学する。彼は屈辱を別の方向に向けることができたのだ。幼い頃の新渡戸は感情を抑えきれない手に負えない子どもであった。彼が感情を抑えて行動するようになった一つの原因は、叔父の二度目の妻から盗みの疑いをかけられたときの経験であったと『幼き日の思い出』に書いている。

「疑いが釈明で晴れることは稀であるし、悪意は決して拭えぬものだ。時だけが事態を改めてくれる。私はただひたすら自分自身の行いを慎み、戒律を守るよう努めねばならなかった」

新渡戸の妻メリーもこのエピソードを、『幼き日の思い出』底本の「謝辞」に書いている。

「その日以来一生彼は常に他人の意見を理解しようとし、見解を異にする時にも、相手の見地を明らかにしようと努めました。しかし彼は、自分の主義のために戦う立役者になろうとはしませんでした」

新渡戸はそのために忍びがたい試練を何度もくぐらねばならなかったと夫人は書いている。自制する新渡戸の姿が目に浮かぶが、ここでクエーカーである夫人が、この武士の態度とクエーカーの態度とが類似していると書いているのは興味深い指摘である。新渡戸が身をもって示していた武士の態度にはクエーカーと共通するものがあるのだ。

国際人としての新渡戸の生涯について読みながら思うのは、人は結局幼い頃の体験を通して人としての生き方を学んで行くものだということである。その意味でも、もう少し新渡戸の幼い頃の思い出に注目してみよう。新渡戸が五歳のとき、それは南部藩が滅びた年であるが、その年に行われた「武士の一員となる儀式」で、彼ははっきりと武士としての誇りを意識していた。家族と親戚が正装して座っている客間の中央で、彼は碁盤の上に立たされ、刀を授けられた。

「私は侍であることに誇りをもつよう教えられて来た。侍のしるし、すなわち刀なり、であった。私は刀を揮ってこそ成し遂げられる勇敢で高潔な武功談を、よく聞かされたものである」

『武士道』に描かれた義、勇、仁、礼などの徳目の萌芽がすでにここに見られる。そのことは一八七〇年、新渡戸が九歳のときに佩刀禁止令が出されたときの記述をみればはっきりわかるだろう。

侍は、みだりに刀を差していたのではない。高貴な者の義務を象徴する刀を放棄したとき、私はしばらくの間、高い台座から落ちてしまったような感じがした。そして、これからはなにに も縛られずに気ままにできる、すくなくともあまり良心の咎めや恥にさいなまれずにおられる、と思ったものである。道徳観が無感覚になる危険状態にあった。

新渡戸にとって、刀を身につけることは武士としての誇りと義務を常に意識することであった。新渡戸は既に幼い頃から、後に『武士道』において述べることになる道徳観を身につけていた。それゆえ、佩刀禁止令が出されたとき、武士階級を支えていた道徳観が無くなったと感じたのだ。

ところで、『幼き日の思い出』を読んでいて気になることが一つある。それは父親についての記述がほとんどないことだ。もちろん父は江戸詰勘定奉行であったから、父の存在感は希薄だっただろう。しかし、新渡戸が四歳のときに亡くなった父の死は普通ではなかった。メリー夫人は『幼き日の思い出』底本の「謝辞」で次のように書いている。

「父が江戸から藩政治犯として戻り、そのために閉門に処せられたあげく、病に倒れて亡くなりましたことが、この四歳の息子に深い影響を残しても、決して不思議ではありません」

ある人はそれを自害だと書いているが、その理由について詳しく書いた本はない。いずれにしろ、四歳の子どもにとって父の死が大きな衝撃でなかったはずがない。父の葬儀の日、新渡戸は部屋の隅で泣いていた。それを見つけた母親は「さむらいは泣いてはならぬ」と言った。激動する幕末にあって、新渡戸の父は江戸詰勘定奉行という重職にあった。父親がどのような罪で政治犯とされたのかは明らかでない。父親もまた自らの行いに弁解がましいことを言う人ではなかっただろう。父の死について新渡戸に関する書物でわかるのは先に記した母の厳しい戒めの言葉だけである。彼はおそらく泣いてはならないという母の言葉とともに父の死を生涯心の中に閉じ込めてしまったのだろう。

こうして見てくると、新渡戸にとって母せき子の存在が大きいことがわかる。人の価値観が幼児期に形成されるとしたら、母親の存在が大きいことは明らかである。新渡戸の母は先のエピソードからわかるように強い女性だった。「彼女は本物の武家の女でしたから、当然外部の物事に動じぬ自制心を持っていました」とメリー夫人は書いている。「常昭と稲造が十一歳と八歳で家を離れます際に、父上の子にふさわしく立派に生きなければ母の顔を再び見ることはできません、と言い聞かせました」

男の子どもにとって母親の存在は特別大きなものだが、新渡戸の母は新渡戸の二人の兄が西南戦争に従軍し、新渡戸が札幌農学校に入学するとき、それぞれに手紙を書いた。『幼き日の思い出』に、その手紙が引用されている。

「お前は八歳のとき、私のもとを離れました。そして今では身も心も成長したことでしょう……お前の送って下されし俳句が気に入りました。〈北国もいとわずひらく稲の花〉私の頭も近頃めっきり白くなりました。けれどもお前が勉強に良い成績をあげて、偉い人になって下されば、白髪がいかに増えようといといません。十年など何ものでもありません。家を慕うような弱い心ではなりませぬ。お前は大事な仕事があるのを、ゆめ忘れてはなりませぬ。そのために強い心でいなくてはなりませぬ。年老いたこんな弱い母でも、別れに耐えられますから、もちろんお前も耐えられます。明るい心で耐えねばなりませぬ」と母は私に書き送った。

母せき子はその手紙を書いてから三年後、新渡戸が夏の休暇で帰省する前に亡くなってしまう。彼は、母の命日にはメリー夫人からも離れて、一人で母親からの手紙を開いて読んでいた、と夫人は書いている。人には「侵入してはならない奥底があるのだ、と認識することを学びました」と夫人が書いているほど、新渡戸にとって母の存在は大きなものであった。

ここまで書いてくると、『武士道』が武士として育てられた幼い日の新渡戸自身の経験から書かれたものであることがわかる。『武士道』に書かれた徳目は理想化されているかもしれないが、それらは母や父が示した日々の行いに基づいたものだと言えるだろう。武士道は、新渡戸の父や祖父の時代には日々の行いの中に生きていた。しかし、それは明治維新とともに滅びた。佩刀令が出たときに、「道徳観が無感覚になる危険状態にあった」のだ。では、新渡戸はその危険な状態をどのように乗り越えていったのだろう。

○

東京で一緒に暮らし始めた叔父は養子となった新渡戸に、「お前には家名を辱めぬため、また代々仕えた殿様を辱めぬため、旧敵官軍の人々を凌ぐ偉い人物になる義務があるのだ」と諭し、「勉強をどんどん続けろ。東北の人間が馬鹿者ばかりでないことを世に示せ」と激励した。薩長連合に敗れた佐幕派の共通した思いだっただろう。しかし、この励ましは新渡戸の勉強の原動力とはならなかった。新渡戸は、出世ではなく、武士道に代わる精神的な支えを求めていた。

力だけがものを言う時代であったから、古い中国の教訓など使い物にならぬとおろそかにされ、仏教は迷信的で非科学的だと捨てられた。神道を支持する強い巻き返しがあったが、一般の士気阻喪の波を止めることはできなかった。（後略）

古い秩序はみるみるうちに崩壊し、道徳の道しるべも残さず、求める魂の寄り合う所もない。

この東京時代に精神的な問題と関わる一つの興味深いエピソードがある。それは一緒に暮らしていた兄が病気になったときのことである。途方に暮れた新渡戸は、兄の病気が治るようにと、毎朝、神社の井戸で斎戒沐浴を続けた。ある朝、子どもが体を清めているのを見た神官は神社での説教に誘った。その説教が彼に安らぎを与えた。

「幾分なりとも宗教的なことを聞くように私は導かれたのである。あの精神的不毛の時代に、これは緑のオアシスであった」

新渡戸は神道をそれほど高く評価してはいなかった。「神道では自然を極度に崇拝するに引き換え、宇宙哲学の面においてはおかしいほどもろく、論理的な一貫性が少しもない」と考えていた。しかし、それは大人になってからの考えだろう。幼い新渡戸は宗教に関する重要なことがらを神道から学んでいた。

人間は誰しも皆自分自身の光であって、また、そうあらしめる能力もあるのだという教義に、私はとくに啓発された。さらに、もし自分自身の光を恥ずかしめぬよう暮らせば、何事も自在に出来る―他人に何と言われようとも、この教えは心強いものであった。

後に見ることになるが、新渡戸はキリスト教徒であるが、キリスト教以外の宗教を否定しない。それぞれの宗教の良いところを認め、その上でその限界を指摘している。幼い頃に叔父の二度目の妻に疑られたときからの処世法だとも言えるが、日本人として生まれたこととキリスト教徒であることとをどのように宥和するかが彼にとって重要な問題だったからだ。

神道は「人間は誰しも皆自分自身の光」であると教えたが、知的関心の強い新渡戸の心を長くとらえることはできなかった。『新渡戸稲造「幼き日の思い出」／人生読本』の「年譜」によると、彼は十一歳のとき私立英学校で英語を学び始め、十四歳で東京英語学校（後の大学予備門）に入学して英語、英文学を学んだ。さらに翌年、十五歳で英語聖書を買って読み始めた。その年、学校からフィラデルフィアの独立百年記念博覧会に生徒の作文を送ることになったとき、彼が選んだ題は「日本にキリスト教を伝える重要性」であった。英文学を学んだり、聖書を読んだりしているうちに、キリスト教に関心を持つようになっていたのである。しかし、それはまだ本当の意味での信仰ではなかった。

一八七七年(明治十年)九月、新渡戸は札幌農学校に二期生として入学した。東京英語学校から札幌農学校に進み、その後も新渡戸に強い影響を与えたのは同期の内村鑑三と宮部金吾であった。札幌農学校の開設に尽くしたW・S・クラークは既にアメリカに帰っていた。しかしクラークが残したキリスト教による教育は生きていた。熱心な信者であった第一期生は二期生を勧誘し、クラークが起草した「イエスを信ずる者の契約」に署名することを半ば強制的に勧めた。新渡戸は最初に署名した。新渡戸がメソジスト派の宣教師M・C・ハリスから洗礼を受けたのは一八七八年である。儒学者の子であった内村鑑三は最後まで抵抗したが、一旦入信すると熱心な信者となった。花井等著『国際人　新渡戸稲造―武士道とキリスト教』によると、儒学を学んでいた内村鑑三は自らのキリスト教を、「武士道の台木に基督教を接いだ物、其物は世界最善の産物であって、之に日本国のみならず全世界を救ふ能力がある」(『英和独語集』)と見ていた。

新渡戸と内村鑑三のキリスト教信仰は驚くほど似ているように思う。いや二人だけではない。フレッド・G・ノートヘルファー著『アメリカのサムライ』によれば、日本におけるキリスト教の三大指導者と言われる海老名弾正、小崎弘道、横井時雄も「自分のキリスト教の根源を儒教に見出した」のである。たとえば、小崎の次の言葉は新渡戸の信仰と非常に似ている。

儒教より進んで基督教に入ったのは、彼を棄てて之を取ったのではなくて、基督教は儒教の精神、孔子の教の真意を成就するものとなることを信じたが為である。（後略）
私が始め儒教に浸潤した事は信仰への一妨害であった様に見ゆるけれど、実際は大なる援助であった。パウロその他のユダヤ人にとり旧約の教えは小学にて、キリスト教にいたる準備であった如く、儒教は私に小学であった。（「七十年回顧」、花井）

札幌農学校でキリスト教に入信した新渡戸たちは懸命に勉強し、同時に祈禱会や聖書研究会を熱心に開いた。しかし新渡戸は次第にキリスト教に疑いを持ち始める。彼は神の存在を知的に理解しようとしていたのだ。自然科学の本を除けば、学校の蔵書をほとんど読んだと言われるほどの読書家だった新渡戸は、懐疑を乗り越えようとさらに本を読んだ。しかし脈絡のない読書で彼は心身共に疲れてしまう。快活であった彼が、ついに鬱病状態になり、目を悪くし、激しい頭痛にも悩まされるようになる。一八七九年の夏休み、友人たちが帰省して一人取り残された新渡戸は神秘的な体験をする。聖書を読み、祈っているときに、神の光を見たのだ。神の光を見た。そう言う人がときどきいる。私は大学時代に合気道をやっていたが、合気道の創始者と言ってよい植芝盛平も神の光を見たと書いていた。いや、日本の新興宗教の数は約二十三万だと言われているが、その創始者の多くは何らかの形で神秘的な体験をした人たちだろう。クエーカーの創始者であるジョージ・フォックスも神の光を見た一人だ。フォックスの教えに共鳴するクエーカーの信者たちも神の存在を感じ、神の言葉を聞くことのできる人びとである。新渡戸の神秘的傾向が、後に彼をクエーカーに近づけるのだが、クエーカーの存在を知らなかった札幌時代の新渡戸には、その神秘的体験だけで懐疑を乗り越えることはできなかった。

新渡戸が懐疑から抜け出るきっかけとなったのは、偶然、宿舎の新聞閲覧室で読んでいたアメリカの週刊誌『インディペンデント』に載っていたイギリスの思想家トマス・カーライルの言葉であった。

神の存在論や霊魂の不滅論は、今後二十年いな二千年研究しても、とうてい解決し能うものでなく、これらはただ信じてはじめて解ける問題である。(花井)

カーライルは、未曾有の繁栄を誇っていた大英帝国で顕著になってきた精神的腐敗に警鐘を鳴らし続けた思想家である。偶然にも、彼はジョージ・フォックスを近世の重要な人物として賞賛したほとんど唯一の思想家であった。新渡戸はそのカーライルの言葉に、懐疑を乗り越える何かがあると直感した。運命とはこういうことを言うのだろう。しかし、それですぐに鬱状態が終わったわけではない。悪いことに、翌年の夏、十年ぶりに母に会えると期待して帰省したとき、母せきは二日前に亡くなり、葬儀も前日に終わっていた。彼はあまりの衝撃に気を失ってしまう。

この衝撃と懐疑を解決したのは、その後上京したときに見つけたカーライルの著書『サーター・リサータス』であった。東京の古書店で見つけることのできなかった『サーター・リサータス』が、札幌で洗礼を受けた宣教師ハリスが帰国に際して処分しようとしていた蔵書の中にあった。これもまた偶然と言うにはあまりにも運命的な出会いであった。彼は後年、「僕はカーライルのために霊魂病を幾らか治療してもらった。今とても全く霊魂健全というのではないが、もしカーライルがなかったら、今頃どこに往っているか知れないのである」と述べている。彼はその後この本を三十回以上も読み返し、何度も講義をしている。

『サーター・リサータス』は難解な、小説風の哲学的作品である。名前は有名だが、今ではほとんど読まれていない。私は学生時代に何もわからない状態でかじりつづけたが、ついに放りだし、いつか読み直してみたいと思いながらまだ手をつけていない。トイフェルスドレック（「悪魔の糞」）という奇妙な名前のドイツの哲学者の「衣装哲学」に、その讃美者が註釈を付ける形を取りながら、そこに哲学者の伝記の形でカーライル自身の、両親を亡くした悲しみ、失恋、懐疑という大否定から永遠の肯定に向かうまでを描いた自伝を挿入したものである。カーライルの悲しみと懐疑はまさしく新渡戸のものだった。新渡戸は難解なカーライルの自伝的作品を読み解くことで懐疑を乗り越えたのである。しかし、後に述べるが、それは信仰を取り戻したということではない。

一八八一年（明治十四年）に新渡戸は二十歳で札幌農学校を卒業し、開拓使庁（後の北海道庁）に勤務した。官費生には五年間の奉職義務があったが、その規定も厳しいものでなくなったので、翌一八八二年に退職し、一八八三年に東京大学文学部に入学した。札幌農学校時代の友人たちの多くもやはり研究を続けていた。しかし、東京大学の当時の授業は新渡戸の期待したレヴェルになく、彼は翌一八八四年（明治十七年）にアメリカに渡る。彼は東京大学について、「ぼくは、この大学の学風が宗教的（たんにキリスト教でなくとも、何かの宗教）になるよう、しばしば祈っています」（石川）と書いていた。新渡戸には知的探求だけでは満たされない霊的な渇望があったのだ。

新渡戸が上京したとき、内村鑑三は札幌農学校時代に共に洗礼を受けた宮部金吾に手紙を書いた。（手紙の中の太田は当時の姓で、新渡戸姓に戻るのは長兄が死去した一八八九年である。）

願わくは神、太田がクリスチャンとなって、ただに僕の最も貴い地上の友たるだけでなく僕のために一人の慰めの天使となってくれる時まで、君を留めおきたまわんことを。太田のキリスト教への復帰は僕の日毎の祈りである。(『内村鑑三日記書簡全集』)

新渡戸は信仰を離れていたのである。何らかの宗教的な励ましを求めていたのである。アメリカに着いた新渡戸は、九月にハリス宣教師の母校アレゲニー大学に入学した。それはウィリアム・ペンが建設したペンシルバニア州にあった。一ケ月後、札幌農学校の一期生である佐藤昌介のアドバイスでペンシルバニア州の南にあるメリーランド州のジョンズ・ホプキンズ大学に転学した。それはクエーカー教徒ジョンズ・ホプキンズの遺産によって創立された大学であった。新渡戸はクエーカーの活動がもっとも盛んなところにいたのである。そこで彼は一八八四年から八七年までの三年間、政治学、経済学、国際法などを学んだ。私費留学で、アルバイトをしながらの苦しい生活だったが、懸命に勉強した。

新渡戸はここでクエーカーの人々に関心を持ち、その集会に出るようになる。キリスト教から離れていた新渡戸だが、説教壇もない素朴な会堂や、ただ静かに座って瞑想し、ときどき神からの霊感を感じた者がそのことを語り、祈る集会に心を惹かれた。一八八五年十一月十三日、宮部金吾宛の手紙に、「僕は日曜ごとにクエーカーの集まりに出ている。彼らの簡素で真面目なところがとても好きだ」と書いている。

カーライルの本によって懐疑を抜け出しながら、信仰から離れていた新渡戸は、クエーカーとの交わりによって彼自身が求めていた信仰に到達する。一八八六年十二月、新渡戸は日本人で最初のクエーカーとなる。

既に述べたように、クエーカーは十七世紀のイギリスで靴屋の徒弟であったジョージ・フォックスによって創始された。フォックスは「神の霊は一人ひとりの心の内に光となって射し込み、神の力が働いてすべての人を生かす」（花井）と説いた。それゆえクエーカーは「内なる光」や神との神秘的な交わりを重んじ、礼拝から儀式を排した。クエーカーの特徴は、「生活はあくまで質素であり、他人にたいしては寛容であり、人道を重んじ、虚礼をいやしみ、あらゆる闘争や戦争を排斥すること」であり、また「平和運動などの社会実践を積極的に行うことに見られた。神からの霊の力を受けた信徒は、活発に社会活動を展開していったのだ」。敗戦後に日本はアメリカからララ物資として知られる援助を受けたが、それもまたクエーカーの活動の一つであった。

話が少し横道にそれるが、日本とクエーカーの結びつきについて、花井氏の著書『国際人新渡戸稲造―武士道とキリスト教』を参考にして簡単に触れておきたい。一八八五年、新渡戸は当時フィラデルフィアの精神障害者院の看護人をしていた内村鑑三と共に、ペンシルバニア鉄道の重役で、病院の経営者であったウィスター・モリスの家に招かれ、日本への伝道計画に助言を求められた。女子教育の必要性を感じていた新渡戸はそのことを話した。ジョセフ・コサンド夫妻が宣教師として日本に派遣され、津田塾大学の創始者である津田梅子の父仙の家を根城に布教を始めた。一八八七年（明治二十年）には現在の普連土学園の前身フレンド女学校を設立、北村透谷が英語教師として勤めていた。

私はこのような学校が日本にあることをこの原稿を書くまで知らなかった。十七世紀にイギリスで始まった小さな宗派の活動がアメリカ経由で明治時代の日本に影響を与えていることに驚いた。驚きはそれだけではなかった。ハンセン病患者の治療にあたった精神科医で作家でもあった神谷美恵子の母親がフレンド女学校の卒業生であった。父親の前田多門は一九〇六年（明治三十九年）に新渡戸が第一高等学校校長になってからの生徒で、新渡戸から強い影響を受けた一人だった。ここでは書く余裕がないが、神谷美恵子もまた新渡戸と深い関わりがある。神谷美恵子のエッセイを愛読してきた一人として氏の旺盛な活動を支えていた思想的背景を知ることができたことをうれしく思う。

クエーカーに話を戻すと、ララ物資を送る活動の責任者であったエスター・ビドル・ローズは、同じくクエーカーのエリザベス・ジャネット・グレイ・ヴァイニングの後任として、皇室の英語教師となる。不思議なことに日本とクエーカーの繋がりは案外深いのだ。

十七、十八世紀のイギリス文学を読んでいると、ときどきクエーカー教徒が登場する。多くは実利に聡い現実主義者として批判的に描かれている。それゆえクエーカーにも様々な評価がなされてきたことを認めなければならないが、ここではそのことには触れない。

○

新渡戸は一九二〇年から二六年まで国際連盟事務局次長として活躍した。とりわけ、世界の碩学を集めた「知的協力委員会」を創立して、学問や芸術の交流を通した国際交流に貢献した。アインシュタイン、キューリー夫人、アンリ・ベルグソン、ポール・ヴァレリーなどが集まった。哲学者ベルグソンと話をしているときに、彼は当時興味を持っていたカトリックの聖女ジャンヌ・ダルクの話を切り出した。ベルグソンは、それは霊的な問題であり、彼女は奇蹟だと言った。その言葉に誘われるようにして、新渡戸は自分がクエーカーであることを打ち明けた。その会話から私たちは彼がクエーカー信仰をどのようにとらえていたかを知ることができる。石川富士夫著『イナゾー・ニトベ伝―新渡戸稲造』から引用する。

新　日本の仏教には禅と云う一派がありまして、これが精神の統一、霊力の集中を教えますが、恰度《ちょうど》基督教のクエーカー宗のようでございます。ミスチックに成る練習と思われます。

べ　クエーカー宗とは矢張宗派ですか、私も度々その名は聞いて、慈善団体かと計り思っていた。

新　先生、そう思わるゝのも御尤で、戦争中敵味方の区別なく、人道に従事したから御話の如き印象を与えたのでしょう。然し実際は宗教的団体でして、ジョージ・フォックスの建たもので、フォックスは慥《たしか》に大のミスチックであった。

べ　それは良い事を伺った。私もフォックスの伝を調べて見たい。

新渡戸は「精神の統一、霊力の集中」、そして神秘的であることで、クエーカー信仰が禅に似ていると考えていた。もちろん、それだけではない。花井氏は既述の著書で、「クエーカーの持つ誠実さ、簡素さ、純粋さ、そして張りつめたような精神の高潔さは、稲造が祖父、父母から受け継いだ『武士道のエトス』にどこか相通ずるものがあった」と述べている。いずれにしろ、クエーカーの信仰が日本的な趣を持っていたと彼が感じていたことは重要である。なぜなら、そこに日本的なものを重視しながら、しかもナショナリズムを超える道があるからだ。

安倍政権が誕生し、戦後レジームからの脱却が叫ばれ、声高に憲法改正や教育改革が叫ばれ始めたとき、私は初めて新渡戸の『武士道』を読んだ。読みながら考えていたのは、新渡戸の中で融合した武士道とクエーカー信仰のことであった。新渡戸はキリスト教徒でありながら、日本の伝統を大事にし、同時に西洋や東洋という区別を超えたところにいるように思えた。その後、新渡戸の著作や評伝をいくつか読んだ。まだほんの少し読んだだけだが、それでも新渡戸の宗教思想の深さは理解できた。戦後レジームどころか、明治維新以来の日本のあり方を省みさせ、これから日本が進むべき道をはっきり示していると思った。それがどのようなことかを、日本のクエーカー教徒によって戦後まもなく開かれた「新渡戸稲造記念講座講演会」の一九八二年講演、佐藤全弘氏による『クエーカーとしての新渡戸稲造』を参考に考えてみたい。

一九二六年、新渡戸はジュネーヴの大学で「日本人の見たクエーカー主義」と題する講演をしている。そこに彼が信仰をどのように考えていたかがはっきり述べられている。

不思議なことに、宇宙感覚に達した人の述べるところは、どの場合でも酷似している。――それが仏僧であろうと、熱烈な神道家であろうと、マホメット教の聖者であろうと、フランス人の数学者であろうと、アメリカ人の農夫であろうと、ユダヤ人の哲学者であろうと。この霊の拡張にもまして人類の一なることを確証するものはない。

こういう言葉を読むと喜びが心の底から湧き上がってくるのを感じないだろうか。人種や国籍、宗教の違いはあっても、人類は一つなのだ。外見の区別など問題ではないのだ。どの国にも、どの民族にもそのような境地に達した人がいる。いや、宇宙感覚は誰にでも開かれている。宇宙感覚とは新渡戸によれば、感覚、知覚、自己意識、直観の上にあるものだ。そこに達するように努めれば、私たちもまた宇宙感覚を身につけることができるかもしれない。宇宙感覚は国籍も、人種も、階級も、財産も、知識も関係がない。全ての人に開かれている。クエーカーの創始者フォックスは貧しい靴屋の息子であった。

佐藤氏の講演『クエーカーとしての新渡戸稲造』はこの、新渡戸の宇宙感覚を非常に深くとらえた講演で、『武士道』の作者の思想的背景がはっきり理解できる。長い文だが引用する。

クエーカーは内なる光を信じます。キリストの内在を信じます。人種、時代、民族、性別にかかわらず、すべての人のうちに光、種子が神から与えられ植えられており、声が語りかけ、わがものならぬ力が授けられると信じます。この内なる光はあらゆる国民の伝統の中に輝いているのです。キリスト以前の、キリストを知らぬ人々の中にも、その声は語っているのです。ソクラテスにも、仏陀にも、老子にも、孔子にも、禅僧のうちにも、その種子は与えられているのです。ピューリタンはこのことを絶対に認めません。ここにクエーカー信仰の大きな特色があります。新渡戸さんがクエーカー主義においてのみ、キリスト教と東洋思想とを宥和させることができると悟られたのはもっともでした。

新渡戸はキリスト教徒であった。しかし、この文を読んでいると、私は新渡戸が兄の病気の治癒を祈願して斎戒沐浴をしていたときに出会った神官の説教を思い出す。新渡戸はそこで、「人間は誰しも皆自分自身の光であって、また、そうあらしめる能力もあるのだという教義」に接し、感動した。私たちは新渡戸のこの経験と、彼が後年クエーカー信仰を通して達した境地とが非常に近いことを感じる。新渡戸を始め、内村鑑三、海老名弾正、小崎弘道など、明治の人々が求めたのもこのような形での、日本の伝統と西洋の信仰との宥和であった。そのことは現在の私たちにとっても重要な問題であるはずだ。ただ、新渡戸を正しくとらえるには、やはり彼がキリスト教徒、それもクエーカーであったことを抜きにしてはならない。自らもキリスト教徒である佐藤氏は新渡戸におけるキリスト教の重要性を次のように述べている。

もちろんクエーカー主義はキリスト教です。キリストの史実性と受肉、その十字架と復活をクエーカーも信じます。東洋の神秘宗教とキリスト教を決して一律に考えるものではありません。（中略）光は東洋の諸宗教にも照っている。しかしその光は明確な形を結ばない。

漠然としている（amorphous）、キリストにおいてはじめて完全な人が見られ、光ははっきりした人格像を結ぶのです。

キリスト教徒から見れば当然であろう。しかし私たちは、キリスト教を絶対視する必要はないだろう。キリスト教の歴史はあまりにも多くの血に汚れている。ピューリタンの国アメリカのイラク政策をみればわかるように、彼らはまだ自分たち以外の者を敵として見る見方を乗り越えてはいない。宇宙意識が弱く、道徳も明確でないにしても、日本の神道や仏教の方がずっと平和である。

もちろん、それらの欠点を忘れてはいけない。戦時中の日本において、神道は天皇を現人神とする国家神道一辺倒となった。仏教しかりであった。迫害にあっても自らの信仰を守る強さが欠けていた。原罪の意識も、神との契約という意識もないからである。

しかし新渡戸が言っているように、神の光は「仏陀にも、老子にも、孔子にも、禅僧のうちにも」与えられている。いや、「あらゆる国民の伝統の中に」、さらに、あらゆる生き物の中に輝いている。それを意識し、強め、宇宙にまで拡大することが、宇宙から地球を眺めることができるようになった二十一世紀に生きる私たちの責任なのではないだろうか。

教育基本法改正を巡る論争に新渡戸の『武士道』が援用されていたときに、「武士道」を読みながら直感的に思ったことはこのようなことであった。新渡戸は復古主義の思想家によって持ち上げられるだけの思想家ではなく、未来を開く宇宙思想を持った日本人の一人なのである。

ブレイクの絵

ウィリアム・ブレイク（一七五七―一八二七）は十八世紀後半から十九世紀初めの初期ロマン派の詩人で、日本でも『無垢の歌』、『経験の歌』はよく知られている。彼の絵について書いた本もあるが、ほとんどは著名な詩人・預言者としてのブレイクという評価にとらわれていて、結局は詩や彼独自の思想の解説に終わっている。ブレイクの絵の面白さについて書くのは難しいことなのだ。

美術評論家岡本謙次郎氏も一九七〇年出版の美術家評伝双書の一冊『ブレイク』で、ブレイクをヨーロッパ合理主義の限界を見ていた人物としてとらえている。つまり岡本氏も、「ブレイクは詩的感覚をもって自己の象徴的幻想を伝えた。一世紀ばかりのちになってようやく、われわれはブレイクの天才をうけいれる地点に到達することになった」というイギリスの批評家ハーバート・リードと同じ視点からブレイクを論じているのだ。

日本においては、ブレイクはこのように近代合理主義を批判した、ヴィジョンを持った天才として理解されてきた。その最たるものが柳宗悦で、彼は既に大正時代の初めにブレイクを、「精神と肉体との合一を主張し地獄の声を天国に響かせた最初の又最高の詩人である」と評価した。今年（二〇〇六年）出た鎌田東二著『霊的人間』所収の論「ウィリアム・ブレイク―越境する想像力」においても、ほぼ同じ言葉が繰り返されている。「ブレイクは対立と相反の中に宇宙と生の実相を見て取った。彼は天国の中に地獄的腐臭と抑圧を嗅ぎ取り、地獄の中に天国的芳香と解放を感知した」。ブレイクの研究書にはこのような熱っぽい言葉が溢れていて近寄りがたい。

ブレイクの難解な詩や思想は手に負えないが、いつか彼の絵について何か書いてみたいと思ったのは、その弟子と言ってもいいサミュエル・パーマーの水彩画《魔法の林檎の木》について書いていたときである。もう十年以上前のことになるが、たわわに実った赤い林檎とそれを取り巻く黄葉した丘の絵に圧倒された。自然とはこんなにも豊穣だったのかというのが、初めて見たときの感想である。その印象がどこから来るのかと、パーマーについて調べたのはそれから五年経ってからである。調べてみて、パーマーの絵の魅力が、彼独自の、深いキリスト教信仰から生まれていることを知った。《魔法の林檎の木》の風景はショーラムという、当時の現実のイギリスの田舎の風景をもとにしているが、パーマーの信仰によって変形され、神に祝福された楽園として描かれていたのだった。この強い霊感を持った象徴的な絵を描くのに影響を与えたのが晩年のブレイクであった。

パーマーについて調べながら、私はそれまで抱いていた重々しい預言書の詩人ブレイクと全く違うブレイクに出会った。優しくて、真面目な努力家、若い友人にも心を開く寛大なブレイクをそこに見た。以前に書いた「サミュエル・パーマーの〈魔法の林檎の木〉」（拙著『静かな眼差し』所収）を参照しながら、パーマーを通して見えたブレイクについて簡単に書いておきたい。

ブレイクもパーマーも「幻視の画家」と呼ばれ、その絵は「幻想的絵画」と呼ばれているが、この「幻視」、「幻想」という日本語は英語の「ヴィジョン」の意味をうまく表していない。日本語の「幻視」という言葉は、例えば『広辞苑』では、「実際には存在しないものが存在するかのように見えること」と定義されている。ところがブレイクやパーマーの「ヴィジョン」は私たちが見ている現実は影であり、その背後の神の世界が真の現実であるという認識で使われている。だから「ヴィジョンの画家」とは真の現実を見ることのできる画家という意味なのである。

このブレイクのヴィジョンの特質がよく現れているのは風景画家コンスタブルとの出会いである。二人は一八二五年、当時病弱であったブレイクを物心両面で支援していた画家ジョン・

リネルの家で出会う。ブレイクは六十八歳で、亡くなる二年前であり、コンスタブルは四十九歳であった。『コンスタブルの手紙』の編者C・R・レズリーは二人の出会いを次のように書いている。

「人の好い、しかし風変わりなブレイクが、コンスタブルのスケッチ・ブックの一冊をぱらぱらと見ながら、ハムステッドのいちじくの木の街路の美しいスケッチに眼をとめた。そして『おー、これは素描ではない、霊感だ』と言うと、コンスタブルは、『霊感など全く知らない。ただ、素描のつもりだったのだ』と答えた」

イギリス絵画に関心のある者にとっては、いつ読んでも興味のつきないエピソードである。生涯、自然の観察を通して風景の背後の真の現実に迫ろうと努力し続けたコンスタブルと、ヴィジョンによって現実の背後の「真実の世界」を見ていたブレイクの違いがよく現れている。

二人の橋渡しをしたリネルは彫版師であり、肖像画も風景画も描く画家でもあった。収入の多い絵の修復や、絵の売買も手がけた。リネルがブレイクに出会ったのは一八一八年で、リネルは二十六歳、ブレイクは六十一歳であった。親子ほどの年の差にもかかわらず、二人は互いに訪問しあったり、一緒に展覧会に出かけたりした。リネルは友人を紹介しただけでなく、版画の注文を取って、経済的に不遇であったブレイクを助けた。この頃、ブレイクは版画の仕事もなく、貧乏のどん底にいた。

一方ブレイクの弟子と言ってもいいパーマーは、ブレイクと違って幻を見る子どもではなかったが、病弱で感受性が強かった。本屋を営んでいた父の影響で幼い頃から十七世紀のピューリタンの作家バニヤンの寓意物語『天路歴程』を読んでいた。主人公クリスチャンが世俗の世界を捨て、天の都に入るまでの苦難の道を描いた信仰の書である。パーマーが画家になる決心をしたのは十三歳のときである。よほど才能に恵まれていたのか、翌一八一九年には著名な画家の展覧会であるロイヤル・アカデミーの展覧会に出品した。リネルに出会うのは、一八二二年で、パーマー十七歳、リネル三十歳のときである。

リネルがパーマーをブレイクの家に連れて行ったのは一八二四年のことだが、最初の出会いの日にちはわかっていない。二度目に会ったのは一八二四年十月九日である。最初のときに、パーマーはブレイクが長年のパトロンであるトマス・バッツのために描いていた『ヨブ記』の挿絵を見、二度目にはリネルが依頼したダンテの『神曲』の挿絵を見ている。ブレイクは『神曲』の挿絵を描きながら、リネルのかかりつけの医者であるロバート・ソーントンの依頼で木版画〈ウェルギリウスの田園詩〉(図一)を制作していた。それを見たときのことをパーマーは次のように書いている。

それらは小さな谷間、人里離れた場所、そして天国の片隅、強烈な詩の見事な調べのモデ

図一　《ウェルギリウスの田園詩》

ルだ。私はそれらの光と影のことを考え、眺めながら、表現する言葉がないことを知った。強烈な深さ、荘厳さ、そして鮮烈な輝きという冷たい、部分的な言葉でしか言い表せない。この木版画全てに、魂の奥深くに染み込み、魂を燃え上がらせるような神秘的な、夢見るような微光がある。それはこの世の、けばけばしい昼間の光と違って、完全な、無条件の喜びを与える。それらは素晴しい芸術家の他の作品と同様に、肉体のカーテンを脇に寄せて、最も聖なる、学問好きな聖者や賢者が楽しんできた、神の民に遺されているものを垣間見せてくれるのだ。

ブレイクをこれほど深く理解し、それを表現することができた人は他にはいないだろう。パーマーはブレイクとの出会いによってヴィジョンの力を強めていった。彼は木について、「ときどき木が人に見える。私は王女が威厳のある供のものたちをつれて堂々と歩いているのを見た」と書いている。明らかにブレイクのヴィジョンの影響である。

図二　《早朝》

パーマーはまたブレイクの信条「人生と同様に、芸術においても最も偉大な黄金のルールとは、輪郭線が明確に、鋭く、針金状になればなるほど、作品は完璧になる」を理解した。パーマーの絵《早朝》（図二）を見ると、ブレイクの影響がよくわかる。この絵のウサギが多産の象徴であることも重要で、パーマーはブレイクから絵画における象徴について学んだのである。

パーマーの《魔法の林檎の木》を初めとするショーラムでの絵について書きながら、私もまたブレイクの《ウェルギリウスの田園詩》に強い印象を受けた。パーマーは「強烈な深さ、荘厳さ」と言い、「魂の奥深くに染み込」む神秘的な微光があると書いた。この作品はブレイクの他の版画と違って、木版画である。そのためか、銅板や鋼板の無機質な美と違って、荒々しく粗雑である。それが逆に心の奥にしまい込まれた記憶を呼び覚ますように思う。全く知らない風景なのに、なぜか懐かしさを感じる。

これとよく似た印象を受けたのは、やはりこの作品と同じ時期に描かれていたダンテの『神曲』の挿絵である。とりわけ《車からダンテに語りかけるベアトリーチェ》(図七／二〇一頁)の色彩は美しく、神秘的である。これについては後に述べるが、曼荼羅に似た宇宙的広がりと豊穣の世界である。虹や渦巻き、海を思わせる青い旗のためか、ダンテの見た死後の世界であるのに、不思議に馴染みのある感じがする。同じ時期の『ヨブ記』の挿絵も緊張感のある作品である。神に試され、苦難を味わうヨブの世界にはブレイク自身の苦難が投影されているのだろう。暗く重々しいだけの世界ではなく、見る者を抱き留める深さがある。

これら晩年の作品とは逆に、彼の若い時期や壮年期の作品に私はなぜかあまり魅力を感じない。もちろん良い作品もあるが、概して、若い頃や壮年期の作品には主義主張が前面に出すぎていたり、否定、反抗の思いが強く出ていて、絵の世界に入り込めない。それはブレイクが描いている世界が日本人の私に馴染みがないせいかもしれないが、私にはそれよりも自らの思想の完成が優先していて、見る者が心を解き放せないところに原因があるように思える。

ブレイクは生涯休むことなく制作を続けた。しかし、作品はあまり当時の人々に好まれず、経済的にはほとんど報われなかった。その理由は今述べた強い自己主張と完成しすぎた冷たさ、遊びのなさにあるのではないだろうか。ブレイクの絵の十分の一も見ていない素人の推測なので外れているかもしれないが、先ずこれらのことを手がかりにブレイクの絵の世界に入ってみよう。

○

ブレイクの評伝のほとんどは最初のブレイクの伝記であるアレクサンダー・ギルクリスト(一八二八―六一)の『ブレイク伝』(一八六三)に負っているが、年代を含めて細かなところについては諸説がある。そのことを断った上で、先ず一八二七年、ブレイク晩年の一枚の絵《創世記》(図三)から始めたい。これはリネルが依頼した挿絵入りの『創世記』の、表紙絵の一枚である。ブレイクはこの年の八月に亡くなり、この水彩画も未完に終わっている。初めてこの絵を画集で見たとき、私は現代の画家デュフィの海の絵に似ていると思った。自由な線と赤、青、黄色(実は金)のバランス、それに余白が残っているところなどが現代の画家に近いと感じたのだ。しかし、実はこういう印象ではブレイクの絵を理解することができない。そこが先ずブレイクの絵を見るときの難しさである。ここでは描かれているほとんど全てのものが何らかのものの象徴として使われている。Raymond Lister 編の『ウィリアム・ブレイク絵画集』の解説を見てみよう。

この表紙には大文字でGENESIS（創世記）と書かれてある。中央に描かれているのはアダムで、その裸の腰の部分を大文字Iが隠すように描かれている。アダムは右手を上げてイエスから神の慈悲を表す巻物を受け取ろうとしている。イエスは腕を伸ばした、磔刑にされた姿である。左足を前に出しているのは、肉体をまとっていることを表しているという。右に描かれた家父長はエホバを表している。下に描かれた動物はマタイ、ヨハネ、マルク、ルカの四人の福音書記官を表す。左下の木はリンゴの木で、善と悪を知る知恵の木である。右の木はオークで、自然宗教と誤りの象徴である。上の中央部分に裸で走っている男の姿が薄く描かれているが、創造行為によって解き放されたエネルギーを表しているという。

こうして、解説を読んだ後、もう一度ブレイクの絵を見てみると、旧約聖書の最初に置かれている『創世記』の挿絵であるのに、イエスや福音書記官など新約聖書に関わることがらや、オークが象徴する自然宗教の過ちのように彼自身の思想に関わるものが描かれていることに気づく。絵の上部に描かれた裸の男が創造行為を表しているとすれば、それは当然神に関わるはずだが、大きく股を広げた後ろ向きの男が神と関わるとはとても思えない。この男はブレイクの預言詩『ヨーロッパ』の挿絵では理性を表すユリゼンと同じである。ブレイクは旧約聖書の挿絵を描きながら、自由に彼独自の思想を表現しているのだ。その自由な想像力の飛翔が、現代の画家に近い印象を与えるのかもしれない。しかしその自由さが、十九世紀初めの、とりわけ真面目なキリスト教徒には、違和感や反感を抱かせたのだろう。

このようにブレイクの絵の面白さは表層に見えるものと、その背後にあるものとの二重のヴィジョンを持っていることと、それらがブレイク独自の、自由な連想によって結びつけられているところにある。では、ブレイクはこのような象徴的表現方法をどこで学んだのだろう。並河亮著『ブレイクの生涯と作品』を中心に、彼の幼年時代からその軌跡をたどることにしよう。

図三　《創世記》

ロンドンの靴下など雑貨を商う家の三男として生まれたブレイクは読書が好きな子どもだった。九歳頃には旧約聖書と新約聖書を読みふけったと書かれている。またパーシーの『イギリス古代詩集』やマクファーソンの『オシアン』を読んで古代のイギリスや北方神話に興味を持ったと言われている。生家のあったゴールデン・スクエアはピカデリー・サーカスの近くで、ブレイクの幼い頃には既に繁華であったが、南東に少し歩いたところにあるウェストミンスター橋を渡ると、テムズ川の南の方には丘や森が広がっていた。ブレイクは一人で森を散歩することが好きだった。その森で、木に天使がいっぱい止まっていて、木の枝が天使の翼で星のように輝いているのを見た。しかし、それを聞いた父親は激しく叱責したという。ヴィジョンを見る力を持っていたブレイクと世間との関係を暗示するエピソードである。

このような瞑想好きな少年が絵を描いたり、詩を書いたりするようになるのは自然なことである。ブレイクは十歳で画塾に通う。その画塾では美術書や版画の模写が中心であった。父親には彼を画家にするだけの資力がなかったので、ブレイクは十四歳でその塾を終えると、手に職をつけるために版画家ジェームズ・ベザイヤのもとで七年間の徒弟修業に入った。ブレイクは画家ではなく彫版師になるために版画のあらゆる技術を習得した。彫版は苦労のわりに経済的には報われることの少ない職人仕事であった。しかしブレイクはそれに打ち込んだ。ベザイヤの彫版は流行の陰影によるものでなく、デューラーなどに見られる強い線によるものであった。それが生涯のブレイクの版画の技法となった、とほとんどの研究者は解説している。

二年目の修業が済んだ頃、ブレイクと新しい徒弟との間でいざこざが絶えず、それを避けるためもあって、ブレイクは主にウェストミンスター寺院の遺物の写しを作る仕事を任された。そこで彼は中世のキリスト教絵画とその象徴について学んだ。

法学院のあるリンカーンズ・イン・フィールズにあったベザイヤの家の屋根裏部屋から五年間、ブレイクはテムズ川沿いを西へ二キロほどのウェストミンスター寺院まで歩いた。当時は、現在国会議事堂がある所に、ブレイクの死後焼失したウェストミンスター宮殿があった。王宮の隣には後期ゴシックの代表作ヘンリー七世のレイディ・チャペルがあった。ウェストミンスター寺院には、十八世紀の有名なイギリス人建築家クリストファー・レンが修復した新しいステンド・グラスで装飾したバラ窓があった。「ブレイクはその入口の前に立って、後期ゴシックのもつ威圧感と上昇直線によって示される天への強烈な憧れに、深い共感と感動を覚えたことであろう」と並河氏は書いている。確かに十七歳から二十二歳までの多感な時代に五年間もこのゴシック建築のなかで過ごしたことは、ブレイクに計り知れない影響を与えただろう。

バラ窓から差し込む光のなかでブレイクが写し取ったのは、十一世紀に寺院の建設を始めたエドワード懺悔王の墓を初めとする歴代の王や王妃の墓、とりわけ寝棺の上の彫像、壁龕《へきがん》の立像、垂れ幕の絵画、寺院内部の装飾彫刻、円柱に巻きついた木々やバラや葡萄などである。あらゆる装飾がキリスト教的な意味を持っている大聖堂の象徴の森のなかで、五年間、一人黙々と写生をしながら、一体ブレイクは何を考えていたのだろう。死者の祀られた内陣はこの世と神の世とをつなぐ空間であるが、彼にとっては、それは神の世そのものであっただろう。幼い頃に天使や預言者のヴィジョンを見ていたという記述はどの研究書にも書かれているが、この頃彼がどのようなヴィジョンを見ていたのかを書いたものはほとんどない。晩年、ブレイクはヴィジョンを見る力は誰にでも備わっているが、「培わないので失われてしまった」のだと述べているが、彼はヴィジョンの世界そのものであるウェストミンスター寺院でヴィジョンを見る力を培っていたのだ。

ウェストミンスター寺院に通い始めて一年経った一七七五年、ブレイクは壁画の修復を行っている。リスター編『ウィリアム・ブレイク絵画集』の最初に置かれた《セバート王》はその一つで、ブレイク自身が写したものである。リスターはこれらの壁画に見られる異様に引き延ばされた長身の人物像が、ブレイクの作品の特徴となったと書いている。おそらく髭のある顔もまた後のブレイクの絵にしばしば現れるユリゼンという理性を表す人物の原型であろう。

ベザイヤの工房にいるときも、彼は「考古学誌」やヤコブ・ブライアントの著書『古代神話の新体系あるいは分析』の挿絵を描いた。並河氏は、後年ブレイクが好んで使う蛇、天使、あるいは感覚でとらえた物質的現世を意味する「現世の卵」などの挿絵も描いていたと書いている。つまり、ここでは、ウェストミンスター寺院に見られるキリスト教の象徴体系とは異なった象徴の世界を学んだのだ。また美の理想はギリシアにあり、中でも人間の裸体を最も美しいものと唱えたヴィンケルマンの著書『ギリシアの絵画および彫刻作品の模倣についての考察』を、後に友人となるフューズリの訳で読んだのも、ベザイヤのところにいたときである。

一七七九年、二十二歳で年季が明けたときには、既に熟練した職人になっていたが、生活のために挿絵版画を描きながら、ブレイクはロイヤル・アカデミーで絵の勉強をした。しかしモデルを描くアカデミーの教育方針に従わず、ラファエロやミケランジェロの作品のプリントを模写して人体の描き方や構図を学んだと言われている。

この頃、ブレイクは二歳年上の二人の画家と友達になった。既にベザイヤのもとを去る前に徒弟仲間から紹介されていた挿絵画家トマス・ストザード（一七五五—一八三四）と、ストザードから紹介された彫刻家ジョン・フラックスマン（一七五五—一八二六）である。フラックスマンとの友情はブレイクの死の一年前の一八二六年にフラックスマンが亡くなるまで続いた。ブレイクはまた十五歳年長の二人の画家と知り合いになった。ヘンリ・フューズリ（一七四一—一八二五）とジェイムズ・バリー（一七四一—一八〇六）である。ブレイクはこの四人の友人から影響を受けたと言われているが、実際には二十代にストザード、三十代にフューズリから大きな影響を受けたように思う。フラックスマンはブレイクの絵のことより、逼迫した生活のことを心配していたように思える。とりわけブレイクの五十代以降、出版業者からの注文がほとんど無くなった時期に、仕事の世話をし、経済的にブレイクを助けたのはフラックスマンであった。バリーについては、並河氏はバリーもまた「幻想をみる人」であったこと、貧乏だが風格のある芸術家らしい態度をブレイクが賞賛していたことを述べているが、それ以上のことを書いた本はほとんどない。

ブレイクが版画家として活動し始める十八世紀後半は、新古典主義の時代であり、古代ギリシア・ローマ文化が芸術の規範とされた。古代ギリシア文化とその復興運動であるイタリア・ルネサンスに憧れて、イタリア熱と称されるほど多くのイギリス人貴族がローマへ旅した。画家もパトロンである貴族の趣味に影響されてイタリアへ勉強に行った。しかし、いつの時代にも主流の陰に隠れた別の流れがある。十七世紀後半に発見された崇高という概念がそれである。

神が造った整然としたはずのアルプスに無秩序を見た人々の驚きと恐れが、崇高という感情として十九世紀後半までイギリス人の精神の底に流れていた。それはゆっくりと、しかし確実に新古典主義の重んじる理性や秩序を侵食し、十九世紀に花開くロマン主義を生み出す一つの力となった。詩人でいえば、エドワード・ヤング、ロバート・ブレア、トマス・グレイなど墓地派と呼ばれる詩人たちであり、小説家でいえば、ロバート・ウォルポール、ベックフォードなどの、いわゆるゴシックロマンスの作家たちである。ロマン派の詩人、ワーズワース、コールリッジ、バイロン。シェリー、キーツ、あるいは十九世紀中葉の桂冠詩人テニスンも崇高という感情に影響されていた。画家としては先にブレイクの友人として名前を挙げたフューズリ、その他にはラウザーバーグ、マーティン、ターナーを挙げることができる。世間では、アイドフュージコンという大型精密幻灯機が流行し、アルプスやナイアガラの滝、あるいはミルトンの『失楽園』の情景が好んで上映された。（詳しくは『静かな眼差し』所収の拙稿「ジョン・マーティンの『天国の平原』」参照）

ただし、当時のイギリスにおいてはギリシア彫刻の明快さ、ゴッシクの荘厳、神の崇高という感情がはっきりと区別されず、同じように古典古代や中世への憧れ、尊敬を表すものとして一括りにされていたように思う。ブレイクが最初重視していたギリシア的なものを、後に理性を表すものとして批判するようになるのはそのことを示しているのではないか。

崇高とブレイクとの関わりについてもう少しつけ加えれば、彼が生まれた一七五七年に、後代に大きな影響を与えるエドマンド・バークの美学論集『崇高と美の観念の起源』が出版されている。バークはまたブレイクの年長の友人バリーのパトロンで、松島正一著『孤高の芸術家ウィリアム・ブレイク』によると、バリーをイタリアへ絵の勉強に行かせている。同じくブレイクの年長の友人フューズリは一七八二年にロイヤル・アカデミーに出品した幻想的な絵〈夢魔〉によってヨーロッパ中にその名が知れ渡っていた。彼はヴィンケルマンの『ギリシア美術模倣論』を英訳し、イギリスに新古典主義理論を紹介した。フューズリはまたブレイクを出版業者リチャード・エドワーズに紹介し、墓地派の詩人ヤングの詩集『夜想』の挿絵を描かせた。

別の出版業者の依頼で、ブレイクは同じく墓地派の詩人ブレアの詩集『死よ、墓より語れ』の挿絵も描いた。ブレイクはまた、やはり墓地派の詩人グレイの『墓畔の哀歌』の挿絵を友人フラックスマンの依頼で描いた。崇高な感情を詠ったものとして墓地派の詩人たちの詩集が流行していたのである。

こうしてブレイクと時代との関わりを見てみると、ウェストミンスター寺院で学んだことを初めとして、ブレイクが当時の底流にあった神と神が造ったものへの畏れ、崇高という感情といかに深く関わっていたかがわかる。

しかし、ブレイクが描いたヤングの詩集の挿絵は不評だった。彼は人々と同じ流れのなかにいるのだが、深く考えすぎるのだ。いつの時代でも、人々は流行に動かされて話題の本を求める。真面目なブレイクにはそれが理解できなかった。彼は詩集を丹念に読み、その世界を独自に解釈し、想像力を巡らせて独自の下絵を描いた。ヤングの詩集のために彼は実に五三七枚の水彩画を描いた。第一巻の銅版画のために使われたのはそのうちのわずか四十三枚である。一七九六年に出版された第一巻が不評であったために、第四巻までの予定で描いた残り五百枚近くは無駄になってしまった。人々にはブレイクの想像世界があまりにも深く、暗く見えたのだ。

同じような状況がブレアの詩集『死よ、墓より語れ』の挿絵でも起こった。依頼されたのは一八〇五年十二月で、彼は喜んで下絵に取りかかった。しかし下絵と彫版の両方をブレイクに任せるという契約であったはずなのに、ブレイクの暗い挿絵では商売にならないと判断した出版業者は、ブレイクの下絵の彫版を別の彫版師に任せてしまった。ブレイクが彫版師として生活していたことを考えれば、それがいかに屈辱的なことかがわかる。しかも、出版業者には千八百ポンドの収入があり、彫版師が五百ポンドの支払いを受けたのに、ブレイクはわずか二十ポンド（今のお金で約四十万円）であった。

○

崇高との関わりを追ううちにブレイクの三十代後半から四十代半ばの仕事に移ってしまったので、ここで一七八〇年代、挿絵版画を描きながらアカデミーで絵を学んでいた二十代半ば頃に戻ることにする。彼はストザード、フラックスマンというほぼ同年代の画家、彫刻家と友人になっていた。どちらの友人とも途中で感情的な対立を経験するのだが、長く友情を育んだことに変わりはない。彼らの交遊を追いながら、当時のブレイクの絵を見てみよう。

先ず、ブレイクとキャサリン夫人の肖像画を集めた Geoffrey Keynes 編の『ウィリアム・ブレイクと妻キャサリンの肖像画集』にあるストザードのエッチング作品《メドウェイ川の情景》を取り上げてみる。ブレイクが年季を終えて一、二年後の一八〇〇年から一八〇一年に、川辺でテントを張り、休日を楽しんでいる三人の若者を描いた作品である。一人はテントの下で写生をしており、もう一人は川辺でフライパンを使って調理をしている。その側に体をもたせかけるように三人目の若者が横になっている。リスター編の画集の解説ではブレイク、ストザード、フラックスマンの三人を描いたものだと言うが、『ブレイクと妻キャサリンの肖像画集』の編者ケインズの解説では、ブレイク、ストザード、オグルヴィーの三人で、スケッチをしているのがブレイクだと言う。いずれにせよ、ブレイクとストザードがいかに親しかったかを示す版画である。

私がこの版画を初めて見たのは、ディヴィッド・ブルーエット著『「ロビンソン・クルーソー」挿絵物語』においてであった。ブルーエットはそこではブレイクのことには全く触れていなかったので、ブレイクの画集でこの版画を見たときには驚いた。ストザードはこの約十年後、一七九〇年に『ロビンソン・クルーソー』の挿絵を描くとき、それをもとに〈筏の上のロビンソン・クルーソー〉という挿絵を描いた。ただし、テントが立っている島の風景は英国風庭園に変更されている。それは孤島に漂着したクルーソーが精神的に立ち直ったことを示している、とブルーエットは述べている。

ストザードの版画の特徴は、この版画にも表れているのだが、繊細な線と陰影による優美さ、柔和さである。並河氏は一七八〇年代のブレイクの仕事について、「生計を立てるため、ブレイクは少しも尊敬していないストザードの下絵で *Wit's Magazine* という『風刺に富んだエッセイや物語や詩』の月刊誌のために版画をつくった」と述べている。果たしてそうだろうか。

確かにストザードの作品と強い線を特徴とするブレイク中期以降の作品とは全く違うのだが、初期の作品はよく似ていた。それに、ブレイクがストザードの版画を評価していなかったと言えるかどうか疑問である。というのは、Robert N. Essick 著『他の画家の下絵を彫版したブレイク挿絵集』によると、ストザードと仕事を始める一七八〇年から『ウィッツ・マガジン』の仕事をする一七八四年の四年間にブレイクが他の画家の下絵をもとに彫版した十六の作品のうち実に九作がストザードの下絵なのである。一七八四年以降、ストザードと一緒の仕事がないとは言え、ブレイクはストザードの下絵を彫版することで彫版師としての生活を始めたのだ。

それにもっと現実的な話だが、人気のあったストザードの下絵を彫版したのはブレイクだけでなかったことも考えておかねばならない。ウィリアム・ウォーカーの仲間と言われる版画家集団があった。エシックによれば、ストザードはこの、ほとんど均質な版画を制作できる版画家集団のおかげで、当時の最も多産で、人気のある挿絵画家になることができたのである。ブレイクがそのことをどう思っていたかはわからない。しかし、一七八〇年代前半のブレイクはほとんどストザードのおかげで仕事をもらっていたのである。一七八四年に別の彫版師と共同で印刷屋を開業するが、そのとき彼らが彫版したのもストザードの作品《ゼピュロスとフローラ》と《カリスト》であった。ブレイク研究者の論を読んでいると、ブレイクはほとんど芸術のためだけに生きていたような印象を受けるが、彼は非常に実直な彫版師であり、彫版の仕事が生活のためにいかに重要であるかをよくわきまえていた。

ところで一七八〇年代は、ブレイクにとって喜びと悲しみの両面が際立つ、浮き沈みの激しい時代だった。しかし版画にも水彩画にもその影響が全く現れていない。彼の実生活と芸術との関係を知るのに重要なところである。当時の主な出来事を挙げてみる。

一七八二年、二十五歳で結婚。フラックスマンに紹介されてマッシュ夫人のサロンに出入りし、フラックスマンとマッシュ氏の援助で一七八三年に『小品詩集』を印刷する。一七八四年にベザイヤの工房で一緒だったジェイムズ・パーカーと共同で印刷屋を開業する。一七八七年、あるいはその翌八八年にフューズリの紹介で出版業者ジョゼフ・ジョンソンを知り、そこに集まっていた急進的思想家たちに近づいていく。一七八九年、その年起こったフランス革命を支持し、出版業者ジョンソンの求めもあって『フランス革命』を書き、翌年出版する。一七八九年には『無垢の歌』を彫版、印刷する。

しかし、こうした明るい面がほとんど同時に暗い面を伴っていたことがブレイクの実人生の特徴である。『小品詩集』は印刷されたが、そこには「以下に示すスケッチは、無教育の青年が、十二歳にして書きはじめ、二十歳に至るまで時々また筆をとって書き綴った作品である」

（並河）という文で始まるマッシュ氏の序文が付いていた。ブレイクにとって屈辱的な序文だった。パーカーと共同で始めた印刷店は三年で失敗した。パーカーもストザードの下絵を彫版しており、《ウェイクフィールドの副牧師》などは非常に好評で、彼は彫版師として成功する。パーカーはブレイクとの仕事に見切りをつけたのだ。一七八七年には最も気が合っていた弟ロバートが亡くなった。作者の名前を載せず印刷された『フランス革命』は全く売れなかった。

おそらくこの喜びと苦しみ、誇りと屈辱のなかでブレイクは現実世界に強く反撥しながら、同時にヴィジョンの世界に生きる道を模索していたのではないだろうか。独自の思想、独自の詩と絵の世界も一七八〇年代後半に生まれたのではないか。そのことを弟ロバートの死と絵との関わりから考えてみたい。

一七八七年二月、ブレイクの二週間の不眠不休の看病の甲斐もなく、愛する弟が亡くなった。その瞬間にブレイクは弟の霊が歓喜して昇天するのを見た。この話を聞いてすぐに思い出すのは、バニヤンの『天路歴程』の「虚栄の市」の場面である。クリスチャンとフェイスフルはともに天の都を目指していたが、虚栄の市を通りかかったとき、二人は虚栄の市の人々と全く違う神の言葉を話していたため捕まり、牢獄に入れられる。フェイスフルは死刑に処せられるが、その瞬間、彼の魂は喜んで天の都へ飛んでいった。後にブレイクは『天路歴程』の挿絵を描いたとき、その場面を描いた。また、一八一〇年の詩『ミルトン』の挿絵において、天からミルトンの霊がブレイクの左足に落ちてきたところを描いたが、そのとき同時に、左右対称となる、弟ロバートの右足に霊が落ちる挿絵も描いた。ブレイクにとって右足は神の世界を表しており、ロバートはここでも死の瞬間に祝福されているのだ。

では、ブレイクはいつ頃から独自の象徴的絵画を描き始めたのか。そのことを考える手がかりとなるのは右と左の違いである。一七八五年から一七九〇年の間に描かれたとされる水彩画《若者を教える老人》（図四）を見てみよう。軽いタッチで描かれた絵で、庭の木の下から見える空の青と、手前に座って本を読んでいる若者の花柄の服がきれいだ。左手を空に向けて挙げているのは神のことを意味しているのだろうが、全体として見ると、何気ない家庭生活の一コマを描いた絵に見える。ところが、こういう印象では、やはりブレイクの絵はわからない。リスターの説明によると、この老人は創造主、あるいは後の作品によく出てくる霊的な望みを欠いた理性を表す神話上の人物ユリゼンである。ユリゼンは少女あるいは少年に伝統的な学問を表す本を差し出している。ところが、その子は左手を空に向けて、霊的な価値のものの方が良いと言っているのだ。一方、花柄の美しい服を着た中性的な若者が身を屈めて本に夢中になっているのは、老人の知恵に魅せられていることを示している。後の絵で身を屈めたニュートンを描くのも同じ意図からである。また、ブレイクの絵では、花柄の美しい服を着た人物は魔法の力を持っているか、魔法の影響を受けているか、のどちらかである。

つまり、この絵からわかるのは、一七八五年から一七九〇年の間にブレイクは象徴的な表現方法で描き始めていたが、右、左の象徴が後の絵と逆であるように、この時期には彼独自の象徴はまだ確立していなかったことだ。次に、やはりこの時代に確立するブレイクの思想について見てみよう。

図四　《若者を教える老人》

○

一七八四年に共同で始めた版画店は三年で失敗したが、一七八〇年代後半のブレイクはストザードを支える版画家集団から抜け出して、自立しようとしていた。しかし、友人フラックスマンはイタリアにいた。ブレイクは一七八二年頃から近くに住んでいて互いによく知っていた年長の友人フューズリに近づいていく。そして、この二人の交遊がブレイクを類い稀な独自の思想家、芸術家にするのだが、そのために、彼は世俗的成功とは無縁な芸術家になったように思える。

ヘンリ・フューズリは一七四一年にスイスで肖像画家の子として生まれ、大陸の進歩的知的環境の中で育った。由良君美著『ディアロゴス演戯』所収のエッセイ「夢魔と恐怖のエピファニー」によると、フューズリは大学時代に後に箴言家、骨相学者となるラファターと知り合い、もう一人の友人と三人でチューリッヒの代官の不正を追求して国を追われる。翌年、ドイツに滞在中にドイツ啓蒙主義美学者と論争し、ギリシア・ローマの芸術を規範とする新古典主義の優越を確認する。ヴォルテールが著書『哲学書簡』で賞賛した青鞜派女性モンターギュ夫人の国イギリスに憧れて、一七六四年にイギリスに渡る。一七六五年にはヴィンケルマンの『ギリシャ美術模倣論』を翻訳して、イギリスに新古典主義の理論を紹介する。貴族の子弟の家庭教師として大陸に出かけ、スイス時代から尊敬していたジャン＝ジャック・ルソーに会うのもその頃である。一七六七年には「ルソーについての所感」を書いてイギリスにルソーを紹介した。この頃には、ギリシア美術の均整の取れたストイックな美よりも自由と感情の側に傾いていたのである。しかし、ジョシュア・レノルズに絵の才能を認められ、イタリアで勉強するよう勧められて、一七七〇年から一七七八年までローマに滞在して自己の芸術を確立したと言われている。

しかし、由良氏によれば、フューズリの関心はイタリアではなく、ゲーテの『ウェルテル』やヘルダーなどの疾風怒涛の風潮、新しいロマン主義の波動にあった。イタリアからの帰国の途中に立ち寄った故国で、ラファターの姪に恋するが、彼女には既に婚約者がいた。彼を一躍有名にした一七八二年にロイヤル・アカデミーに出品した《夢魔》には、彼の悲恋の体験が込められていると言われている。若い女性がベッドに仰向けに寝ている。女性の腹部には猿のような奇妙な魔物が座っている。その横に大きな眼を光らせた馬がいる。男の、あるいは女の深層心理を描いた艶かしい、神秘的な絵である。彼はまたイギリスに帰化し、一七八八年にロイヤル・アカデミー準会員、一七九〇年に正会員に選ばれ、後には絵画教授にまで出世した。それでも、ブレイクは生涯フューズリを尊敬していたと言われている。

フューズリとの密接な交遊が始まるのはブレイクの弟が亡くなった一七八七年である。一七八八年にはフューズリが訳した友人ラファターの『人間に関する格言集』にフューズリの下絵を彫版した。それは若い男の下着一枚だけの後ろ姿で、(昔の男のパンツとはこんなものかと不思議な感じがするが、)翌一七八九年のブレイクの詩集『無垢の歌』の挿絵(図五)に現れる若い男性の肉体美に繋がり、さらに一八一〇年の『ミルトン』の挿絵に描かれるブレイクと弟の、やはり下着一枚の姿に繋がっていくように思う。つまり、ブレイクはフューズリとの交遊によって性や裸に関して自由な思想を持つようになり、裸体讃美の思想を公然と発表するようになったのだ。

そのことを示すエピソードがある。詩集『無垢の歌』を印刷して二年後の一七九一年、テムズ川の南ランベスに移転し、生涯で最も余裕のある生活を送っていたとき、募兵を司る主任事務官であった友人バッツが家を訪ねると、ブレイク夫妻が裸であったという。事実かどうかわからないとしながら、リスターもそうであってもおかしくない話だと書いている。今泉容子著『ブレイク　修正される女—詩と絵の複合芸術』によると、ブレイクには男女の性交、愛撫、女の陰門が描きこまれたデッサンまであると書かれている。両手両足を広げて立っている裸の若い男の絵《アルビオンは立ち上がった》は様々な象徴的解釈がなされているが、この姿は何ものからも解放された、気持ちの良いポーズなのだ。ブレイクの裸は社会や教会の拘束からの解放、あらゆるものからの解放を詠っている。それもまた、フューズリが紹介した出版業者ジョンソンとそこに集まる進歩的思想家たちとの交遊がきっかけとなって結実したブレイクの思想である。

一七八八年、三十一歳のときにブレイクはラファターの挿絵を彫版する。このとき、ブレイクはラファターを読み、大きな影響を受けた。しかし、ブレイクはラファターを無条件に受け入れたのではない。そこが思想家としてのブレイクの優れたところである。徒弟時代から読書家であったブレイクはラファターだけでなく、ウィリアム・ロウやジョージ・ホワイトフィールドなどの神秘主義的な書物も読んでいた。フューズリがイギリスに紹介したルソーの『エミール』、『教育論』も読んでいた。スウェデンボルグ信奉者であったので、彼の著書も読んでいた。フューズリの紹介で出版業者ジョンソンの店に集まる進歩的思想家たち、ウィリアム・ゴドウィン、後にその夫人となるが、当時フューズリを愛していた女権主張者メアリー・ウルストンクラフト、一七九一年に当時としては革命的な思想であった「人間は皆、平等なものとして生まれる」と主張した『人間の権利』の著者トマス・ペインなどとも知り合った。

こうした交遊と読書の結果、ブレイクはラファターに関して、「動的な発展の流れのなかで対立物が変容していくと考えるダイナミズム」が欠けていることを感じ取った。スウェデンボルグについては、一時期は信奉者であり、「神は人である」というスウェデンボルグの考えに共感していた。しかし、スウェデンボルグのいう「人間はまず自然界に誕生して最下位に置かれる（中略）科学が彼を開発する」に対

図五　《『無垢の歌』の挿絵》

し、ブレイクは、「人がこの世に生まれたとき、その嬰児は神の子ではないか。その無心無垢は神の心ではないか。それを『開発』し汚濁させ傷つかせるのは何か、それこそ科学であり、知識である」と考える。

一七九二年の『天国と地獄の結婚』においてブレイクは「かくしてスウェーデンボルグの著述は、あらゆる浅薄皮相な見解の要約、また従来のものに比してやや崇高な見解の分析であるが―それ以上の何物でもない」と述べている。この『天国と地獄の結婚』において私たちは柳宗悦を感動させたあの熱い言葉に出会う。

新しい天国が始まり、その到来後今や三十三年にして、永遠の地獄がよみがえる。見よ！（中略）／対立無くしてはいかなる進歩も有り得ず。牽引と反撥、理性と情熱、愛と憎しみが、人間の存在に必要である。／これらの対立から、宗教家のいわゆる善と悪とが生まれる。

一、人は精神と別個に存在する肉体をもたず。肉体とは五つの感覚によって識別される精神の一部分、現代においては精神の主要な入口である。

二、情熱のみが唯一の生命であって、それは肉体から来る。理性は情熱の限界もしくは周壁である。

三、情熱こそ永遠の歓喜である。（寿岳文章訳）

こうして一七八〇年代後半から一七九〇年初めにかけて、ブレイクは「当時のヨーロッパの最先端にいた」と由良氏が言うフューズリたちとの交遊によって自己の思想を確立していく。彼は非常に鋭い詩的直感によって、彼が信奉するもののなかに欠陥を見出し、それを否定し、修正しながら新たな真理に近づいていったように思える。そのとき彼を動かしたものは無垢なもの、純粋なもの、イエスへの信仰であり、権威に対する不信、反抗だろう。抑圧するものへの反抗、自由の希求、肉体と情熱の解放、生の歓喜。これらがブレイクの思想の中心であった。ブレイクが今なお読み継がれているのはこのような純粋なもの、自由、そして精神の解放を求める熱い思想のためである。

この『天国と地獄の結婚』に顕著に現れる彼のヴィジョンにも少し触れておきたい。この詩集は「序詩」、「悪魔の声」、「地獄の箴言」、そして二つの「忘れ得ぬ幻想」から成る。最初の「忘れ得ぬ幻想」に「天使達には苦悩とも狂気とも見えるほど、天才の悦楽に酔いしれて、地獄の炎の中を歩み居りしとき、私はその箴言の幾つかを集めた」とあるように、『天国と地獄の結婚』はブレイクがヴィジョンによって見たものである。他にも「予言者イザヤとエゼキエルが私と食事を共にしたとき、私は彼等に問うた」。あるいは、「かつて私は一人の悪魔を炎の中に見たが、その悪魔は雲の上に座せる一人の天使の前に立ち上り、次の言葉を吐いた」とある。

弟の霊と語るブレイクについては既に見たが、それ以後もブレイクのヴィジョンは非常に強まり、ほとんど彼を支配しそうになっている。一八〇〇年九月二十三日、バッツ宛の手紙でブレイクは、詩人ヘイリーの求めで転居したファルパムで出会う村人たちを上品だと褒めた。バッツはその返事に次のように書いているが、彼がブレイクの性格をよく知っていたことがわかる。

「読書から摂取され、人の甘やかしによって助長され、限られた語り合いによって釘づけにされたものの考え方は、これまであなたの利益と幸福に役立つと等しく不利であったのですが、いまや、それは夜明けの霧のように消え去ることでしょう。そして、これからあなたは共同社会の一員となることでしょう」（並河）

バッツにはブレイクの特異な性格がわかっていたのである。松島氏によると、フラクスマンもまたヘイリーへの手紙のなかで、ブレイクの「普通の人の生活様式と大いに不和になる性格」に不平をこぼしている。しかしそれはブレイクの性格というより、むしろ彼の仕事の仕方により深く関わっていたのではないか。リスターはブレイクの仕事ぶりを次のように書いている。

ブレイクは（失敗の方がはるかに多かったが）物質的な成功や失敗に創作の邪魔をされることを許さなかった。彼はいつでも一生懸命仕事をしていた。彫版したり、絵を描いたりしているときには、しばしば何週間も閉じこもって仕事をした。ブレイク夫人は、読書をしたり話をしたりしているとき以外に、夫が手ぶらでいるのを見たことがないと言った。何日も続いた仕事の後で、彼は夫人とともに非常に長い、時には六十キロ以上もの散歩に出たものだ。

ブレイクのアトリエには、いやアトリエのブレイクには弟の霊だけでなく、天使や悪魔、預言者たちが訪れていたのである。ヴィジョンの世界に入り込んで、精魂を傾けて仕事をした後、その疲れを癒すために彼は長い散歩を必要としたのだ。

では、一七九〇年代初め、ブレイク独自の思想がほぼ確立されようとしていた時期に彼はどのような絵を描いていたのだろう。次に当時の彼の絵を見てみよう。

募兵を司る事務官であったバッツは、途中、一時期疎遠になるが、ほぼ一貫してブレイクの作品を購入し続けた。アンソニー・ブラント著『ウィリアム・ブレイクの芸術』の付録「トマス・バッツのためにブレイクが制作した聖書画の主題」によると、一七九〇年代初めからブレイクが亡くなる一八二七年までの約四十年の間に、ブレイクはバッツのために聖書もののシリーズだけで百十八作も描いている。《キリスト降誕》(図六)はその一つで、一七九九年から一八〇〇年に描かれた大胆な発想の絵である。

リスターの解説によると、キリストがマリアの胎内から飛び出して宙に浮いており、右でキリストを受け止めようとしているのはマリアの母エリザベスである。私は少しはキリスト降誕の絵を見てきたつもりだが、こんな奇抜な、そして神秘的な絵は初めてである。イエスが人間であることがなによりも重要であると考えていたブレイク以外には考えられない構図である。ぐったりしているマリアを支えているのはもちろんヨセフである。彼も、エリザベスの膝にいるヨハネも、驚いた様子でこれを見ている。エリザベスの後ろには飼い葉桶があり、二頭の牛がえさを食べている。窓から差し込む光は神から発する光かと思ったが、解説では東方の三博

図六　《キリスト降誕》

士の星となっている。驚くべき、しかし実にブレイクらしい世界である。

ほぼ同じ頃にやはりバッツのために描いた《アブラハムとイサク》も伝統を否定し、修正した新たな世界である。長年ブレイクの絵を見てきたバッツでさえ、この絵の世界にかなり違和感を覚えただろう。『創世記』二十二章では神はアブラハムを試みて、山でイサクを燔祭として捧げよと言う。アブラハムはイサクを山へ連れて行き、祭壇を作り、イサクを縛ってその上に乗せる。中世以来、都市のギルドが何世紀にも亘って演じ続けた宗教劇の中でも特に好まれた場面であり、おそらくは誰でも知っている場面である。ところが、ブレイクの絵ではイサクは刃物を持った父の前に立って、左にいる罠にかかった牡羊を指差している。「人間ではなく動物を生け贄に使う時代が来た」とブレイクは考えているのだ。しかし、絵を見ると聖書にある緊張感が無くなっていて、滑稽な感じがする。《キリストの降誕》と同様に伝統を否定し、修正して創造されているのだが、劇的な要素が消えてしまったためか、絵に深みがない。

このように、ブレイクは伝統的教義を否定し、聖画の伝統を修正し、自身の信条に基づいて独創的な絵を描いた。おそらくこのような独特な宗教的信条は他の仕事にも自然に現れただろう。世間の風当たりが強かった。フューズリを初めとする急進的知識人との交遊を通して独自の思想の世界に入り、彫版の仕事と同時に詩作を続けていたことで、彼は世間から離れてしまったのだ。時代の先を行く偉大な芸術家にはよくあることだが、彼は徐々に孤立し、仕事の注文が来なくなる。それが彼を追いつめ、誇大妄想的態度を生み、それがさらにブレイクの日常感覚を希薄にしていく。悪循環である。

一七九〇年代前半にブレイクは「理性」ユリゼンから始まる『預言書ヨーロッパ』(一七九三)、『ユリゼンの第一書』(一七九四)、詩霊である『ロスの歌』(一七九五)、ユリゼンの妻『アーヘニアの書』(一七九五)、『ロスの書』(一七九五)を書いた。続いてユリゼンとロスの対立を軸とする壮大な神話『ヴァラ、あるいは四人のゾア』を一七九五年から一八〇四年まで九年を費やして書くが、結局は未完に終わった。一七九六年、ヤングの詩集『夜想』の挿絵を描きながら、そのゲラ刷りの空白を原稿代わりに預言詩『ヴァラ、あるいは四人のゾア』を書いていたという。

このように、ブレイクは十年以上に亘って彼自身の思想を預言書の創作によって示そうとした。それは、壮大な試みで、ブレイク三十代後半から四十代後半までの心身ともに充実した時期でなければできない仕事であったに違いない。しかし、深い思索、集中力そして持続を必要とする預言詩の執筆と、挿絵の仕事とははたして両立したのだろうか。普通の詩人なら詩作だけで力を使い果たしていただろう。しかし、ブレイクは詩作によって生活の糧を得ていたのではない。彼は彫版によって生活していたのだ。ところがその彫版の仕事が少なくなっていた。

エシックによる『他の画家の下絵を彫版したブレイク挿絵集』によると、一八〇〇年代にブレイクが描いた挿絵は十一点、そのうちヘイリーが五点、フューズリが二点、フラックスマンが一点である。ウィリアム・ヘイリーというのはフラックスマンが一八〇〇年に紹介した当時は名の知れた詩人である。このときブレイクは四十三歳、ヘイリーは五十五歳であった。このヘイリーの招きで、ブレイクは一八〇〇年から一八〇三年までの三年間サセックスに移り、ヘイリーの本のために挿絵を描く。もちろん、一七九四年に彼自身が下絵から彫版、絵付けまでした挿絵つきの詩集『無垢の歌と経験の歌』が売れていた。しかし、それは一枚一枚手作りの手間のかかる仕事であったので、それほど多くの部数を作ることができなかった。収入は他にはパトロンのような存在であったバッツのために聖書の主題を描くことによって得る一作一ポンド（約二万円）の収入であった。

エシックは、一八〇〇年には、一七九〇年代のオリジナルと版画との実りの多い関係が崩れてしまっていたようだと述べている。ヘイリー宛の一八〇四年の手紙では、「一生懸命やっているのに、それが作品に出ない」と嘆いている。ヘイリーの『クーパー伝』はやり直しを求められた。一七九〇年代の終わりから一八〇〇年代初めにかけてブレイクは行きづまっていたのだ。彼の手紙を見てみよう。先ず、一七九九年八月十六日、友人カンバーランド宛の手紙を見よう。

私自身のことはと申しますと、（中略）私は奇蹟によって生きています。私は今聖書からの絵を描いているのです。と申しますのは、彫版の方はといえば、この部門では仮にも怠けたなどと我が身を責めることの出来ない私なのに、それなのに私はあたかも存在しない者でもあるかのように片隅に見捨てられているのです。そしてヤングの夜想が出版されて以来、ジョンソンやフューゼリでさえも私の彫版刀を見限ってしまいました。（梅津訳）

おそらくそのような状況を見ていたために、フラックスマンは知人のヘイリーをブレイクに紹介したのではないか。一八〇〇年九月二十一日、ファルパムに着いたブレイクがフラックスマン宛に書いた手紙。

木曜の朝六時か七時の間に出発しました。そしていよいよ新しい生活がはじまったのです。地上の覆いが一枚ふるい落とされました。私は私の仕事のゆえに、想像以上に天で有名になっています。私の頭脳のなかには、私の限りある命の尽きる前に永遠の時のなかで書き、また描いた古い詩集や、画でみたされた書斎や部屋があります。そういう作品は大天使たちの歓びであり、研究の対象でもあります。（並河）

地上での低い評価とは逆に天上では高く評価されていると自らを慰めているブレイクの姿が見える。次はファルパムで製作中の一八〇一年九月十一日、トマス・バッツ宛の手紙。

私は間断なく仕事をしております。しかも予定の半分も仕上がりません。何故かといいますと、私の抽象的思考が仕事最中に私を急き立てて屢々あらぬ方へ連れてゆくからです。（中略）全力を以て私の足を義務と実在の世界に縛りつけます。しかし無駄です！ しっかり縛れば縛るほど、それだけ一層坐りはよくなる道理、下の方に縛られているどころか、飛んで行く際に私の方がこの世を引っぱって行くのです。（梅津訳）

一七八八年にフューズリの訳したラファターの『人間に関する格言集』にフューズリの下絵を彫版したのをきっかけに、読書と思索によってブレイクは深い思索の世界に入り、独自のキリスト教理解に基づく預言書の制作を続けてきた。彼の絵は、誰が見てもブレイクのものだとわかるほど独自のものになっていった。しかし、抽象的思考はやはり絵画の制作に影響を与えていた。五年ほど経って、その弊害が彼にもはっきりわかるようになっていた。現代の抽象画においても言えることだが、あまりにも思索的、抽象的で、無機質な絵は見る者を寄せつけない。

このような時期にはいくら仕事をしてもうまく行かないものだ。その焦りが彼をいら立たせる。ファルパムでヘイリーの注文に応じて仕事をしながら、ブレイクは次第にヘイリーの温かい配慮や助言がうるさく感じられるようになり、被害妄想を抱くようになる。一八〇三年九月、ロンドンへ戻った後、十月七日にヘイリー宛に書いた手紙。

寛大に且つやさしくあなたの献身的なる謀反人について御心配下さいますので、その男も自らの安着をお知らせいたしましてあなたのお目を汚すことが無条件に必要となった次第であります。（中略）美術はロンドンで大繁盛です。特に彫版師は引っ張り凧です。あらゆる彫版師は仕事の依頼が有り余っているというので出来ない仕事の門前払いをしております。

それでいて誰一人私には仕事を持って来ません。（梅津訳）

ファルパムを離れたことでヘイリーの配慮を素直に感謝できるようになったのである。ヘイリーはその後もブレイクに仕事を頼んでいるし、ブレイクも仕事の注文に応じている。もっとも他の注文はほとんどなかった。

静かなファルパム村にいたときも、ブレイクのヴィジョンは強まっていた。彼はアトリエの外でもしばしばヴィジョンを見た。庭で天使を見たり、影と話すこともあった。並河氏は次のようなエピソードを書いている。

「ブレイクはイーグモント夫人に画を届けるために出かけて、村の茶店で休んでいると、天使ガブリエルがあらわれて、彼の肩に手をかけ、『ブレイクよ、どこへいこうとしているのか。いけ、疲れてはならぬ』といった」（並河）

この頃、ブレイクはバッツ宛に書いた手紙のなかに、注目すべき次の詩を書いている。一八〇二年十一月二十二日の手紙だが、その詩は一年ほど前のものであると書いている。

「今、私は四重の幻をみる。／四重の幻が私に与えられる。／私の最高の歓喜のなかでそれは四重だ。／やわらかいビューラの夜では三重／そしていつもは二重。どうか神よ／私たちを一重の幻とニュートンの眠りから遠ざけてくれ！」（並河）

（「ビューラ」とは、梅津氏によると、ブレイクの神話的叙事詩によく出てくる語で、穏やかな休息の状態を象徴する。）

ヴィジョンの力は高まっているのに、彼に挿絵の注文をする者はほとんどいなかった。これが一八〇三年、ロンドンに戻ったときのブレイクの状態だった。その後のブレイクの大きな仕事は既に述べた一八〇五年のブレアの詩集『死よ、墓より語れ』の挿絵である。出版業者のクロメックがフラックスマンの勧めでブレイクに依頼してきたのだ。しかし、彼は裏切られ、下絵を描いただけだった。しかも、この詩集が出版されると、称讃もあったが厳しい批評に晒された。さらに、クロメックはチョーサーの大作『カンタベリー物語』の「プロローグ」に現れる巡礼に向かう三十人の男女を描いたブレイクの下絵を見て、完成するように言いながら、その企画をストザードに頼んだ。後にそれを知ったブレイクはストザードが全てを承知で引き受けたと思って怒鳴り込んだ。二人の長い間の友情はこれを機に壊れてしまう。しかし、ブレイクは屈することなく、「解説付き目録」を準備して、兄の家の一階で個展を開いた。残念ながら、来てくれる人はほとんどいなかった。新聞『イグザミナー』に載ったロバート・ハントの批評は厳しかった。ハントはブレイクを狂人扱いにした。

フューズリとの仕事は一八〇五年のアレクサンダー・チャーマー編『シェイクスピア戯曲集』にフューズリの下絵を彫版したのが最後だった。フューズリはロイヤル・アカデミーで出世していた。彼らはお互いの才能を最後まで認め合っていたが、社会的地位の違いが二人を疎遠にしていった。一八〇〇年代の仕事のほとんどがフラックスマンとの関わりでなされていた。

一八一〇年代には、ブレイクはほとんど世間との交渉を断っていた。一八一一年からリネルに出会う一八一八年までの間に残っている手紙は〈ウェッジウッドの陶磁器目録〉を彫版したときのジョサイア・ウェッジウッド宛の一通だけである。一八一〇年以後亡くなるまで仕事はほとんどなかった。エシックの画集でも一八一四年から一七年まで『ヘシオドスの神統記』にフラックスマンの下絵を彫版した他には、一八一五年にやはりフラックスマンの下絵で彫版したウェジウッドの食器用の目録と、一八二一年にリネルの紹介でジョン・ソーントン訳ウェルギリウスの『牧歌』の挿絵があるだけである。

もちろん、ブレイクはこの時期でも自分の預言書の仕事を続けていた。一八一六年にミルトンの『楽園回復』の挿絵、一八二〇年には大作《最後の審判》、預言書『エルサレム』の挿絵、『ヨブ記』の水彩挿絵、一八二四年にはその彫版と『天路歴程』の水彩挿絵を描いた。一八二五年にはダンテの『神曲』の挿絵を描き始めるが、一八二七年八月十二日の死去によって未完に終わった。

ブレイクは文字通り死ぬまで、毎日休むことなく、精一杯仕事をした。しかし彼は貧しく、理解してくれる友人もわずかであった。彼が亡くなったとき、彼の遺体は無名墓地の、誰ともわからないいくつもの古い遺骨の上に葬られた。それが当時の人々の評価だった。彼らはレノルズやストザード、フラックスマンを評価した。しかし、二百年後の現在、彼らの絵を知っている人はほとんどいない。

一八一八年、ブレイク六十一歳の時、彼は二十六歳のリネルに出会った。リネルは若い芸術家やソーントンなどの友人を紹介した。ブレイクにとって彼を理解してくれる友人の存在は計り知れないほど大きいものだった。晩年、ブレイクが友人たちの注文に応じて描いた絵が物語っているのは、難解な詩人としてのブレイクでも、預言者としてのブレイクでもなく、優しい人間ブレイクである。もはやブレイクは社会に反抗することもなく、既存のキリスト教会を否定することもなく、ただ純粋に絵の世界に没頭していたのではないか。

最後にリネルに依頼されて始めたダンテの『神曲』の挿絵を見てみよう。これは結局死によって未完に終わるのだが、《車からダンテに語りかけるベアトリーチェ》(図七)は美しい絵である。煉獄篇第二十九歌と三十歌に基づいていると書かれてあったので、昔読んだ寿岳文章の訳を取り出して見た。重要だと思ったのか第三十歌に印をつけていたが、内容は全く覚えていなかった。この機会に読み返してみたので、絵を見る助けとなるように簡単な解説を書いておく。

ダンテはウェルギリウスとウェルギリウスを尊敬している詩人スタティウスとともに煉獄の

図七　《車からダンテに語りかけるベアトリーチェ》

最西端にたどり着き、眼前に地上楽園を見る。聖なる森に入り、小川に出ると、対岸に淑女を見る。共に小川を溯っていくと、森の中から秘跡の行列がやってきて、ダンテの前に止まった。その戦車の上にベアトリーチェが現れた。ダンテはベアトリーチェの愛の激しさに圧倒されて、ウェルギリウスに助けを求めるが、彼はそこにいなかった。ベアトリーチェは彼女が亡くなってすぐに別の女性を愛したダンテを厳しく叱責する。図七の原典の内容はこのようなものである。この後、ダンテは罪を認めるが、気を失ってしまう。しかし、気を失っている間に淑女に引かれてレーテ川を渡っていた。やがて、ベアトリーチェに許されたダンテは天上の楽園に登ることになる。

この挿絵は、他の挿絵の場合と同様、自身の世界観を強く出している。幸い、寿岳訳のこの挿絵の解説には原典との異同が書かれている。参考までに一部を引用する。

三つ巴に異様な顔や眼が見える渦巻く右の車輪（原曲と違う）と、凱旋戦車を曳くグリフォンを画面の前景に大きく据えた構図。画面を上に突きぬくグリフォンの両翼が、随所に遮断しているのは七彩の光の旗。戦車の四隅には、眼だらけの翼を持ち、光背もある異形の四獣の頭が見える。車輪の上、四獣を前後にひかえ、蓮の花（原曲には無い）模様で縁どりした台に、光まばゆくベアトリーチェが立つ（その冠は原曲と違う）。

ブレイクの絵を見ていて感じるのは、いつの間にか私たちも二重のヴィジョンで世界を見るようになる不思議さである。もしもブレイクの言う四重のヴィジョンを身につけることができれば、私たちはきっといつまでも至福の世界にいることができるにちがいない。ブレイクが徐々に受け入れられてきたのは、確かに二十世紀の様々な美術上の実験を通過して、私たちの思考が以前よりも自由になったからだろう。しかし、現代美術の世界もせいぜい二重、三重のヴィジョンの世界である。ブレイクのヴィジョンに近づくには彼の詩を通して、ヴィジョンを強めなければならない。その願いを込めて、もう一度ブレイクの詩の一節を引用して、長くなったエッセイの結びとしたい。

今、私は四重の幻をみる。
四重の幻が私に与えられる。
私の最高の歓喜のなかでそれは四重だ。
やわらかいビューラの夜では三重
そしていつもは二重。どうか神よ
私たちを一重の幻とニュートンの眠りから遠ざけてくれ！

チャップリンの笑い

この二、三年、喜劇映画をよく見ている。理由は、人並みにというと変だが、介護をする年になったからである。介護施設や病院の中には一日の終わりに、その日の面白い体験を話す「ユーモアの時間」があるそうだが、少しずつ衰えて行く人と元気につき合うには、笑いが必要なのだ。

チャップリン、キートン、『モンティ・パイソン』、『ミスター・ビーン』、三谷幸喜、山田洋次、藤山寛美、落語では米朝、枝雀、文珍のＤＶＤを主に見ている。以前は、モーツアルトを聞いていた。強く弾む、明るく澄んだ音が流れている間は、気分が軽かった。しかし、いつの間にかモーツアルトより、喜劇映画を見ることの方が多くなっていた。私には、音よりも物語の方が利くらしい。

しかし、どんな喜劇でも良いというわけではない。何度も見られる映画というのは限られてくる。人によって好みが違うが、私にはチャップリンが飛び抜けて面白い。何度も見ているのに、同じ場面でやはり笑ってしまう。それに、見るたびに新しいことに気づく。それに対して、チャップリンと同時代のキートンのギャグはほとんど笑えない。『モンティ・パイソン』と『ミスター・ビーン』はあくの強さ、わざとらしさが面白いが、普通の生活人をからかうところが気になる。それとは逆に、『寅さん』は心が温かくなるが、温々していて、笑いに力がない。これは日本の喜劇の特徴かもしれない。

一年ほど前、日本名画遺産、喜劇映画傑作選が出たので取り寄せた。伴淳三郎、花菱アチャコ、榎本健一など、私の子ども時代に花形であった錚々たる喜劇俳優の映画だった。楽しみにしていたが、残念ながら最後まで見るのが苦痛なほど気が抜けていた。

では、どうしてチャップリンだけが今でも面白いのだろう。いや、そもそも笑いとは一体なんだろう。介護の現場でも取り入れられているように、笑いには力がある。その力、とりわけチャップリンの笑いの力はどこから生まれてくるのだろう。そんなことを考えてみようとゼミナールでも取り上げた。今年（平成二十一年）の十月には南大阪地域講座でも話をした。以下はそのときの話に加筆したものである。

脳科学者茂木健一郎は今年の八月出版の近著『笑う脳』で、笑いは脳の働きとしても非常に高度な領域に属していて、人が笑うメカニズムはまだ解明されていないと書いている。それを読んだとき、私はほっとした。フロイト、ベルグソン、梅原猛の笑いの理論から、ノーマン・カズンズ、アレン・クラウン、ピーター・バーガーの笑いの治癒力、アブナー・ジップのユーモアの心理学、木津川計、井上宏の大阪の笑い、桂枝雀の落語の笑い、あるいは藤山寛美や榎本健一の伝記、その他ユーモアと笑いに関する諸々の本を読んでみたが、笑いとは何か、人はなぜ笑うのかを簡単に説明することができないで困っていたからだ。基本的には私は、笑いはズレから生まれると考えている。しかしズレでは、チャップリンの『黄金狂時代』の後半で、何度見ても腹を抱えて笑ってしまう、崖から落ちそうになった山小屋の場面を説明できない。あの場面はアブナー・ジョブが『ユーモアの心理学』で書いているように、遊園地のジェットコースターや恐怖映画と同様の擬似恐怖体験なのだ。私たちの体内には、常時危機の中に暮らしていた古代人と同様に、素早く危機を脱することができるように、大量のアドレナリンが作られている。緊張が解けたときに笑うのは、大量のアドレナリンが放出されるからなのだ。私たちが恐ろしい状況を逃れようとしながら、それに惹きつけられるのもそのためである。この大量のアドレナリンを放出する機会は、今では擬似恐怖体験しかない。崖から落ちそうになった小屋で、傾いた床を必死に這い上がるチャーリーの恐怖体験は、観客にとって安全にアドレナリンを放出する絶好の機会なのだ。

このように笑いは一筋縄ではいかない。それで、笑いに面と向かうのを諦めて、イギリスの笑い、チャップリンの笑いと、笑いを限定して考えることにした。チャップリンはアメリカで四十年近く主に喜劇映画を作っていたので、アメリカの笑いの中に入れて考えるべきだと思われるかもしれない。しかし、チャップリンの笑いは無邪気なアメリカの笑いとは違う。幼い頃のロンドンの下町での経験を基にでき上がった屈折した、複雑な笑いである。では、イギリスの笑いはなぜ屈折しているのか。先ず、そこから始めよう。

茂木健一郎は既に言及した著書『笑う脳』で、小学生の頃から文庫版『古典落語』を持ち歩くほどの落語好きで、後にケンブリッジ大学に留学したことからイギリスのコメディにも熱中している、と書いている。茂木氏は日本の笑いとイギリスの笑いの違いについて次のように述べているが、核心を突いた指摘である。

「英国コメディの魅力は、一言でいえば、政治性や社会性を多分に含んでいる批評性の高さと成熟した知性である」

「日本の笑いは大衆文化や下町、『下から目線』と結びついているから、『インテリ』というレッテルは敬遠したいのかもしれない」

イギリスのコメディ、例えば「ミスター・ビーン」には、ケンブリッジ大学やオックスフォード大学を卒業したスタッフが多い。世界でも最高レベルの大学を卒業したエリートたちが頭を絞って、あのギャグを考えているのだ。だから、ギャグはどうしても知的になり、政治や社会問題を扱うことになる。あるいは、「上から目線」で庶民をからかったり、逆に異常に幼児的になる。一方、日本人は落語や『寅さん』のように、庶民の間での笑いを好む。それは吉本の笑いを見ればよくわかる。

この日本の笑いの特徴は、元々個人という意識がなかった日本人の特性であると、心理学者の河合隼雄は『笑いの力』の中で述べている。アメリカ人はばらばらの個人が集まっているので、面白いスピーチで笑わせて一体感を作る必要がある。しかし日本人は集まるとすぐに一体となるので、演壇に立つと、皆から離れて演壇にいることを先ず弁解しなければならない、と河合氏は言う。

「だから、挨拶というのは、面白くないでしょう。挨拶のときに個人的なことを言うと面白いんですが、それは言ってはならないんですよ。『みんな一体ですよ』ということのために挨拶してるんだから。みんな聞かなくてもいいんですよ、なんにも。内容なんて、なにも聞いてないでしょう」

『寅さん』を見ても、落語を聞いても、いや今日本の喜劇で最も面白い三谷幸喜の映画でも、結局偉い人を引きずり落として、みんな一緒ですよ、で終わっている。喜劇もまた、スピーチと同じ働きをしているのだ。

もちろんイギリスでも、上流階級を笑う喜劇は多い。ところが、それでみんな一緒とはならない。上流階級と労働者階級との間には厳然とした壁がある。それゆえ、労働者階級の笑いは屈折し、攻撃的になる。しかしどんなに攻撃的になっても、厳然と存在する壁が崩れることはない。皇室を笑い者にするどぎつい笑いが野放しにされているのも、ある意味では、安全弁としての隔たりを双方が認めているからだ。

ではチャップリンの笑いはどうだろう。浮浪者チャーリーを主人公とした映画がなぜ面白いのか。そこには当然失業者としての屈折した、攻撃的な笑いがあるはずだ。しかし、チャップリンの映画では攻撃的な笑いがあまり印象に残らない。山高帽にちょび髭、小さい上着とだぶだぶのズボン、それにドタ靴のチャーリーがステッキを持って歩いてくるだけで、何か面白いことがありそうだと期待する。しかし、それは攻撃的な笑いがないということではない。社会への批判がうまく笑いの中に包まれているだけなのだ。チャップリンの笑いを分類すると、次の三つに分類できるのではないだろうか。

一、パントマイム役者。リズム、タイミング。動きと感情の重要性。
二、笑いと涙。悲劇と喜劇。美しい女性への恋。

三、風刺。

チャップリンの映画は初期のパントマイムの動きの面白さを土台として、そこに感情、涙、悲劇を加え、やがて社会への風刺、批判を組み込んで幅広い領域をカバーする芸術的な作品になっていったと言っていいだろう。映画監督としてのチャップリンの成長は風刺という視点から眺めるときに明確になるように思う。しかもその成長は、十八世紀イギリス文学を研究してきた私には、『ガリヴァー旅行記』の作者スウィフトの成長と重なって見える。強引に見えるこの比較は単なる思いつきではない。それは茂木氏が述べていたイギリスの笑いの特徴である「政治性や社会性を多分に含んでいる批評性の高さと成熟した知性」と密接に関わっているからだ。先ず、風刺とは何かから見て行こう。

イギリスの笑い

ショーター・オックスフォード辞典では、風刺とは「悪徳、愚かさ、悪弊、その他のあらゆる悪を非難し、暴露し、あざ笑うのに嘲笑、アイロニー、皮肉等を話したり、書いたりする時に使用するもの」とある。風刺には先ず、悪徳、愚かさ、悪弊を認識する基準がなければならないのだ。

イギリス文学史上、風刺が中心的な位置にあったのはアレグザンダー・ポープ（一六八八‐一七四四）やジョナサン・スウィフト（一六六七‐一七四五）が活躍した十八世紀初めである。この時代は文学史ではオーガスタン時代、新古典主義、あるいは擬古典主義時代と呼ばれてきた。いずれにしろ、古代ギリシア、ローマ時代の古典のもつ端正な形式、明確な思想を基準と考える芸術を志向した時代である。しかし現実の社会では、人間は政治的、宗教的対立や利害関係に振り回されており、規範と現実との間に大きな開きがあった。それが風刺文学の隆盛をもたらした。つまり、理性や秩序の明確な基準を求める時、現実の社会は堕落したものとして見えてくるのだ。

イギリス風刺文学の最高傑作と言えば、やはりスウィフトの『ガリヴァー旅行記』（一七二六）ということになる。四部からなる『ガリヴァー旅行記』は簡略化された第一部と第二部が児童文学の傑作として読まれているが、原本を読むとわかるように、当時の社会、政治への鋭い風刺なのである。それはスウィフトが『ガリヴァー旅行記』を書いていた一七二〇年代の時代状況と密接に関わっていた。以前書いたスウィフト論を参考に、まとめてみる。

アイルランド生まれのイギリス人スウィフトはダブリンの聖パトリック寺院の牧師であった。しかし若い頃はイギリス本国での出世を夢見て、貴族、地主を中心としたトーリー党のためにパンフレットを書いていた。しかしトーリー党は一七一四年に凋落し、商工業者に支持されたホイッグ党が実権を握る。出世の望みを断たれたスウィフトは生まれ故郷アイルランドに戻り、政治の世界から身を引いた。ところが、当時アイルランドはイギリスの植民地で、イギリスの苛酷な経済政策に苦しんでいた。スウィフトは『書簡集』に、「この国を旅して、土地や国民の顔、服装、住居を見た人は、自分が法と宗教と人間性が存在する国にいるとは思わないだろう」と書いた。その原因はアイルランド商品の輸出が制限され、しかもイギリス製品の輸入を認めさせられていたからであった。一七二〇年、スウィフトはパンフレットを書き、議会においてイギリス製品のボイコットを決議せよ、と主張した。パンフレットの印刷業者はアイルランド総督から告訴された。しかし、アイルランドの惨状を前にして、スウィフトは抗議を止めるわけにはいかなかった。

イギリスでトーリー党のパンフレットを書いた時、スウィフトにとって政治とは党派の政争であった。しかしアイルランドにあっては、政治とは人間から尊厳を奪い取る力であった。イギリスの植民地に居を定めて始めて、スウィフトは政争の愚かさと、イギリスの政策がアイルランドを瀕死の状態に追いつめている現実を知った。

一七二〇年から一七三三年まで、スウィフトは当時のアイルランドが抱えていた諸問題について二十を越えるパンフレットを書いた。中でも有名なのが、イギリス人金属商ウィリアム・ウッドに与えられたアイルランドでの銅貨鋳造権を撤回させた『ドレイピア書簡』(一七二一―

二五）と、アイルランドの貧困を救うために貧乏人の赤子を食用にしようという『控えめな提案』（一七二九）である。

スウィフトはアイルランド生まれのイギリス人であった。しかし国民の大部分はアイルランド人カトリックであった。それに、移住してきたイギリス人カトリック、アイルランド生まれのイギリス人で多数派の国教徒と少数派の非国教徒がいた。アイルランド生まれのイギリス人で、イギリス国教会の牧師であったスウィフトはアイルランドにおけるイギリス国教会の利益を守る立場にあった。しかし、スウィフトはイギリスのアイルランド支配を批判せざるをえなかった。彼の立場は非常に微妙なものだった。

そこでスウィフトはアイルランド人ドレイピア（生地商人）という名前で書簡を書いた。最初の書簡は一七二二年七月にアイルランドで不足していたペニー銅貨の鋳造権がアイルランドに諮問されることなく、イギリス在住のイギリス人金属商ウッドに与えられた時に書かれた。スウィフトは一七二五年八月にその特許が取り消されるまで、七つの書簡を書いた。

『ガリヴァー旅行記』はこの『ドレイピア書簡』とほぼ同じ頃に書かれた。それゆえ『ガリヴァー旅行記』にはイギリスの政治への激しい憤りが見られる。第一部でのリリパット皇帝のあくなき野心、虚栄、ガリヴァーを大逆罪で訴え、餓死させようとする大臣の気まぐれと背徳から、第四部での理性も知性も失って獣のようになったヤフーに至るまで、当時の社会と人間に対するスウィフトの批判は常軌を逸したかと思われるほど激しい。スウィフトはトーリー党のために働いていた頃に見聞した全ての腐敗と悪弊を、風刺によって笑い飛ばそうとしたのだ。イギリスとアイルランドの関係は『ガリヴァー旅行記』第三部の、空飛ぶ島ラピュータとその下にある領国バルニバービとして描かれている。

しかし、一人の風刺家が政治や経済政策を風刺したからと言って、現状が変わるわけではない。そこで風刺家はさらに強烈な毒をもった風刺を考えることになる。アイルランドの貧困を解決する『控えめな提案』(一七二九)である。語り手は次のように言う。

アイルランドの人口は百五十万人だ。そのうち、出産能力のある夫婦が約二十万組。問題は扶養能力のない貧困家庭から毎年十二万人の子どもが生まれていることだ。ある博識のアメリカ人の話では、満一歳の赤子というのは、焼いても、あぶっても非常に美味しく、栄養満点らしい。そこで、二万人を繁殖用にとっておいて、残りを国で売り出したらどうだろう。お得意は大地主ということになる。既に親たちをほとんど食べ尽くしているのだから、赤子を食べる権利も優先的にあるというものだ。

ダブリンの聖パトリック大聖堂の牧師であったスウィフトは、イギリスが植民地アイルランドから収奪している現実と、アイルランド人にはその状態をどうすることもできない現実を見続けてきた。『ドレイピア書簡』以来、スウィフトはアイルランドを良くするための提案をし続けた。しかし、それらは何の解決ももたらさなかった。『控えめな提案』は収奪するイギリスへの怒りと、無能なアイルランド人への怒りを同時に爆発させた、見事な風刺なのである。

風刺とはこのように強烈な批判を含んでいる。しかし、スウィフトがこの提案をした後もアイルランドのために提案をし続けたように、風刺家の意図は単に批判し、嘲笑することではない。最終的な目的はイギリス人が収奪を止め、アイルランド人が自力で国を良くするために働くことなのである。つまり、風刺家の心の奥には人間への強い期待がある。スウィフトの場合、おそらく牧師であったことと、彼が親しんでいた古典文学が彼に明確な道徳的基準を示していたと考えられる。

明確な道徳的基準を持ってものを考える人間にとって、世界を見通すことは容易である。王侯貴族の権力争い、ブルジョア階級の贅沢な生活、植民地の収奪、その収奪に無抵抗なアイルランド人。それらは全て、スウィフトの規範から見れば、人間というものの愚行そのものなのだ。

チャップリンの笑い

風刺には明確な判断基準が必要である。しかしスウィフトと違って、チャップリンの判断基準にはキリスト教の影響はほとんどないと言っていい。むしろ一九二三年に『偽牧師』という映画を作っているように、彼はキリスト教に批判的である。チャップリンの場合、幼い頃の貧しい生活を耐え抜いた経験が判断の土台になっている。では、彼はそこで何を学んだのか。それに答えるのは容易ではない。なぜなら、それは、チャップリンがコメディアンとなり、その後、喜劇映画を制作しながら、多くの読書と一流の人々との交流を通して、徐々に自覚し、明確にして行ったものだからだ。しかし彼の幼少時代を見れば、土台となったのがどのようなものかを推測できるだろう。

チャップリンの両親は共に舞台俳優であった。しかし、両親はチャップリンが一歳のときに離婚した。その後、女優であった母親は声が出なくなり、チャップリンが五歳の時には、舞台に出られなくなる。腹違いの兄シドニーを含めた親子三人は極貧の生活に陥っていく。その生活の中で、彼は芝居の素晴しさと俳優の動きの魅力に目覚めていく。

おそらく六歳頃のことだろう。舞台が好きだった母親は、何でも芝居仕立てで話をした。チャップリンが熱を出して寝ていたとき、母親の話してくれたキリストの慈愛の話があまりにも感動的だったので、彼はその夜のうちに死んで、キリストのもとへ行ってしまいたいと思った。しかし母親は冷静に、「イエスさまはね、おまえが先ず生きて、この世の運命を全うすることをお望みなのだよ」と言った。

その夜、母はオークリイ・ストリートの暗い地階の部屋で、生れてはじめて知る暖かい灯をわたしの胸にともしてくれた。その灯とは、文学や演劇にもっとも偉大で豊かな主題を与えつづけてきたもの、すなわち愛、憐れみ、そして人間の心だった。

この感動的な話を読みながら、私はチャップリンの映画『街の灯』を思い出した。目の見えない娘に心をひかれ、必死になってお金を工面する失業者チャーリーの話だ。酔っぱらいの紳士からもらったお金を目の手術のためにとチャーリーは娘に渡す。娘は目が見えるようになるが、チャーリーは紳士に訴えられ、刑務所に入る。刑期を終えて刑務所から出てきたチャーリーは、娘の花屋の前で子どもにからかわれる。娘はそれを見て笑っていた。小銭を恵んでやろうと娘はチャーリーに声をかける。チャーリーは娘に気づく。娘はお金を渡そうと彼の手を握ったとき、その手が、これまで自分を助けてくれていた人の手だと知る。感動的な映画だ。この映画には、幼い頃に母親が灯してくれた温かい愛の灯がともっている。

しかし、現実の生活は厳しかった。七歳のとき、チャップリンは母親と兄シドニーとともにランベスの貧民院に入る。チャップリンと兄はその後、別のところの孤児・貧困児学校へやられる。しばらくして、母親が発狂した。裁判所は父親にチャップリンと兄を引き取るように命じた。それまで、父親には二度しか会っていなかったとチャップリンは書いている。父親はその頃、ルイーズという女性と彼らの息子、つまりチャップリンの異母弟と暮らしていた。チャップリンたちは歓迎されない存在だった。しかし、その生活で、チャップリンは父親に魅せられていく。

食事のたびに彼のあらゆる動作、たとえば物の食べ方、また肉を切るときにする、ペンでも持つようなナイフの持ち方など、じっといつも観察していた。そして、その後何年間にもわたって、わたしはよく父の動作の真似をした。

チャップリンの映画が好きな人なら誰でも、この話から『黄金狂時代』の、空腹にさいなまれ、ついに靴を煮て食べる場面を思い出すだろう。食事のマナーの優雅さ、一本いっぽん靴底の釘を抜き、まるで鳥の骨をしゃぶるように丁寧に口にくわえる様子、靴ひもをスパゲティのようにフォークに巻きつける様子などは、父親の仕草であったのではないか。チャップリンは観察の人だったのだ。彼の自在に思える動作、パントマイムもまた観察と練習の賜物なのだろう。そのことは彼が見た当時の喜劇俳優の思い出にはっきり現れている。

はたしてわたしはディケンズつくる人物にすっかり魅せられてしまい、それらに扮するブランビイ・ウィリアムズを、わたしもなんとか真似てみたいとおもうようになった。このようにしてわたしの内に芽生えはじめた才能は、とうてい長く隠しておけるものではなかった。ある日、『骨董屋』の祖父を真似て見せて、仲間の少年たちを興がらせているところを、ジャクソンさんに見つかってしまったのだ。その場で彼から、君は天才だと言われた。そしてジャクソンさんは、なんとかそれを世間にも披露したいと決心した。

十歳の頃の、エイト・ランカシャー・ラッヅ座でのエピソードである。所作によって人物の内面を表現できることに魅了されて、チャップリンはどんどん役者の世界にのめり込んでいく。このことは後に五歳のジャッキー・クーガンに出会い、『キッド』を撮るときのエピソードを見ればもっとはっきりする。

ジャッキーの場合は、まったく手がかからなかった。先ずパントマイムの基本的ルールをいくつか教え込む必要はあったが、彼は苦もなくそれらをマスターした。彼は感情を所作にあてはめることも逆に所作を感情にあてはめることもできたうえに、しかもそれらを何度くりかえしても、自然な感じが少しも失われないのだった。

おそらく幼い頃のチャップリンもジャッキー・クーガンのように苦もなく所作によって感情を表現することができたのだろう。それがチャップリンの映画の土台となる。

チャップリンの映画のもう一つの特徴である笑いと涙、悲劇と喜劇も、彼の幼い頃の生活と深い関わりがある。二つのエピソードを紹介する。

既に述べたように、女優であった母親は喉頭炎のために声が出なくなっていった。それでも調子がいいときにはチャップリンを連れて劇場に行き、舞台に立った。ある日、兵隊の客が多い劇場に出ていたときに声が出なくなった。激しいヤジに困った監督はチャップリンが母親の友人の前で芝居をしたのを思い出し、舞台に連れ出した。チャップリンは歌を歌った。客が小銭を舞台に投げた。チャップリンはお金を拾ってから歌いますと言って、お金を拾い始めた。観客が一斉に笑った。監督が手伝おうとハンカチをもって出てきた。チャップリンは監督にお金を取られると思って、あわてた。それを見て観客はますます笑った。舞台の袖に引っ込む監督を追いかけると、観客は腹を抱えて笑った。

どん底の生活を余儀なくされていたチャップリンには小銭でも大切だった。監督に取られまいと慌てて拾い回るチャップリン。その必死な様子は観客から見れば腹を抱えて笑うほどおかしいことだった。このエピソードは、よく知られている次のエピソードと共に、チャップリンにはっきりと悲劇と喜劇の関係を認識させたと言える。

母親が精神病院を退院した後、家族はケニントン・クロスの裏通りに移った。通りのはずれには屠殺場があった。チャップリンはいつも羊が家の前を引っぱられていくのを見ていた。ところがある日、羊が一頭逃げ出して、通りを駆け回った。

とにかく羊は狂ったように逃げまわる、跳びはねる。わたしは面白くて笑ってばかりいた。なんとも滑稽な光景だった。だが、やがてつかまって、屠畜場へ連れもどされてしまうと、突然、クローズ・アップされてきたのは、むしろその悲劇的な現実であった。わたしは家へ駆けてかえると、泣きながら母に訴えた。「あの羊、みんな殺されるよ！　殺されるよ！」あの春の午後の冷酷な現実、そしてそれとはうらはらなドタバタ喜劇、それは長くわたしの記憶にのこった。そしていまにして考えると、このエピソードこそが、将来わたしの映画の基調—つまり悲劇的なものと喜劇的なものとの結合というあれになったのではないだろうか。

解説は要らないだろう。チャップリンのドタバタは単なるドタバタではなく、悲劇的な現実の上に作られたものなのだ。悲劇的な現実、それは彼らの貧しい生活の中に溢れていた。チャップリンが八歳ころまでに経験した生活の多くは悲劇的なものだった。コメディアンとなり、映画監督となったとき、心の底に長く沈んでいた、たっぷり味わった苦しみや悲しみを表現するには、単純な笑いでは十分でなかった。必死に逃げ回る羊。それほど真剣なドタバタが必要だった。

これは彼自身が述べているように、後の喜劇観につながる。「喜劇のプロットをつくりあげるわたしの方法は、いたって簡単だった。人間を苦難に突っ込んでみたり、また引きだしてみたりする、ただそれだけのことだったのである」

このようにチャップリンの喜劇の土台は幼少時代の経験と深く関わっている。しかし、その経験をはっきりとした喜劇観にまとめるには、長い年月に亘る思索と試行錯誤が必要なのである。次に、チャップリンが明確な思想を持つまでを映画に関わり始めた頃から見てみよう。

◯

チャップリンはカルノー一座のコメディアンとして一九一一年、一二年にアメリカ巡業に同行する。一三年にはキーストン映画会社と契約し、一四年から喜劇映画に出演、その後、監督も兼ねるようになる。キーストン社での映画はほとんど短編で、追っかけ、殴り合い、破壊が中心のドタバタ喜劇であった。それに社会性が加味されるのは一九一五年、エッサネイ社に移って製作された『チャップリンの拳闘』においてであると言われている。チャップリンが二十六歳のときである。失業者チャーリーが乱暴な大男と戦うこの映画は、「社会のなかでさまざまな苦労を味わう人物を浮きぼりに」している、とジョルジュ・サドゥールは著書『チャップリン』に書いている。貧困に苦しんできたチャップリンが失業問題に関心を持つのは自然なことである。その社会的関心が失業問題の一つの大きな原因であった一九一四年に始まり、一九一八年まで続く第一次世界大戦に向かうのも自然なことであった。

最初、アメリカは第一次大戦に参戦していなかった。アメリカが参戦に動いたのは、一九一五年五月七日にドイツ軍に撃沈されたイギリス客船ルシタニア号に百二十八名のアメリカ人が乗っていて、犠牲となったときからである。アメリカは一九一七年四月に参戦すると、選抜徴兵法を制定した。二十歳から三十歳までの全ての男子が登録を義務づけられた。メアリー・ベス・ノートン他著『アメリカの歴史第四巻―アメリカ社会と第一次世界大戦』によると、一九一七年六月五日には九五〇万人が、戦争が終わるまでには二千四百万人が登録され、四八〇万人が軍隊に入り、二百万人がフランスで戦った。

一方チャップリンは、その後一九一六年にミューチュアル社で八本、一九一七年には四本の映画を制作し、世界中の著名人が訪ねてくるほどの有名人になっていた。ところが二十九歳になった一九一七年、徴兵制が制定された頃から、憎悪や侮辱に満ちた手紙が送られてくるようになった、とサドゥールは言う。

やがて、新聞も、これらの抗議に呼応してかれを攻撃する。―百万長者のチャールズ・チャップリンは、祖国に仕えることを拒んでいる。かれは三十歳にもなっていない。アメリカはいま、かれの祖国イギリスの側について戦っている。多くのイギリスやアメリカの志願兵たちが、〈トミー〉や〈サミー〉たちがかれのために死んでゆくのに、この卑怯者は平然としている……というのである。

サドゥールは、チャップリンは体格検査を受けたが貧弱な体であったために、医者が「アメリカと同じ基準のイギリスの徴兵検査に不合格になると判断した」と述べている。いずれにしろ、一九一七年にはチャップリンへの批判が始まっていた。その背景として考えられるのは徴兵法と、同年二月に成立した「移民制限法」、六月に成立した「スパイ活動制限法」である。大野裕之著『チャップリン再入門』によれば、その前年にウィルソン大統領が「移民制限法」に関して発表した声明は次のようなものだ。「以前の国にしがみつく人々は、われわれの国民の生活のまさに大動脈に裏切りという毒を注ぎ込む。このような、感情、裏切り、アナーキーの生き物は抹殺されねばならない」。自由と移民の国アメリカは狭量な愛国主義の台頭によって変化していた。チャップリンは「抹殺されねばならない」移民であった。彼はアメリカで巨万の富を得ながら、イギリス国籍のままだった。

ヨーロッパを見れば、一九一七年に最も大きな変化を蒙ったのはロシアであった。二月（三月）革命勃発。労働者のストライキと兵士の叛乱。三月十五日皇帝退位。十一月ロシア革命。レーニン、ソビエト政府を組織。一九一九年には連合国軍の対ソ干渉戦争に対抗して、第三インターナショナルを設立した。この影響は世界に波及し、ドイツでは一九一八年、フランスでは一九二〇年、中国では一九二一年、日本では一九二二年に共産党が結成された。アメリカでは一九一九年の夏に共産主義労働党が、九月には共産党が結成された。

この時期のチャップリンを理解するには、ウィルソン大統領がソビエト政府を粉砕しようとしていたことを知っておかねばならない。『アメリカの歴史第四巻』によれば、ウィルソンは一九一八年六月と七月に軍隊をロシアに派遣し、また反革命勢力に武器を送り、国内にあっては共産主義者と思われるものを攻撃した。「一九一七年秋のボルシェビキ革命の後、アメリカの反ドイツの感情は直ちに共産主義ソ連に向けられた」。「多くの者がアメリカのラディカルを激しくののしり、出任せに『赤』という言葉をアナーキスト、ウォブリーズ、社会主義者、平和主義者、共産主義者、組合指導者、そして改革者など異なった信念をもつ人びとに当てはめた」。

「赤」に対する過剰な反応は、一九一七年の参戦から一九一八年十一月に終戦を迎えるまでの間に起こった六千以上のストライキにも向けられた。一九一九年から二十年には、レッドスケアと呼ばれる六千人以上の共産党員嫌疑者の逮捕、労働運動の弾圧が起こった。一九一九年五月に結成された在郷軍人会がその中心であった。「州政府と地方自治体もこの赤狩りの動きに加わった」。マッカーシズム、いわゆる「赤狩り」は一九四〇年代後半から始まるのだが、その動きは既に一九一七年に始まっていたのだ。

ロシア革命が起こった一九一七年は歴史上大きな変化の年だった。この年には、第一次大戦での戦死者は数百万に達していた。サドゥールはこの年のことを次のように書いている。

塹壕からも工場からも「われわれは犬ではない、人間なのだ」という同じ反抗の声が同時に起こった。そして、まずロシアで人びとは塹壕から、工場から起ちあがり、皇帝を追払った。

この例にならって、フランスとドイツでは兵士と水兵が同時に暴動を起こす。彼らは赤旗を掲げ、首都に向かって行進を開始する。

チャップリンが映画『犬の生活』を作ったのは、明らかに、この「われわれは犬ではない」

という声への共感だった。しかし、映画を見た人でこの反抗の声に気づいた人がどれほどいるだろう。ほとんどの人は、チャーリーが引き起こす笑いの中に社会問題を忘れてしまっているのではないか。道路脇の古い板の塀の中で寝起きしている失業者チャーリーが、ソーセージを取ろうとしたところを警官に見られ追いかけられる最初の場面から、職安での仕事の奪い合い、助けた一匹の犬を連れてホットドッグ屋での盗み食い、犬のひもがからまる酒場でのダンス、二人組のスリが隠した財布を巡る追いかけっこなど爆笑の連続である。しかも最後に、チャーリーは拾った金で美しい娘と犬と一緒に田舎で幸せな暮らしをする。このハッピーエンドは犬のような生活を余儀なくされている全世界の労働者に希望を与えようとするチャップリンの思いやりだったかもしれない。

チャップリンは『犬の生活』を完成させるとすぐに、戦費をまかなう自由公債の募集のために俳優仲間メリイ・ピックフォード、ダグラス・フェアバンクスとともにアメリカを回る旅に出た。各地で大歓迎を受け、多くの募金を集めることができた。チャップリンへの攻撃は急速に衰えた。

『犬の生活』が当時の状況を強く意識したものであったように、同じ年に制作された『担え銃』も社会性の強いものだった。チャップリンは第一次世界大戦を笑ってやろうと思ったのだ。確かにこの映画には笑える場面が多い。軍事訓練でのヘマ、戦地での水に浸かったベッドでの就寝、戦場で木に化けて敵を倒すなど、思わず笑ってしまう。それは、映画のほとんどが、最初の軍事訓練が終わってテントに寝たチャーリーの夢だからだろう。全編が楽しい戦争ごっこになっているのだ。『担え銃』が兵士の間でも好評であったのはそのためだろう。

しかし、チャップリンは『担え銃』の出来映えに不満だったと言われている。確かに、この映画では戦争批判は弱い。チャップリンはおそらく、戦争批判が本質を突いていないことに気づいていたのだろう。戦争や失業問題を笑うにはもっと本質的な批判が必要だった。『犬の生活』と『モダン・タイムス』、『独裁者』を比較すれば、彼がその約十八年の間に人間について、社会についてどれほど多く、深く考えたかがよくわかる。『モダン・タイムス』を見ることにしよう。

○

『モダン・タイムス』冒頭の、羊が追われて囲いに入る場面と、それに重ねられた工場労働者の通勤風景。労働者は工場に入り、羊が檻に入れられるように、それぞれの部署に入っていく。労働者は資本家から見れば家畜なのだ。

現代社会への風刺は、同じことを繰り返す流れ作業、スピードを上げて能率を上げようとする経営者、トイレ休憩を監視する大型のカメラ、食事の時間を短縮するための自動食事機械などにはっきり見られる。長時間ボルトを回してネジを締めていたチャーリーは、休憩時間になっても長時間の労働で体に染みついた動きが止められず、お皿のスープをこぼしてしまう。女性のスカートの丸いボタンを見ると追いかけて、締めようとする。人間が機械になってしまったのだ。チャップリンは大量生産時代がいかに非人間的であるかを、当時画期的であったはずの流れ作業に見ていた。『モダン・タイムス』の副題が「人間の機械化に反対して、個人の幸福を求める物語」であるように、チャップリンは「進歩に対する風刺」を意図していた。労働そのものが人間を疎外していることを笑おうとしたのだ。

『モダン・タイムス』は『犬の生活』から十八年後の一九三六年に制作された。チャップリンが自身の世界観、道徳基準を明確にするためには、それだけの時間が必要だった。しかし、『モダン・タイムス』においても、チャップリンは批判を笑いに紛らせて、見えなくしている。工場を首になってからのエピソードを見よう。

通りを歩いているとトラックが赤い旗を落とした。それを拾ってトラックを追いかけながら振っていると、後ろからデモ隊がやってきて、その先頭を歩くことになった。警察がデモを鎮圧にきて、リーダーとして捉えられ、拘置所に入れられる。そこでの食事の場面、チャーリーは隣の男が検査を逃れるために覚醒剤を塩のビンに入れたことを知らずに料理に振りかけてしまい、おかしくなっていく。拘置所を出た後、感化院から逃げてきた娘と出会い、二人で楽しい生活を夢見て働き始める。警備員に雇われたデパートで二人で遊ぶ。ローラースケートを履いて、目隠しをして、二階の床から危うく落ちそうになりながらも滑るスリル。そこを首になって働き始めたレストランで、でたらめな言葉でティティナを歌い踊る陽気な場面。これらスリルと笑い、緊張感と開放感に溢れた場面を見ているうちに、映画の最初にあった進歩に対する批判は忘れられてしまう。

失業者チャーリーが赤旗を振るのは、トラックの運転手に知らせるためであり、労働者のデモの先頭に立ったのは偶然の出来事である。チャップリンが批判を笑いに隠すのは、観客がチャーリーに求めているのは無垢で、お人好しの浮浪者であることをチャップリンが知っていたからだ。観客は決して共産主義に共鳴する失業者チャーリーを求めてはいない。

同じことは『モダン・タイムス』の五年前に制作された感動的なサイレント映画『街の灯』にも言える。冒頭の場面は「平和と繁栄の像」の除幕式である。幕が切って落とされると、失業者チャーリーが「平和と繁栄の像」の手のひらに眠っている。「繁栄の像」の手のひらに眠る失業者とは、見事な風刺である。資本家と、像を寄贈した金持ちの婦人のキイキイ声の訳のわからないスピーチも、トーキーへの批判であると同時に、彼らの言葉は失業者から見て無意味だという批判なのだ。しかし、この風刺の場面の後には見事な笑いの場面が続く。降りろと言われるが、ズボンの尻の破れたところが像の剣にひっかかる。その瞬間に国歌の演奏が始まる。チャーリーは宙づりのまま国家の演奏を聴く。笑わないではいられない面白い場面である。緊張から緩和への見事な転換、計算されたタイミングは、盲目の花売り娘が浮浪者チャーリーを紳士だと思い込む場面にも見られる。浮浪者、紳士、娘、そして車の動きがぴったり合って初めて、観客は、娘がチャーリーを紳士と思い込んだことを納得する。完璧なタイミングを計るために、この場面は何度も取り直された。

浮浪者の、美しい娘への叶うはずのない恋。しかし、チャーリーは、娘の目が手術によって見えるようになると聞いて、お金を工面してやろうとする。そのための伏線として登場するのが、酔うと自殺しようとする富豪である。この男は泥酔した時にはチャーリーに寛大だが、酔いが醒めるとチャーリーを冷たくあしらう。金持の持つ二面性への批判だが、富豪一般への批判とはなっていない。『街の灯』においても風刺はドタバタ喜劇と、最後に娘が、恩人が浮浪者であったことを知る感動的な場面の中に吸収され、忘れられてしまう。

『街の灯』でも『モダン・タイムス』でも、失業問題が重くのしかかり、チャーリーは小さな幸せを摑むために必死に貧困と闘っていた。しかし、チャップリンはその闘いを笑いに包んだ。彼の思想、立場は明確になっていたが、彼は本格的な批判を避けた。もう一歩踏み込めば、資本家を、資本主義を、そしてアメリカを批判することになるとわかっていたからだ。

しかし、当時の政治や社会を『ガリヴァー旅行記』という架空の旅行記の中に韜晦させ、笑っていたスウィフトが、赤子の肉を食べるという『控えめな提案』を書いたように、チャップリンもまた社会問題にさらに深く関わることになる。スウィフトの風刺が鋭さを増し、苦みを帯びるように、チャップリンの映画『独裁者』、『殺人狂時代』、そして『ニューヨークの王様』でも風刺が全面に出てくる。先ず、『独裁者』から始めよう。

チャップリンの「控えめな提案」

一九四〇年に完成した『独裁者』は明らかに風刺映画である。風船の地球儀と戯れながら、征服を信じて恍惚となるヒットラー（映画ではヒンケル）の姿は、独裁者の一面をよく描いている。私たちが第二次世界大戦、ユダヤ人虐殺という歴史的事実を知っているために、笑いは押しつぶされてしまうが、不発弾、逆さまに飛ぶ飛行機など細かな笑いが仕組まれている。一般の観客が喜んで迎えたのはこのような小さな笑いや、独裁者とユダヤ人理髪師が瓜二つという意味深長な構成のためだろう。しかし、批評家はこの映画に批判的だった。チャップリンは自伝に「大部分の批評家が最後のスピーチに反対した。〈ニューヨーク・デイリイ・ニューズ〉は、わたしが共産主義の指を観客に向けていると非難した」と書いている。最後のスピーチとは「残念ながら、わたしは皇帝になどなりたくありません。そんなことはわたしの任ではありません」で始まる演説である。おそらく批評家が指摘したのは次のような部分だろう。

耳をもったすべての人々に、わたしは呼びかけたいのです。「絶望してはいけません」と。わたしたちを襲っているこの不幸も、それはただ貪欲のなせる業—人類の進歩を恐れる非情な人間たちのつくり出しているものにしかすぎません。憎しみはきっと消え、独裁者たちは死に、彼らが人民から奪い取った力は、ふたたび人民の手にかえるでしょう。そして人間に死のあるかぎり、自由は決して滅びません。

「人民から奪い取った力は、ふたたび人民の手にかえる」。この共産主義的と言われても仕方がない言葉はチャップリンの考えを表すものだった。一九一八年の『担え銃』以降、チャップリンは戦争や社会問題に対する洞察を深めていた。一九三一年、ムッソリーニが話題に上ったとき、チャップリンは「現代の独裁者たちは企業家と財界人の傀儡にすぎない」と言った、とサドゥールは書いている。資本家と独裁者が結びついている。彼らが労働者や兵士を犬のように扱っている。チャップリンは戦争や社会問題の本質を理解していたのだ。

アメリカの新聞がチャップリンを共産主義者にしようとした背景にも財界が関わっていた。一九四一年十二月の真珠湾攻撃を契機として、アメリカは日本、ドイツ、イタリアに宣戦する。

それまでアメリカは中立主義を取っていた。それゆえ、チャップリンが『独裁者』の構想を練り始めた一九三八年には、アメリカではナチの組織が公然と活動していた。これはサドゥールが著書『チャップリン』に書いていることだが、ドイツの映画産業を牛耳ろうとしていたハリウッドの資本家たちはナチへの批判を禁じていた。アメリカの映画配給会社はドイツ系アメリカ人が半数を占めていたのだ。アメリカの新聞には反ナチを批判するドイツからの投書が掲載された。ナチの活動を監視するために作られたはずの非米活動委員会は逆に反ナチ運動を監視するようになっていた。チャップリンが『独裁者』、そして『殺人狂時代』を制作するときに浴びた激しい攻撃の裏には、当時のアメリカの政界と財界からの意向が働いていた。これに一九一七年以来の「赤」への過剰な拒否反応が加わる。一九四一年十二月、アメリカが宣戦したとき、ソ連軍はドイツ軍への反撃を開始していた。チャップリンは自伝にその状況を次のように書いている。

ソ連軍はヒトラーの大軍をモスクワ郊外に釘づけにすることに成功し、一刻も早く第二戦線の展開を呼びかけていた。ルーズヴェルトもこれを支持した。ナチ同調者たちは、いまや地下に潜ってしまったが、その流す害毒は決してまだ消えていなかった。米ソの同盟を阻むためには、あらゆる手段が使われた。

マッカーシズム、いわゆる「赤狩り」は一九四〇年代後半から始まるのだが、その傾向は既に一九四〇年代前半にも現れていた。チャップリンは『独裁者』を作った関係で、ドイツ軍と戦うソ連への援助、すなわち第二戦線の必要性を説いた。最初が一九四二年七月、サンフランシスコのロシア戦災救済アメリカ委員会の責任者からの要請であった。その一週間後には、マディソン・スクエアでの集会にラジオを通して語りかけた。その後も、チャップリンは要請されると、第二戦線開始の演説を続けた。しかし、チャップリンは政治問題に深入りすることの危険を感じていた。それで、彼は自分の立場を次のように説明した。

わたしは共産主義者ではない。わたしは人間であり、人間としての反応を知っているつもりだ。共産主義者もまたわれわれと同じ人間である。手や足をもがれれば、われわれと同じように苦しみ、われわれと同じように死んでゆく。共産主義者の母親といえども、われわれの母親と変わりはない。

『独裁者』の最後の演説に通じる人間としての訴えであった。しかし、チャップリンへの批判は増えて行った。しかも悪いことに、一九四一年に、アイルランドの劇作家F・V・キャロルの戯曲『影と実体』を脚色し、女優に起用することに決めていたジョーン・バリーが、一九四三年チャップリンに子どもの認知を求めて訴訟を起こした。マスコミは一斉にチャップリンを批判した。チャップリンは批判に屈しないように、新しい映画の製作を始める。それが『殺人狂時代』である。

一九四二年、俳優であり映画監督でもあったオーソン・ウェルズが有名なフランスの殺人鬼、実在の人物ランドリュの話を持ってきて、主役として出演してくれるよう要請した。チャップリンは、「このランドリュの話、もしかしてすばらしい喜劇になるのではないか」と考えた。それでオーソン・ウェルズに原案料五千ドルを支払い、『影と実体』を中止して、一九四三年から『殺人狂時代』の制作に入った。完成は一九四七年である。

主人公ヴェルドゥは、経営が悪化した銀行で最初にリストラにあったうだつの上がらない銀行員である。失業すると、病弱な妻と子どもを養うために、年配の未婚婦人や未亡人を狙って擬装結婚し、殺人を繰り返した。手に入れた大金は全て株に投資した。しかし、別荘の庭のごみ焼却炉で殺した婦人を三日三晩焼き続けながら、ヴェルドゥは庭の毛虫さえ殺せない男なのだ。

『殺人狂時代』は、最後に死刑直前にヴェルドゥが言う、「一人殺せば悪党で、百万人だと英雄です。数が殺人を神聖にするのです」という言葉で有名だ。そこには反戦への思いが込められていると言われてきた。その通りだが、この映画の面白さは、浮浪者チャーリーを演じてきたチャップリンが、冷酷な殺し屋、饒舌なプレイボーイを見事に演じているところにある。うだつの上がらない銀行員が豹変して、次々に殺人を犯して行く不均衡さこそがチャップリンが込めたメッセージだろう。

ヴェルドゥは美しい月夜に見とれて、ギリシア神話に材を取ったイギリスの詩人キーツの物語詩に出てくる月の女神を恋したエンディミオンを思い浮かべる。しかし次の瞬間、(擬装結婚の)妻の部屋に入り、殺害する。美しいものに感動する男は殺人を犯す男でもあるのだ。雨の夜、雨宿りをしていた若い女を自宅に招き、アリバイを残さず殺せる新しい毒薬を試してみようとする。しかし、夫が戦争で死んだという話に同情して実験を止める。だが映画の終わり近くで、夫を戦争で殺された女は武器商人の妾になって羽振りの良い姿でヴェルドゥの前に現れる。夫を殺された女が大量殺人に関わっていく矛盾。そこに人間に対する風刺がある。

チャップリンは「喜劇が全て問題を解決する」と考えて製作したと言われている。しかし『殺人狂時代』は、殺人の喜劇というより、むしろ大量殺人が日常化した世界の愚かさを、殺人鬼によって暴露しようとした作品と言えるだろう。スウィフトがアイルランドの貧困問題を解決しようとして『控えめな提案』を描いたように、チャップリンは、戦争が親たちをほとんど食べ尽くした時代に、見事な手さばきで赤子を食べる男を描いてみせたのだ。

『殺人狂時代』は様々な嫌がらせを受けた。チャップリンの自伝によると、脚本がアメリカ映画産業の自主的検閲機関から全面禁止とされた。脚本がオーケーとなり、映画ができると、今度はカトリック風紀委員会や各教派の代表が上映前の試写を要求した。連邦裁判所執行官からは、非米活動委員会に出頭せよという召喚状が届いた。ニューヨークでの封切りに出かけると、『デイリイ・ニューズ』が、「いわゆる〝シンパ〟として、華々しい活躍を見せた彼に、記者会見を要求する」と書いた。記者会見では、「あなたは共産党員ですか?」、「なぜアメリカ市民にならないんだ?」という質問が飛び交った。

チャップリンは「わたしは、いまでも『殺人狂時代』は自分の作品中でも最高の傑作、実によくできた作品だと信じている」と述べている。確かに計算された映像と緊張感のみなぎった見事な作品である。しかし、この映画は全米在郷軍人会やその他の団体からの圧力によって、多くの映画館で上映中止となった。

チャップリンは一九五二年に『ライムライト』を製作した後、子どもをヨーロッパで教育したいという妻ウーナ(劇作家ユージン・オニールの娘)の希望を叶えるために、一九五二年九月十七日にイギリスに渡った。一九四〇年代後半から始まっていたヒステリックな「赤狩り」の波は、一九五二年二月のマッカーシー上院議員の発言によって一気に高まり、アメリカ全土を飲み込んでいった。チャップリンは、「出入国調査局に出頭して、なにか政治的問題と背徳的行為に関して質問に答えたうえでなければ、再入国は許されないだろう」と言われていた。彼はほとんど追放されるような形でアメリカを出た。

一九五七年、アメリカを出て五年後に作った『ニューヨークの王様』はアメリカへの強烈な風刺である。アメリカを出て、再び自由を取り戻したためか、『ニューヨークの王様』は最後の悲劇的場面を除けば、楽しい喜劇になっている。原子力の平和利用を唱える小国エストロヴィアのシャドウ国王がアメリカに亡命する。ニューヨークのホテルに着くと、早速ブロードウェイ見物に出かける。熱狂的な若者たちがロックン・ロールのリズムに踊り狂っていた。巨大なスクリーンでは拳銃の撃ち合いが行われていた。ナイトクラブに入ると、バンドの音がうるさくて、食事の注文さえできない。ホテルの隣の部屋にはテレビ局でコマーシャルを担当している美女が入浴中だった。美女の計略にひっかかり、親しくなると、翌日のパーティに誘われた。パーティの模様は、美女のコマーシャルをときどき挿みながら、一部始終がテレビの隠しカメラで実況中継された。さらに美女の勧めで、王様はコマーシャルに出演し、整形手術も受ける。アメリカを支配している商業主義と、好色な文化への風刺である。

この映画でも、喜劇は悲劇と結びついている。悲劇は、王様が訪れた学校にあった。自由な教育をしているその学校では、生徒はそれぞれ好きなことをしていた。その一人ルパートはカール・マルクスを読んでいた。ルパートは雄弁家で、王様に「政府は人民を束縛している」、

「国民の権利を奪っている」と熱弁を振るう。ルパートの両親は元共産党員だった。

雪が舞う日、王様はホテルの前で、濡れながら歩いていたルパートを見つけて部屋にいれてやる。父親のことで尋問されて、学校を逃げてきたのだ。テレビでは共産主義者の摘発のため、非米活動委員会の様子を実況していた。ちょうど、ルパートの両親が尋問されていた。彼らは他の共産党員の名を言えと迫られ、拒否したために国家侮辱罪で有罪となる。

その後、テレビは王様が共産党員の子どもを保護していると伝えた。王様も共産党員だというのだ。召喚状やエレベーターでの消火用ホースを使ったどたばたの後、法廷で王様の嫌疑は晴れる。アメリカを離れることにした王様は、空港へ向かう途中でルパートを訪ねて学校に行く。彼の両親は釈放されていた。ルパートが協力したのだ。教師は「ルパートは愛国者だ」と言った。しかし、ルパートは意気消沈していた。両親を釈放するために他の共産党員の名前を言わねばならなかったのだ。

まさにチャップリンが経験した嫌なこと、彼を苛立たせたアメリカの一面がここに描かれている。前半の笑いによって緩和されているが、精神的な自由を否定するアメリカへの失望は大きかった。浮浪者チャーリーを通して、「人は犬ではない」と一貫して訴えてきたチャップリンは、ルパートを犬のように手なずけたアメリカを描いた。「人は犬ではない」。ルパートが生き生きと雄弁をふるっていたとき、彼は自分に対して誇りを持っていた。明日への希望を持っていた。チャップリンが『ニューヨークの王様』で描いたのは、「人を犬」にしようとしたアメリカへの抵抗だったのだ。

スウィフト、そしてチャップリンの作品は今でも生き続けている。それは、同時代の社会の現実から目をそらさず、その問題を必死に考え、しかもそれを笑いに混ぜて描いたことによるのではないか。問題を知的に解決するだけでは人の心に届かない。感情に訴え、人を動かすには笑いは有効な方法なのだ。彼らは心温まる笑いにも、痛烈な風刺の笑いにも通じていた。論理的に徹底して問題を掘り下げ、それを笑いとして描くこと。おそらく、それがイギリスの笑いの伝統なのだろう。チャップリンもまた、その伝統の中に生まれた優れた一人のコメディアンであり作家なのだ。

チャップリンの映画は時代を超えて生き延びた。それは、スウィフトの場合と同様に、作品の裏側に人間の理想的な生き方への熱い思いが込められているからだ。時代の不正を嘲笑しながら、チャップリンは母親に教えられた愛と憐れみと人間の心を大切に描いてきた。それが映画を見る人の心を打ち、生きる力を与えるのだ。

*

浮田要三の抽象画

現代美術作家浮田要三さんのことを書いてみたい。浮田さんは私の母親の世代の方で、私の勤務先の大学の特別講座の講師なので浮田先生と書くべきだが、そうすると筆が動かないので、親しみと敬意を込めて、浮田さんと書かせていただく。

私は西宮に住んでいるが、家から歩いて三十分の西宮北口に珈琲屋「ドリーム」がある。大阪からだと、阪急西宮北口駅を北出口から降りて、線路にそって宝塚の方に三分ほど歩いたところにある。マスターの焙煎のコーヒーがおいしいので、私はもう十年は通っている。この店には浮田要三、松谷武判という、一九五〇年代から七〇年代に世界的な評価を受けた関西の有名な現代美術家グループ「具体美術協会」の元メンバーの絵が架かっている。八年前の二〇〇〇年にこの店に架けられた最初の作品は浮田さんのもので、コーヒー豆の袋に白い絵の具を塗った作品だった。日常生活で使われるモノが彩色によってオブジェとなったのだ。昔はドンゴロスと言われていたジュートや麻の袋の、目の粗い材質の感触が前面に出た作品だった。

それから、ドンゴロスを小さく切ってキャンバスにした小品や、それをさらに小さく切って赤や青の絵の具を塗り、白く塗ったドンゴロスや油彩用のキャンバスに貼付けた作品が壁に架かるようになった。私は絵を見るのが好きなのだが、正直に言って、それらの作品の面白さがわからなかった。あまりにも単純素朴で、密度が足らないように思ったのだ。私の知人はそれを見て、ゴミを拾ってきて引っつけたみたいと言ったが、実に正直な反応だと感心した。今から考えると、浮田さんはその頃、人が省みないモノに美を見出そうとしておられたのだと思う。それは具体の指導者であった吉原治良の教え、「人のまねをするな。誰もせんことをやれ」の実践であり、それは今後も続けられると思う。しかし、デュシャンがオブジェとして展覧会に出した便器が嘲笑や怒りを買ったように、彩色された一切れの画布を貼付けたモノを作品として受け入れるのは難しい。構築された作品、密度の高い作品の面白さはわかるのだが、空白の多い、シンプルな作品には今でも戸惑う。

私は八年ほど浮田さんの作品を見ているが、ようやく作品の面白さがわかってきたように思う。しかし、本当にわかっているのかと問われると自信がない。試しに、ネットで「珈琲屋ドリーム」か「浮田要三」で検索して、マスターが作成した画家公認のサイトを是非見てほしい。すると私の戸惑いも浮田さんの作品の面白さもわかってもらえるだろう。

現代美術は難しいと言われるが、具象にしても抽象にしても、美術作品は結局直感でとらえる以外にないと思う。だから、見る時間や見るときの心的状態や意識のあり方によって作品が違って見える。具象なら日常生活で見慣れた風景や人物や静物を頼りに絵の世界に入ることができるが、抽象は外界のものが解体され、個人的な内面の投影として投げ出されているので、良いとか良くないとか言っても、所詮は直感でとらえた反応である。浮田さんはその直感を感性と言っておられるのだが、それは知性に対する感性のことではなく、全人格な反応のことだと思う。見る人の全人的反応に委ねられた作品を言葉で説明するのは不可能だし、意味のないことかもしれない。それでも、彩色された小さな画布を貼りつけたオブジェの面白さとは、言葉で説明すればこういうことなのではないかと、私なりに浮田さんの試みの意味を探ってみたい。

浮田さんの絵について書くと言っても、作品を見たことがない人に説明するのはやはり難しい。それで比較的わかりやすい作品を紹介する。縦90センチ、横180センチの、かなり大きな作品《鉛橋に赤い線》(図一)である。キャンバスに貼りつけられた上の形が黒の油彩で、下のものが赤い油彩で彩色されている。この絵にも題がつけられているが、現代美術のタイトルはあまり気にしない方がいい。見る者の想像力を限定してしまうからだ。それよりじっと見ることだ。気楽な気持ちで、じっと見ていると、言葉にならない何かが心の中で動き始める。

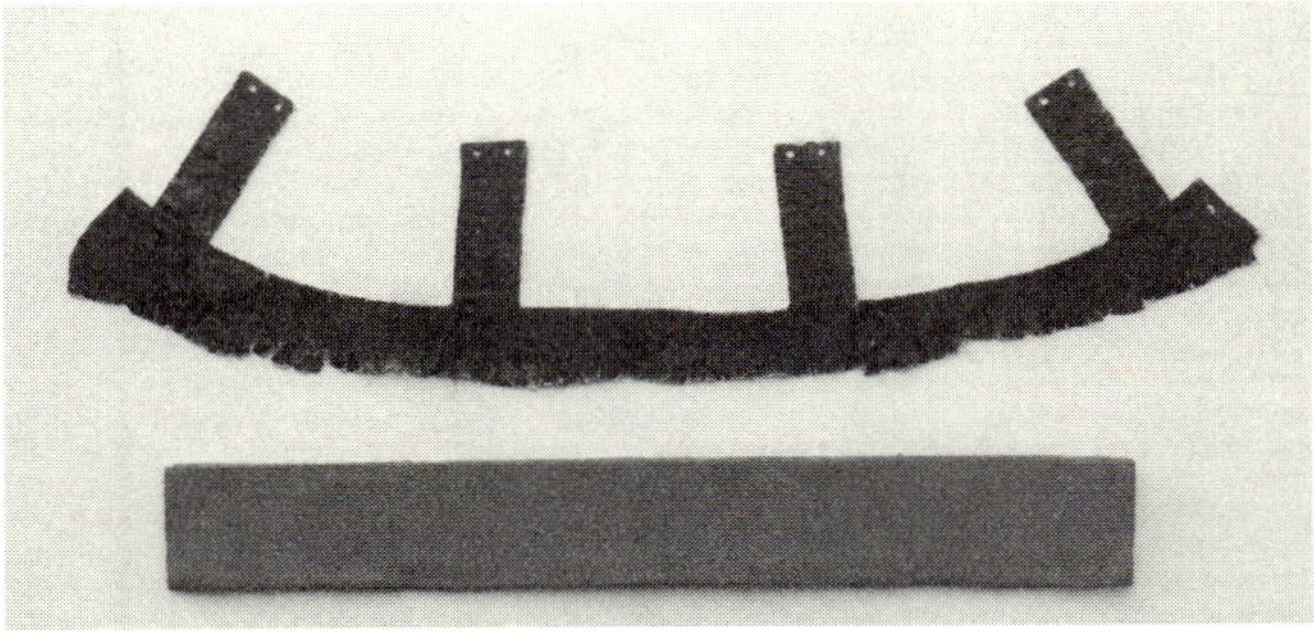

図一　《鉛橋に赤い線》

快いリズムと言ったものだ。ただ、この絵が何かを表しているとか、何かを想像させるとかいうことはない。不思議なことだが、まるで庭の石のようにそこにある。いつまでも、そこにあって、見ている私の心と響き合う。上の形の下辺がでこぼこしているのが、面白いし、下の赤い長方形がでこぼこしているのも不思議に心を揺らす。浮田さんの作品を前にすると、こういう印象しか書けないのだが、私はこの作品が好きだ。見ていると、解放されるからだ。これを見たのは二年前の五月、ホテル日航茨木の二階で行われた展覧会で、だった。雨の日で、阪急茨木駅からかなり歩いて行ったことを覚えている。では、一つ作品を見たので、浮田要三論を始めたい。

○

今年（二〇〇八年）の四月に浮田さんから頂いた「（ウ＝ちゃんの）「今」を描く会」Vol. 2という展覧会の案内に、「純粋な人間の在り方が見えるようで、とても興味があります」という言葉が添えられていた。封書にはもう一枚案内が入っていて、六人の出品者の一人山口昌弘君が昨年自殺してしまったことについて、山口君のお母さんと浮田さんが書かれた文章が載っていた。二人の文章はどちらも、重い現実を乗り越えた素晴しい文章で、読みながら、これは是が非でも大和小泉の会場まで出かけなければならないと思った。浮田さんの文章をできるだけ多く転載させていただく。

お母さんの雅代さんが昌弘君のことを話された第一声は「うちの子、不良やねん」と。それを聞いて反射的に、それはいい子どもだと直感しました。ウソがない子どもだと考えたからです。それからお母さんは昌弘君が描画することが異常に好きであることも話されました。そして、ボクはしめたと心の中で喜びました。

ボクといっしょに絵を描こう。道徳的な善悪を超越して、自分の感性のおもむくままに描画しよう。ボクも上気する程でした。

フリースクールを訪ねて、昌弘君の作品を見た時、ボクの想像をはるかに超えた身震いするばかりの作品が眼前に現れました。

そこに現れたウソのなさは、ボクが教えを乞わねばならないと秘かに考えておりましたが、彼の純粋を追求する気性は、平凡なボクの心情ではとても追いつかず、彼は純粋という名の刃物で心身を削って、削ってそれでも飽き足らず遂に死の境地に行ってしまったように思われます。

心は苦渋の塊であったのでしょう。何故ボクが忌まわしい空気を換気する風穴を横腹にあけてあげられなかったのか。それが限りなく残念でなりません。

悲しみの塊から生まれたこの一堂の作品群は、そこにこめられたtruthこそが作品の力となっているように思われます。そして、これらの制作行為が唯一、昌弘君の精神の癒しであったと想われます。


不良だとお母さんが言う昌弘君の姿と、純粋で、才能溢れる彼の本質を一気に表現し、同時に彼の苦しみを癒すことができなかったことを悔いるこの文章には、浮田要三という一人の画家の知性と愛情と生き方がよく現れている。浮田さんは心の奥で山口君が抱えていた問題を抱きしめてこられたのかもしれない。いや、こういうと話が逸れるのだが、人は皆、苦しみや悲しみを抱いて生きている。その基盤がなければ、私たちはお互いを理解することはおろか、他人の絵を理解することなどできるはずがない。ただ、人生は長い坂道のようなものだ。とにかく、急がないことが大切だ。

四月半ばの土曜日、浮田さんには連絡せずに車で大和小泉まで出かけた。学生時代によくJR大和小泉駅から慈光院、法起寺、法輪寺と、法隆寺への道を歩いたので、地理はわかっていた。大きな屋敷の納屋を改造した会場は、一階が浮田、堀尾貞治という「具体」の画家の他三名の作品、二階が山口君の作品だった。一階には誰もいなかったが、二階には数人の先客の姿が見えた。

階段を上がって、驚いた。周りの壁だけでなく、床にまで重ねて置かれた作品には、「殺」、「殺す」、「殺人」、「破壊」という文字が溢れていた。木や箱には釘が何本も打ちつけられていた。私は入ってはならないところに来てしまったと思った。絵の具で書いた文字、新聞から切り抜いた文字、紙だけでなく白や黒のネクタイに書かれた「殺」の文字。すさまじいまでの勢いだった。一体どれだけの期間、彼はこのような行為を続けたのだろう。その苦しみはとても想像できなかった。

「すごいですね」。階段を上がったところにおられた、山口君のお母さんと思われる女性に声をかけた。適切な言葉でないことはわかっていたが、ふと口をついて出てしまったのだ。

「ええ、すごいでしょう」とお母さんも言われたように思う。

お母さんもまた、初めて彼の絵を見た時、そこに怒りや叫びや苦しみを見て驚かれたのだ。案内の文章にはそのことが書かれていた。「ゆっくり見てやってください」というお母さんの言葉で、私は覚悟を決めて見て回ることにした。

激しい感情が渦巻いた文字や釘の刺さった紙を見ながら、これほど強く社会からの疎外を感じていたのかと痛ましい気持ちだった。それを誰にも言わず、ただ一人で押し返そうと苦闘していたのだ。それが山口君にとって生きることであったし、自己表現だったのだ。私はそのすさまじい心的エネルギーに圧倒されてしまった。人間にはこれだけの力が眠っているのかと驚嘆した。そのすさまじいエネルギーが会場の紙に生の状態でぶちまけられていた。それは血塗られた部屋にいるような感じだった。

ところが会場の一角に、生の情念が噴出した作品とは全く違った、きれいに彩色された作品がいくつかあった。その前に、先に来ていた人たちが集まっていた。細かく線が交わって出きた小さな四角や三角に、様々な色の塗られた作品は闇の中の一条の光だった。私も先客に加わって、二十枚近くあった美しい作品の前に腰を下ろした。もしも、これらの絵の方向に彼を導くことができていたら、彼はきっと死なずにすんだだろうと思われるほど豊かな色彩の作品だった。私はその数日前に中之島の国立国際美術館でアボリジニーの画家エミリー・ウングワレー展を見ていたが、色彩も含めて山口君の作品はウングワレーの点描の作品に似ていた。浮田さんの無念な思いがわかるように思った。

一時間ほどして、階下から聞き慣れた浮田さんの声が聞こえてきた。今年で八十四歳だが、元気な声だった。私は一階に降りた。

「来て頂いたのですね」

「いやー、すごいですね」

そう言ったきり言葉が出なかった。しばらくして浮田さんが、秋にヴェネチア・ビエンナーレに招待されたので今年は忙しい、とうれしそうに言われた。奥さんを交えて、しばらく雑談をした後、私は会場を後にした。

○

車で法隆寺インターに向かったが、山口君の絵から出ていた強烈なエネルギーが体に刺さっているようで、心が静まらなかった。それで、慈光院に回ることにした。私は二十代のほとんどを奈良で過ごしたのだが、毎年春と秋には必ずと言っていいほど慈光院を訪れていた。小さいけれど、静かな佇まいが好きだった。その日は土曜日だったが、幸い訪れる人はほとんどいなかった。私は開け放された座敷の隅に座り、新緑の、簡素な庭園を眺めた。それから、ゆっくりお茶をいただいた。庭に降りて、きれいに刈り込まれた庭を歩いていると、遠くに春日山が青く霞んで見えた。ぼんやり遠くを眺めながら山口君の絵のことを考えていると、浮田さんの案内状の、「純粋な人間の在り方が見えるようで」という言葉がわかるような気がした。

もがき苦しんでいる人間の心には嘘が入り込む余地がない。浮田さんはその状態を、真実を希求する「純粋な人間の在り方」と言われたのではないか。もちろん浮田さんは、自殺に追い込まれる状態を理想とされているのではない。浮田さんの制作にはどこか禅の修行を思わせるところがある。不要なものを削ぎ落として、嘘のない、素の状態に身を置こうとしておられる。山口君の場合、自分を疎外する社会に向かって抵抗し、その激しい思いを必死になってぶつけている間に、浮田さんの言われる「純粋な人間の在り方」に達したのだろう。それは一過性の行為ではない。山口君は持続的に芸術を制作する境地に達していたのだろう。そうでなければ、あの色彩豊かな抽象的な絵を何枚も描くことはできない。年齢差が六十ほどもある二人が出会えたのは、描く行為を通して、互いの純粋な、最も良いものを認め合ったからだろう。

ところで、この三ケ月後に偶然浮田さんから『『きりん』の絵本』という本を頂いた。『きりん』のことは後に書くが、その本に、驚いたことに山口くんのお母さん、雅代さんのことが書かれていた。それによると、山口雅代さんは生まれた時から脳性小児麻痺という病を抱えておられたが、天才少女詩人と言われ、実際『きりん』第三巻第一号（一九五〇年一月）で竹中郁の選による特集が組まれていた。浮田さんは「脳性小児麻痺という悲劇のかたまりをもって生まれたと、先ほど申しましたが、その悲劇を打ち消すほどのすばらしい宝物も、もって生まれたと考えたくなる事柄です」と書いておられる。小学一年生の時の雅代さんの詩を二つ引用したい。

えんどうのつる
みどりの　いとのような
手がのびた
さむいかぜがふいても
もう
のびた手はちぢまない
さむそうな手
あすは
わらの　どこを　にぎるのか

あまだれ
あめがおとをたてないで
さびしそうにふっているので

うたをうたってやった
あまだれが
一つおちたら
うたのつゞきをわすれた
つぎのあまだれ
まだかいな。

詩人竹中郁は「天才や」「天才や」と何度も言っておられたそうだが、小学一年生の詩とは信じられないほど自然への共感と、自然と自分との関係が見事に表現されている。山口君はこのお母さんの資質を受け継いでいたのだ。

○

四月の個展の後一ケ月程して、次の個展「寄木細工の形式作品」の案内をいただいた（図二）。会場は大阪上本町の「楓」というギャラリーであった。六月の初め、授業が終わった後、上本町に回って画廊に伺った。個展会場は小さな庭を通ったところにある、落ち着いた部屋だ

図二　《寄木細工の形式作品》

った。作品はどれも一メートル四方はある、かなり大きな作品だった。形はシンプルだが、寄木細工の形式は異なった色のタブローが共鳴していて心地よかった。浮田さんの作品は大きい方が面白い。作品の要素が多いのではない。大きな色面は、モノとして、それだけで見るものをとらえる力を持っているのだ。

お茶を御馳走になりながら、他に会場にいた浮田さんの知り合い二人を含めてしばらく話をした。会場の作品がイタリアに送る作品の中心になるとのことだった。ヴェネチア・ビエンナーレでの作家紹介に略歴が必要だと言われたので、「浮田要三小論（哲学的考察に於いて）」という文章を書いたので読んでほしいと、七ページにわたる小論をいただいた。不思議なもので、何かについて書こうと思っていると材料が集まってくる。大和小泉の個展で浮田さんの芸術の本質的な部分に触れたように思ったので、浮田要三論を書いてみたいと思っていたのだ。「小論」から現代美術作家浮田さんの姿を追ってみたい。

ボクは生まれながらに不器用で、物覚えが悪く、普通の人の三倍かかっても正確に覚えられない。これはやっかいな人間です。日本の学校にあっては、まさに劣等生でありました。けれども、ボクはほとんど悲観したことはありませんでした。そして、人間の値打ちというものがどこにあるのだろうかと、幼いころからよく考えておりました。

この文章を読みながら、やはり画家になる人は違うなと思った。幼い頃、友だちと魚釣りやソフトボールに興じていた私は、人間の値打ちとは何かなど考えたこともなかった。私は幼い頃に病気をして人間の死や命について考え始めたのだが、人間の値打ちについては考えたことがなかった。それに浮田さんは劣等生だったと言っておられるが、そんなことを「悲観したこと」がなかったと言い切れるのはすごいことだ。よほど心の中に自信がないと言えない言葉だ。日本の社会のいじめの構造がかまびすしく語られているが、いじめを解消する道はここにあるのではないか。本当の意味での個人主義だ。

人並みにボクは自分がかわゆくて、自分でどんな人間なのかそれを知りたくて、何となくそんなことをよく考えておりました。やはり自分についての関心が深かったのでしょう。ボクが物心ついたころには、ボクの持ち味が良いことも悪いことも含めて可成りはっきりと自覚されていたように思います。

日本には個人主義が根付いたように言われるが、実は今でも、私たちは周りを気にして生きている。それは子どもの頃から染みついていて、お互いに同じようなことをして安心している。ところが、浮田さんは子どもの頃から普通の日本人とは違っていたようだ。関心が自分にあったのだ。自分とはどんな人間なのかを考えていて、物心がつく頃には既に自分という人間がかなりはっきり分かっていたのだ。これは学校の成績などとは比べ物にならないほど重要なことだ。なぜなら、自分がない状態で何をやっても本物にはならないからだ。親がうるさいから勉強する。良い学校へ行きたいから勉強する。そういう自分の内面と関わりのない動機では本当の勉強はできないし、人間的な成長も望めない。自分を知るということはそれほど重要なことなのだ。

浮田さんの幼い頃の出来事で面白いのは、兄二人が使っていた古くて、みすぼらしいランドセルを誇りを持って背負っておられたことである。周りの子どもはみすぼらしいランドセルを貶していた。ところが浮田さんはそんな友だちを、「ボクは逆に、こんな素晴しいものが分からないのかと、心の中で嘲笑して」いたのだ。理由はそのランドセルが分厚い一枚革で作られていて、「その材質のすばらしいところに値打ちを感じていた」からだ。父親の履き古した毛の靴下も同じで、浮田少年は靴下の穴を繕って履いていた。「その材質の毛織物が好きであったのでしょう。きっと純粋な材質であったのだと思います」と書いておられる。

この文章を読んで、私は西宮に住んでおられたもう一人の画家、須田剋太のことを思い出した。比較をするのではないが、須田剋太もマチエールに魅了されるタイプの画家で、当時まだ珍しかったコンクリートの道をツルハシで壊して絵の材料にしようとしたが、警察が来て止めたという逸話が残っている。浮田さんもまた幼い頃からマチエールに魅せられる画家だったのだ。しかも驚くのは、浮田さんには幼い頃から本質的なものが何かがわかっていたことだ。しつこいようだが、非常に重要なことなので美術についての幼い頃の浮田さんの経験を記しておく。

ボクは描画に関しては、知的障害者同様の能力しかもっておらず、被写体が立方体であっても全部平面の表現になってしまって、これでは学校教育での美術教育がいいはずがありません。しかし、美術に於ける心情と技術は別のものであると考えておりましたので極端な落第点であっても気持には何の支障もなく悠々と過ごすことが出来ました。（中略）多分絵の良さというものは、旨く描けるという以外に何かあるように想えて、しかもそれが絵画の本質的な考え方だと根強くもっておりました。

浮田さんは子どもの頃から、絵の表面ではなく、その奥にある精神を感じられる子どもだったのだ。そんな子どもが大人になって、戦争に駆り出されたのだから、軍隊生活は大変だっただろうと思う。特別講義の時に、負けたとわかった時に、一晩中踊り明かしたと言われたが、理解できる。

こうして戦後を迎え、一九四七年秋、浮田さんは大阪梅田にあった小さな出版社尾崎書房に就職された。非常に幸運だったことに、作家志望であった尾崎書房の店主が子どもの投稿詩を雑誌にする計画を持っていて、それに当時毎日新聞大阪本社に勤めていた小説家の井上靖と神戸の詩人竹中郁が協力して、その年の暮れから編集会議が開かれた。井上靖は子どもの詩を読みながら次のように言った。「大阪も、こんなふうに戦災で焼野原になってしまいましたが、子どもの心は今までとおなじようにピカピカと光っています。その美しい心をひき出して、美しい詩の雑誌を作りましょうや、きっと出きますよ」。浮田さんは「とても熱い時間でありました」と書いておられるが、本当に宝石のように輝く、類い稀な時間だったと思う。幼い頃から物の本質を見ることのできた浮田さんにとって、おそらく一生を決定するほど重い言葉だったと思う。後に、浮田さんは、「日本という国は、文化芸術の愛好者はたくさんおられるけれども、文化芸術を生き方の支柱として、行為される方は見事に少数であると、ボクは常々考えておりました」と書いておられる。幸いなことに、浮田さんはその少数者と触れ合うことができたのだ。

翌一九四八年二月に子どもの詩と絵の雑誌『きりん』の第一号が出た。しかし経営は難しく、浮田さんは編集に心血を注ぎながら、何十冊も背中に背負って大阪、京都、神戸の小学校を回っておられたのだ。この話は今年七月に出た『『きりん』の絵本』に書かれている。不思議なことに、大阪の個展から一月ほど経った七月初め、浮田さんから送っていただいた。そこに、四十四ページにわたって浮田さんが「『きりん』の話」というエッセイを書いておられる。それによると、尾崎書房は経営が悪化して、一時休刊、その後再刊したが、一九五〇年に廃業した。一九五〇年十二月号からは浮田さんの実家の敷地内に建てた小屋が発行所になり、そこで編集、発行の作業を行うことになった。それが以後十年も続く。浮田さんが児童誌『きりん』にのめり込んでいかれたのは、浮田さんの資質が『きりん』の編集を通して開花したからだ。戦後の貧しい生活の中で必死に生きている子どもたちの真摯な詩が激しく浮田さんの心を揺さぶった。浮田さんの心は火花を散らしながら、全開していたのだ。しかも、関西の画家たちが挿絵を描いてくれた。画家たちも児童画に関心を持ち、「子ども美術展」の審査員を務めた。画家もまた井上靖と同じ熱い心を持っていたのだ。『きりん』や児童画の研究と普及に協力した画家は数多く、全員の名前を書くことはできないが、有名な画家を少し挙げてみる。小磯良平、須田剋太、吉原治良、嶋本昭三、山崎つる子、元永定正、白髪一雄、田中敦子、村上三郎など。吉原以下は「具体美術協会」のメンバーであった。このメンバーの協力によって子どもの作品の公募展である「きりん展」が行われた。浮田さんは、これらの画家との交流や、後に子どもたちの絵の中から「きりん」の表紙を選ぶ仕事を通して画家への道へと入っていかれたのだ。

その当時の「きりん」や竹中郁、坂本遼が講師を務めた「こども詩の会」、嶋本昭三が指導した「子ども美術教室」を語る浮田さんの言葉は熱い。それらは現代美術家としての浮田さんの骨肉となっている思想でもある。『『きりん』の絵本』からいくつか引用してみる。

『きりん』…表面的な叙情を問題とするのではなく、子どもたちのもっている無垢で純粋な真実をもって、それで人間の存在感のある根深いものを求める作品が選出されていったのではないでしょうか。おそらく、世に出ている多くの子どもの文化雑誌とは、精神の面においてかなりその重圧さが違っていたように感じられました。

「児童の絵」…これら、線による制作は、普通の写生から生まれる作品ではなく、日頃からもっている自分の感性に基づいてつくり出していく、という現代美術の概念に迫ってくる心情から生まれるものでしょう。

一九五三年ごろ、まだ充分な画材も道具もなかった時、それにもかかわらず、すばらしい作品が数多く生み出された現象を考えてみますと、やはり心の問題であったように思われます。作品を描く紙が古新聞紙であっても、絵の具は墨汁一色であっても、それぞれの心をすきなように解放して、誰にも気づかいなく存分に体を動かして制作した賜物が、そこにあったのでしょう。

「子ども美術教室」こそは、子どもからほとばしる芸術の泉であって、誰も遮ることができない。自由のもとにある、人間でいちばん強い力をもった雰囲気の会合であったと思われます。大人とか子どもとか、先生とか生徒とかの区別はなく、その時はすべて平等な人間であったといわねばなりません。恐らく子どもにかかわる集団の在り方として、これ以上すばらしい芸術的現象は、日本にはなかったでしょう。この文章を綴ることで、当時を思い起して、真空のような純粋さに酔わんばかりです。

○

四年前に始めて大学で講義をしていただいた時のメモが見つかったので、書いてみよう。

絵というと、うまいとかへたとか、きれいとかきたないとか言う。テクニックのうまい絵は芸術性の高い絵だと言われる。しかし、絵は二次元のキャンバスに描かれているのであって、真実ではない。それもまた物である。テクニックを否定すると、物が残る。物そのものには、嘘がない。感性にも嘘はない。説明的要素がほとんどないからだ。感じることには嘘はない。だから忠実に描く。自分の考え、感性があって、自分とは何かを追求するのが芸術家の生涯の仕事である。死ぬまでやる。しかし結局わからないで死ぬことになるだろう。しかし、それで良い。

こうして四年ぶりに講演のメモをまとめていて初めて、物そのものと感性とが、嘘がないという一点で結びついていることに気づいた。うかつだった。浮田さんの仕事の多くが色を塗った布やキャンバスを張り合わせた作品であるのは、テクニックを一切使わず、しかも説明的要素を排除しようとしているからなのだ。非常に禁欲的なベクトルと、感性に委ねる解放のベクトルとが出会ったところに、作品が成立しているのだ。とすると、究極的には感性そのものが

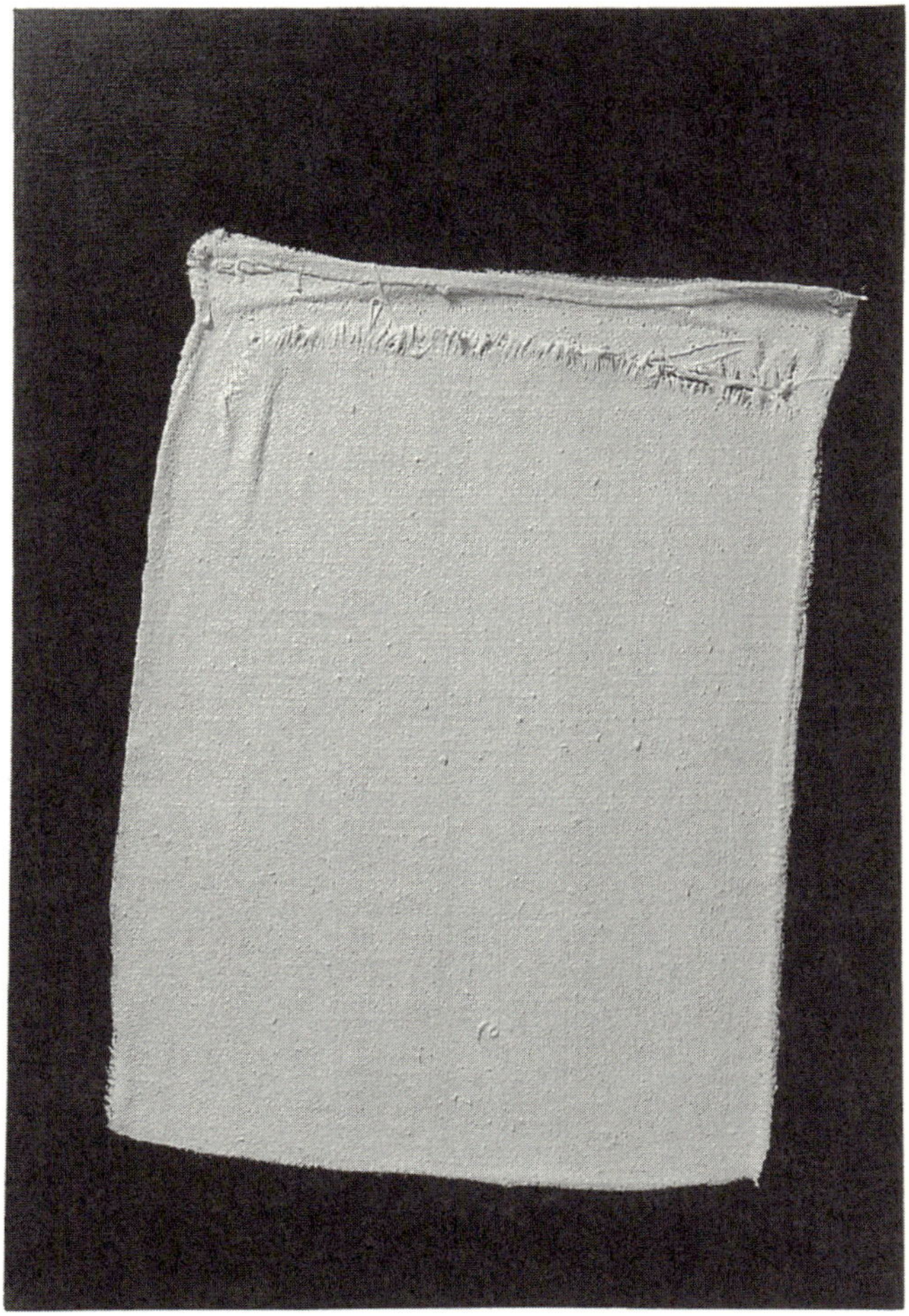

図三　フィンランド国立ハメリーンナ美術館展での作品

想像力の役割を果たすことになるのだろうか。これはなかなか難しい問題だが、浮田さんの作品から受ける印象から言えば、案外当たっているかもしれない。というのは、浮田さんの作品はいくら見ていても、それが何かを想像させることはほとんどないからだ。つまり、作品は物そのものとして存在しているのだ。

最初の講演の後、一九九九年にフィンランド国立ハメリーンナ美術館で個展をされたときのカタログをいただいた。彩色したキャンバスの切れをキャンバスに貼りつけた作品が中心であったが、ゆったりとした落ち着いた雰囲気が漂っている作品が多かった（図三）。カタログの後書き、「殆ど何もない作品集」の言葉には、浮田さんの作品を理解する糸口があるように思う。一九五五年に米国製のオートバイ、ハーレーダビッドソンを買ったときのことを述べた後の文を引用する。

「オートバイという乗り物の役目が全く不要な私の平面作品は、正に感性そのものを以て物質化して、できれば作者の分身として、そこに現れ、置かれるものであってほしい」

○

浮田さんは幼い頃に既に自分の持ち味を理解し、自分とはどんな人間かを理解しておられた。

ところが、一九五五年、吉原治良に誘われて「具体」に入会し、実際に制作を始めると、意外なことに、自分を見失って行かれる。自分の作品の善し悪しがわからなくなり、わからないままに出品し、吉原治良から褒められる。しかし、何が良いのかが自分にはわからないままだった。現代美術の新しい方法を試す試行錯誤の苦しみの中で、一九六一年に来日したフランスの前衛芸術運動アンフォルメルの主導者ミッシェル・タピエから絶賛される。しかし、その四年後から浮田さんは二十年に亘る長いブランクに入ってしまわれる。自分の資質を信じて、無我夢中に描いていたために、褒められていたのに、他人の評価、現代美術の動向という外的な問題に惑わされてしまわれたのだ。幼い頃の資質を忘れてしまわれたのだ。子どもの頃から自分の資質、人間の値打ちを考えてこられた浮田さんにしてこういうことが起こる。そんなことを考えたことのない人間が自分を見失ってしまうのは当然だろう。人と比較してはならない。自分を信じて、自分の最も関心があることを掘り続ける。それ以外に良い仕事をする方法はないのだ。

一九八四年、ほぼ二十年後に活動を再開されたのは、「具体」の画家で友人の嶋本昭三に誘われて、デュッセルドルフで「具体・AU（ART UNIDENTIFIED）6人展」に参加されたときである。ここではっきり、自分の資質に忠実に描いていこうと決心されるのだ。「ボクは専ら、現代美術を物質主義の思想に固着していこうと決心しておりました」。「物質の追求によって絵画の本質をまさぐり当ててそこで得た事象を美と解しておりました。但し、その美をまさぐり当てる感性は日常生活の中で常に注意深くあらゆる現象の中から抽出することを心掛けておらねばならないことでありました」

美を物に限定して考えていこうとする時重要になるのは、物の持つ質感、量感、色彩、形状、そしてそれらの構成ではないだろうか。それらを表現するためには物質の観察が必要だった。「心をこめて観察することで、その事物が動き出すようにさえ感じることがあります。動いている今を描くという精神現象こそが、現代美術の思想の根幹でありましょう」。『きりん』の編集を通して考えておられた考えと寸分の違いもない。

画家としての浮田さんはぐいぐい直球を投げるタイプに見える。できるだけ情緒を排して、様々な形や大きさや色の四角を様々に組み合わせて表現する方法が主流であるからだ。それは実にシンプルである。シンプルすぎて、子どもが遊びで作った印象を与える。しかし、画家や、絵の好きな人、絵を見ることに慣れた人の目から見ると、そこには静かに情感を呼び起こすように構成した確かな知性が働いていることがわかる。

最初はわからなかったが、浮田要三論を書いてみて、浮田さんの、実にシンプルな作品は、白隠の書画のように、禅の境地を現しているのではないかと思うようになった。「『きりん』の話」で浮田さんは次のように書いておられる。

（西田秀雄、栗岡英之助）お二人の指導は、描こうとする被写体を限りなく眺める中に、自分自身の感性が宿るようになり、その宿ったものを丹念に自分の描法で制作するというものであったと記憶しています。ボク流にいえば、限りなく被写体を眺めることで、あたかも宗教に通ずる祈りのような精神の状態があって、その熱い想いをもって制作するというものであったと考えられます。

私の推測は浮田さんの絵の奥に届いているのではないだろうか。

産霊尊《ムスヒのみこと》——画家松谷武判の世界

西宮市の出身で、今年（二〇一一年）でパリ在住四十四年になる「具体美術協会」の元メンバー松谷武判《たけさだ》さんは一九七〇年代から特に版画制作で知られ、ヨーロッパ各地の絵画展で入賞を重ねてこられた。二〇〇八年にはパリ大学第一学部の学生のために「松谷、私自身」（Matsutani par lui-même）と題した講演をされ、それがパリ大学美学・芸術科学研究所によってDVDとして制作され市販されている。二〇一四年にはフランス国立ギメ東洋美術館での展覧会が決まっている。現在、五十年近い画業の一区切りとして展覧会に向けた制作に打ち込んでおられるところである。

しかし、一九六六年、二十九歳のときにフランス政府留学生選抜第一回毎日美術コンクールでグランプリを獲得し、フランスに渡ってから画家として名を成すまでの数年間は精神的にも、経済的にも非常に苦しい時期であったと聞いている。先に書いた浮田要三さんのように大学の

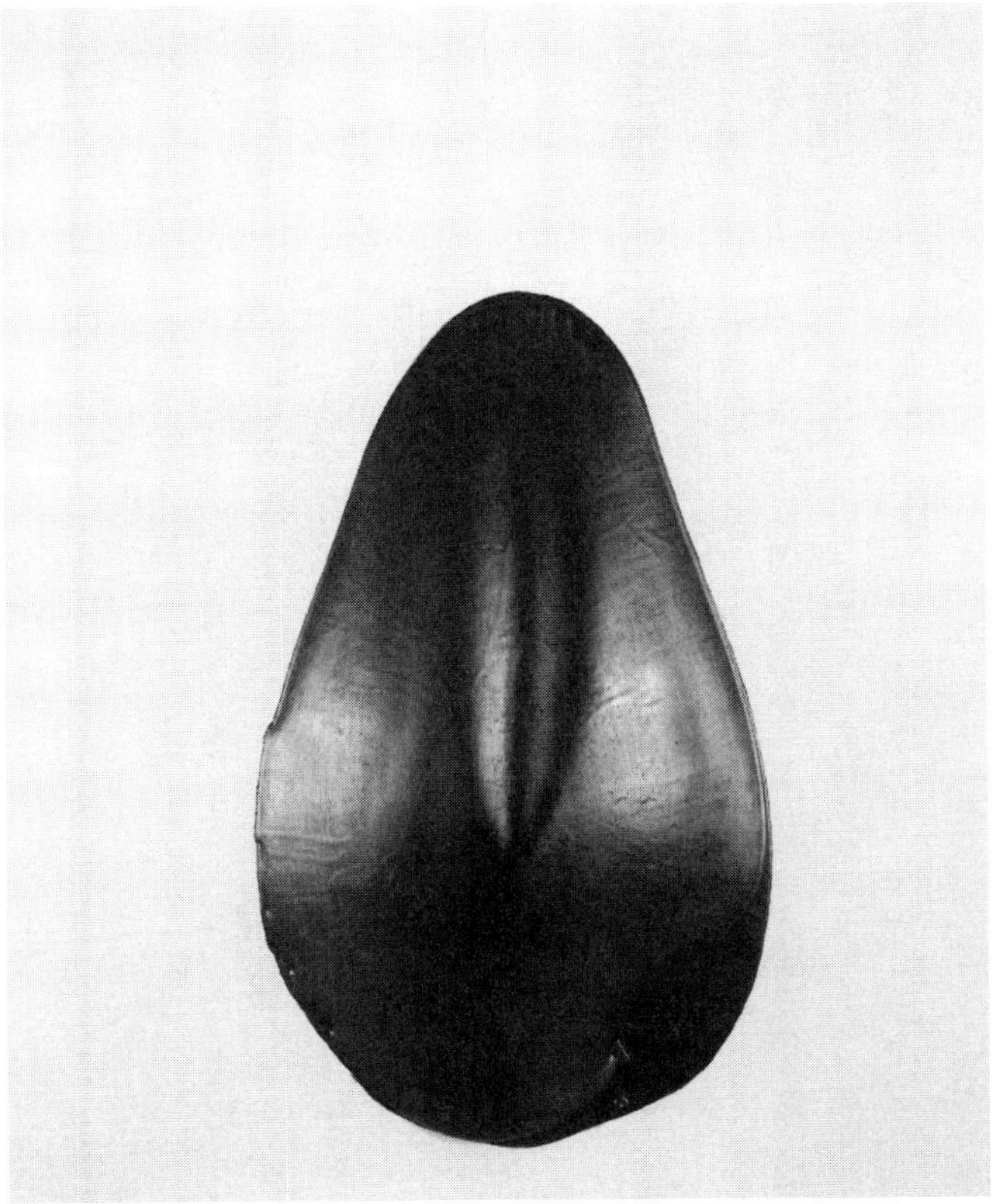

図一　《重力―98》

特別講座で、自分の芸術を見出されるまでの苦闘の跡を学生に語っていただきたいと思っていたが、実現できなかった。この拙い文章はいわばその代わりである。

三年前の『こだはら』に書いたことだが、松谷さん（ここでも親しみと敬意を込めて松谷さんと呼ばせていただく）、浮田さんの作品は私がもう十年は通っている阪急西宮北口にある珈琲屋「ドリーム」に展示してある。松谷さんは実家が西宮北口の近くにあるので、帰国されると、日本各地での展覧会の合間にこの喫茶店で個展を開いておられる。松谷武判の名を一躍世界に知らしめた黒鉛で塗りつぶした瞑想的、思索的な作品（図一）も私にとっては日常生活の一部なのである。

しかし、いくら日常の中で親しんできたとはいえ、十八世紀イギリス文学を専門とする私が現代美術について書くのは難しい。ここ数年、作品を見、話を伺い、何度か手紙のやり取りをさせていただいている中で少しずつ松谷さんの芸術がわかり始めた気がしている。その感触を頼りに一体抽象画家松谷武判は何を描こうとしているのかを私なりに探ってみようとしているのだが、国内外でたくさん書かれている松谷論や「具体」に関する論を読むと、筆が進まない。現代芸術は難解であること自体が存在理由であるのは承知しているが、専門家による難解な解説は作品の理解をますます難しくしているように思える。松谷論を難しくしている理由の一つは、一九六〇年代から七〇年代の「具体」との関わりを理論的に捉えようとするためである。

戦後に生まれた様々な前衛美術運動の中で「具体美術協会」とは一体何だったかを理解するのは難しい。松谷さんの作品を理解する上で通らなければならない難所であるが、もっと松谷さんの人生と関わらせて考えてみるべきではないか。リーダー吉原治良が頑なにイメージや作品のタイトル、画家の内実といった文学的側面を拒否したために、松谷論はどうしても観念的になりやすい。もし私の文章にわずかでも意味があるとすれば、それはまさに私が現代美術の門外漢であるために、人間的、文学的側面を扱うことができるところにあると思う。

私はコーヒーを飲みながら松谷さんの作品を眺め、思索に誘われて、深いとしか表現できない時間を過ごしている。私は松谷芸術の本質を静かな、しかし絶えることなく生成する命の表現であると思っている。最近松谷さんはヨーロッパの古い教会でインスタレーションをされることが多いが、それはまさに祈りと思索に生きる人たちが松谷芸術の本質を理解している証である。松谷芸術の核にあるものは松谷武判という一人の人間の人生と切っても切れない関係にある。抽象画家の作品について書くとなるとどうしても難しくなるが、松谷作品を眺めながら感じた個人的な思いを中心に、できるだけ平易に書いてみたい。

先ず、松谷さんを世に出すことになった「具体美術協会」について簡単に触れておこう。一九四〇年代後半、敗戦後の芸術運動は破壊され、疲弊した現実から逃避しようとしたのか、あるいは荒廃した現実のなかに超現実を見ていたのか、欧米のシュールレアリスムの影響を受けた、いわゆる前衛的な作品が多かった。芦屋市在住で戦前から前衛的な作品を制作していた吉原治良は一九四八年に芦屋市美術協会を設立する。一九五二年には西宮市在住の抽象画家須田剋太などと「現代美術懇談会」を結成する。こうして吉原のまわりに関西の若い作家たちが多く集まってきた。吉原は彼らが持ち込んだ作品を見て厳しく批評した。「どこにもない、新しいもの」かどうかが吉原の批評の基準であった。

吉原と彼のもとに集まった若い画家たちは一九五四年八月頃、「具体美術協会」を結成した。前衛集団としては不思議なことだが、「具体」は自然発生的に結成された。「具体」の宣言書はその二年後の一九五六年、機関誌『具体』の第五号を出版し、具体美術展を二回東京で開催した後に出されている。具体の名を一躍有名にした村上三郎の「紙破り」は既に一年前の一九五五年十月の第一回具体美術展で行われていた。翌一九五六年七月の野外具体美術展では、嶋本昭三が手製の大砲から絵具をキャンバスに発射させ、作品として出品した。「具体」のメンバーは宣言書のないまま各自が自由に創作活動を行っていたのだ。

この二年の自由な活動の後、彼らは「具体」の目指すべき方向を明確にする。それが吉原によって起草された一九五六年十二月に出された有名な「具体美術宣言」である。有名な、宣言の冒頭部分を引用する。

具体美術は物質を変貌しない。具体美術は物質に生命を与えるものだ。具体美術は物質を偽らない。具体美術に於いては人間精神と物質とが対立したまま握手している。物質は精神に同化しない。精神は物質を従属させない。物質は物質のままでその特質を露呈したとき物語りをはじめ、絶叫さえする。物質を生かし切ることは精神を生かす方法だ。精神を高めることは物質を高き精神の場に導き入れることだ。

抽象的だが、非常に熱い宣言である。この熱い意気込みこそが「具体」のメンバーの作品の特徴である。

しかし、宣言の冒頭で高らかに謳われた精神と物質との緊密なつながりは、宣言の途中で身体と物質の関係に読み替えられる。「精神が物質を生かしきる」という制作の方法としては曖昧なあり方の代わりに、新しい素材と新しい技法の探求という方向に向かう。内面性ではなく、「誰もやったことのない」新しい素材、新しい技法を求めた結果、「具体」は世界的な評価を得る前衛芸術集団として評価されるようになった。しかし、内面性を問題にしない芸術とは一体何だろう。それは「精神を高めることは物質を高き精神の場に導き入れることだ」という宣言と矛盾した方向ではないのか。

一九六〇年に松谷さんが参加されたときの「具体」はピークを迎えた運動が弛緩し始めたときであったと言われている。松谷さんもまた矛盾を孕んだ「具体」の中で新しい素材と技法を発見し、画家として世に出ながら、矛盾の中で苦悩されたのではないか。次に松谷さんの少年時代から「具体」時代、そして渡仏までを追ってみよう。

〇

ここでは松谷さんの少年期から二十九歳で渡仏されるまで、つまり画家として本格的に活動を始められた時期までを扱う。この時期のことについては松谷さん自身が《松谷武判展―流動―》(神奈川県立近代美術館・鎌倉、二〇一〇)の図録の「松谷武判インタヴュー」で多くを語っておられるので参考にしたい。また《波動・松谷武判展》図録(西宮市大谷記念美術館、二〇〇〇)所収の二つの論、尾崎信一郎「松谷武判と具体美術協会―松谷武判の初期作品をめぐって―」と池上司「『松谷』以前―原点としての『日本画時代』―」も参考にしたい。

人格形成にとって最も重要な少年期から青年期にかけて、松谷さんは何人かの良き師、良き画家の友人に出会っておられる。そのことは後に書くことになるが、ここではそれらの出会いをもたらすものが松谷さんの中にあったことを書いておきたい。人は日々多くの人と出会いながら生きている。しかしそれらの出会いが全て重要な出会いになるわけではない。なぜなら、それらの出会いは仕事上の付き合いが主であって、その人が本当に求めている出会いではないからだ。人が何かを本気で求めるとき、そして出会いを活かせるだけの内面的な成長が伴ったとき、不思議なことだが、出会いは向こうからやってくる。松谷さんの場合、出会いを呼び寄せる内面的な成長は、肺結核という病に苦しみながら絵を生涯の仕事として生きようと決意し、何年か一人で模索を続けられたときに培われていた。私がここで書こうとしているのは、先に述べた「具体」が捨ててしまった文学的なことである。松谷さんの芸術はこの少年期の病との闘いのなかで培われた内面的な力が基礎となって出来あがっている。闘病生活のなかでどのようにしてその力が蓄えられたのかを想像してみようとしているのだが、その前に先ず、主に池上氏の論を参考に、簡単な履歴を書いておく。

松谷さんは一九三七年大阪市阿倍野区の生まれ。父親の仕事の関係で和歌山県田辺市に転居。一九五一年、中学校二年生のときに肺結核に罹る。翌一九五二年西宮市に転居。翌年大阪の私立高校に入学するが、結核のために休学。枚方市の病院に入院。一九五四年、大阪市立工芸高等学校日本画科に入学。しかし結核の再発で再び休学し、再入院。一九五五年復学。しかし再発の懼れもあり自主退学。以後、自宅で一人絵を描く。一九五七年六月、第八回西宮市展に日本画《岩肌》入選。審査員荒尾昌朔からアトリエを訪ねてくるよう誘いを受け、以後、週に一、二度アトリエを訪ね、前衛的な荒尾の作品や海外の美術雑誌を見、現代美術の動向を知る。荒尾の指導で才能が一気に開花し、一九五八年第五回新美術協会展で新人賞を受賞。この年、八年の闘病の後ようやく結核が完治する。一九五九年、新美術協会展で協会賞を受賞。一九五九年、六〇年、西宮市展で市展賞一席を受賞。その傍ら、一九五九年頃から西宮市民美術教室に通い、第一線の抽象画家津高和一、須田剋太に学ぶ。その教室で具体のメンバーとして活躍していた元永定正に出会い、一九六〇年に具体美術展に出品。一九六二年からボンドを使用した作品を制作。吉原治良に高く評価され、一九六三年十月に大阪中之島のグタイ・ピナコテカで個展を開く。一九六六年、フランス政府留学生選抜第一回毎日美術コンクールで最優秀賞を獲得。同年、渡仏。二十九歳の時である。

一人の人間が三十歳近くになるまでを一気に語ることなどできるわけがないので、ここでは、一九五七年六月、第八回西宮市展に日本画《岩肌》を出品するまでと、荒尾昌朔、元永定正と出会い、「具体」に参加するまでと、吉原治良や十歳以上年配の具体の作家たちとの出会いから渡仏までの三つに分けて松谷さんの内面的成長と絵との関わりを追ってみたい。

肺結核を発症したのは松谷さんが中学二年生のとき、つまり十四歳のときである。自己が確立し始め、親や教師に反抗し始める時期である。世の中の仕組みや出来事がわかり始め、将来自分がどのような分野で仕事をするのかを考え始める時期である。友人たちはそのまま中学三年生になり、高校受験の勉強を始めた。しかし自分は病院のベッドで寝ていなければならない。結核は微熱を伴う病気なので、思うように読書もできない。けだるい気分でじっと天井を見て横になっている。私は小学校五年のときに軽度であったが、やはり肺結核に罹って、寝ていたことがあるのでよくわかるのだが、倦怠感、焦り、死の恐怖、不安といったマイナスの感情が頭から離れない。結核に罹った作家、例えば日本では梶井基次郎、イギリスではキャサリン・マンスフィールドの作品にも病によってもたらされる様々な負の感情が描かれている。例えば梶井の『蒼穹』という短編には雲が湧き上がる様子を眺めているときの恐怖感が描かれている。

こうした雲の変化ほど見る人の心に云い知れぬ深い感情を喚び起すものはない。その変化を見極めようとする眼はいつもその尽きない生成と消滅のなかへ溺れ込んでしまい、ただそればかりを繰返しているうちに、不思議な恐怖に似た感情がだんだん胸へ昂まって来る。その感情は喉を詰らせるようになって来、身体からは平衡の感じがだんだん失われて来、若しそんな状態が長く続けば、そのある極点から、自分の身体は奈落のようなもののなかへ落ちてゆくのではないかと思われる。

松谷さんの場合完治するのに八年を要したように、結核は長い闘病を強いる病である。ベッドに寝たり、椅子に座っていたりしても、時間は一向に過ぎていかない。その退屈な時間の中で脳裏に去来するのは梶井が描いているような恐怖に似た不思議な思いである。微熱に浮かされたようなけだるい生活の中で意識を引きつけるのは、小さな花や鳥、あるいはハエのような生き物だ。松谷さんが自宅で一人花の絵のスケッチをしておられたのも、命を写すことの中に自らの命を確認しようとする行為であっただろう。梶井が書いているような雲を眺めているときだけでなく、療養所の小さな空間の、小さな生き物を眺めているときでも、患者は命の「尽きない生成と消滅」を見つめているのだ。

松谷さんの作品にはこのような命に対する様々な思いが交錯している。松谷さんの作品のタイトルを思い出してみよう。「動因」、「重力」、「発芽」、「流れ」、「波動」、「円」、「球体」、「直線」、「接点」、「重ねる」、「挟む」。意識的なのか無意識裡なのか、命が何かの力を受けて動き、流れ、別の命につながっていくさまを松谷さんは一貫して描いてこられたことになる。黒く塗られたキャンバスの無の空間。精子、卵子、雄しべ、雌しべ、オス、メス、交わり、発芽、成長、充満、そして再び無へ還るまでを、地上のあらゆる命は「尽きない生成と消滅」を繰り返す。松谷さんの作品を見ながら感じたのはこのような命の流れであった。

二年ほど前、このような感想と共に二十年ほど前に書いた拙文「城崎から―次代の自然観・死生観のために―」が載った『こだはら』第十四号をお送りした。先に引用した梶井の文章はその拙文で引用したものである。拙文では、志賀直哉、梶井基次郎とキャサリン・マンスフィールドの自然観・死生観を比較し、日本人には近代化しきれない「根元的・土着的な、意識の基層あるいは『古層』」があって、それが日本人の思考や行動に今なお強い影響を与えていることを書いた。その拙文を書くときに読んだ舟橋豊著『古代日本人の自然観—『古事記』を中心にして』は今でも日本人の自然観や芸術を考えるときに必ず思い出す。少し脱線するが、簡単に舟橋氏の論を紹介しておこう。

古代の日本人は自然界の全てのものに霊気が宿っていると感じていた。「もののあわれ」を感じることができる人とはものに宿る霊気、「もののけ」を感じることができる人のことであった。彼らは宇宙の生成原理を「ムスヒ」、あるいは「ムスヒの神」と呼んだ。漢字を当てはめれば、「産巣日神（ムスヒの神）」あるいは「産霊尊（ムスヒのみこと）」となる。古代の日本人にとって、宇宙の全てのものは「ヒ」（日・霊）の恵みによって「ムス」（産す）のであり、産しながら、霊気を宿すのだ。

私は松谷作品に、日本人の意識の基層にある産霊「ムスヒ」を感じるのだが、松谷さんは八年という長い闘病生活の中で「もののあわれ」を感じる感性と知性を身につけられたように思う。

松谷武判という一人の人間の基盤が形成される時期について長々と想像を巡らせてみたが、

この時期のことでもう一つ付け加えておきたいのは、病のなかでも生きようとする強い意欲があったことである。生への強い意欲は一九五五年、高校を自主退学後、一九五七年、第八回西宮市展に入選した日本画《岩肌》（図二）にはっきり現れている。池上司氏の論考「『松谷』以前—原点としての『日本画時代』—」によると、高校の日本画科を選んだ理由の一つは「幼い頃から具体的な風景描写を好んだ」からであった。珈琲屋「ドリーム」の主人細海さんの制作になる松谷武判のホームページを見ると、この時期には松谷さんの家があった西宮市仁川町付近とそこから見える甲山、六甲山の風景画が多い。おそらくまだ療養が必要で、遠くへ出かけられなかったのだろう。尾崎信一郎氏は先述の論考で、《岩肌》は「自宅近くの西宮蓬萊峡の山景を写実的に描いた作品で」、「重畳する山肌や露出した地層の表現などにみられる有機的な線の執拗な反復は以後松谷が追求するイメージの原型を早くも暗示している」と述べている。また池上氏は既述の論で、「『岩肌』というタイトルが示すように、松谷はこの作品で削り取られた山の斜面の質感を表現することに腐心している。粗く砕いた岩絵具をふんだんに使い、その顔料の質感をそのまま岩肌として提示しているのである」と指摘している。

この解説にあるように、山肌の質感とエロティックな曲線は数年後に制作される独特のイメージの原型である。しかし文学をやっている者から見れば、この作品には一人で絵を描いていた時期の松谷さんの心境がよく現れているように思える。先ず、蓬萊峡である。これは六甲山

図二　《岩肌》

系の一部だが、かなり特異な雰囲気を持ったところである。私もスケッチに行ったことがあるが、宝塚からバスで有馬温泉へ向かう途中にある。遠くから眺めるだけでも、崩壊を続ける花崗岩の山肌は近づきがたい印象を与える。松本清張がサスペンス『内海の輪』で大学の助教授が不倫の果てに殺人を行う場所として選んだところである。美しいというより崩壊というイメージが強い。それが当時の松谷さんの関心を惹きつけたのは、平凡な風景では満足できない鬱屈した心境があったからだろう。それと同時に、険しい岩肌に鬱屈した心をぶつけ、それを乗り越えるのだという強い思いがあったからだろう。それを表しているのが、絵の真ん中に置かれた山頂である。真ん中に置かれた山頂は見ている者に挑戦するようにそびえている。画家を志した松谷さんには岩肌のざらざらした質感が魅力的だっただろうが、この作品に力を与えているのは険しい岩肌を見つめ、乗り越えようとする画家の強い意志である。

そう思って、退学後のこの時期の絵を見ると、甲山にしろ、六甲山にしろ、山頂は真ん中に置かれている。日本画《岩肌》は抑えられていた命を爆発させた絵であり、その後繰り返されるイメージの原型を表現した作品なのである。高校を退学し画家になろうと決意された松谷さんが、鬱屈した心を解放する方法をつかみ始めた作品と言っていいだろう。その強い気持ちが審査員から手紙をもらうという幸運を呼んだのだろう。内面が充実してきたとき、出会いは向こうからやってくる。

○

「審査員荒尾昌朔だが、貴君の絵は写実としてはなかなか旨く描けているが、何でまた年の若い貴君がこのような写実を描くのだ。一度私のアトリエにいらっしゃい。勿論作品は入選している」。先述の池上氏の論からの引用である。池上氏はまた、荒尾のアトリエを訪れ、部屋一杯に置かれたキュービスム的作品や抽象作品に大きな刺激を受け、「目に映るものすべてが新鮮で、ここなら自分でも何かできるんじゃないかと思った」という松谷さんの言葉を記している。ところで、荒尾の「何でまた年の若い貴君がこのような写実を描くのだ」という言葉だが、このことを理解するには、戦後の美術界では抽象でなければ絵ではないという風潮があったことを知っておかねばならない。

「荒尾昌朔」をネットで検索すると、財団法人大川美術館が出てくる。開いてみると、キュービズムの影響を受けた抽象と具象を共存させた《ふくろう》、《山の生》など詩情豊かな作品が現れる。大川美術館の学芸員岡義明氏の解説「蘇る、蘇らせる軌跡」によると、日本画家荒尾昌朔は一九〇六年（明治三十九年）、石川県生まれ。一九二五年（大正十四年）に東京美術学校に進み、一九三〇年（昭和五年）、川端奨学金賞を受賞して卒業。将来を嘱望された最優秀の美校生であった。一九三七年に中国大陸に渡り、一九三八年には北京国立美術学校の教授になっている。敗戦の年一九四五年に東京から西宮に転居。一九五二年から亡くなる一九六四年まで西宮市立高木小学校に図工科専任教師として勤めるかたわら、新制作協会、新興美術院の中心メンバーとして活動した。作風については、「美校卒業から四十歳代前半までの正統的な表現の時代。そして一九五〇年（昭和二十五年）前後を境とした以降、めまぐるしく変化し続ける表現の時代である。彼は海外より押し寄せる新しい美術潮流の中で絶え間なく探求し続けたのだ」と書かれている。松谷さんに西宮市展日本画部の審査員として葉書を送った一九五七年頃、荒尾は「フォーヴィスム的影響、そして徐々にキュービズム的段階を経て、更に純粋抽象へと変化していく」途上にあった。

荒尾の指導を受けるようになって、松谷さんの表現は急速に抽象へと向かっていく。ものを写すという行為の中で抑制されていた不安や希望や焦りといった様々な感情が画面に直接ぶつけられる。感情は画面の上で出口を求めて激しく右往左往する。当時の絵を見てみよう。一九五八年の《抵抗（圧迫）》（図三）である。ハートが土台と上に置かれた長方形の物体によって圧迫され、歪んでいる。鬱屈した感情の表現である。しかし、堅固な土台とは対照的に上に置かれた長方形の物体は上の両端が羽のような形になっている。そう思って見てみると、ハートには魚のような目がついていて、上に向かおうとしている。鬱屈した感情が生きる意欲に収斂して、圧迫するものを変形させていくというのが画家の思いではないだろうか。このハート形はすでに《岩肌》にも現れていたもので、松谷さんのその後の作品にもよく登場する。おそらく松谷さんにとってこの形は生命そのものを意味しているのだろう。

こうして日本画に抽象画の方法を取り入れた松谷さんのこの頃の活動が美術的に見てどのようなものであったかを、先述の池上氏は次のように解説している。


荒尾に出会ってからの松谷の関心はキュビスムからシュルレアリスム、そしてデカルコマニーや洞窟壁画へと移り、一九六〇年頃には画面に垂らしたペンキの上からニスを塗り、生乾きのときに削り取るというアンフォルメル的作風へと急速に展開していく。同時に作品制作に使用する素材も、岩絵具から水性絵具へと移り、砂やセメントを混ぜたり、先述のようにワニスを併用するなど様々な試みを行っている。

図三　《抵抗（圧迫）》

荒尾との出会いによって抽象画に魅せられた松谷さんは池上氏が上の引用のすぐ後で書いているように、「一九五九（昭和三十四）年頃から当時西宮市労働会館で開かれていた西宮市民美術教室に通い始めるようになる。松谷はそこで元永定正に出会い、その紹介で具体美術協会の門を叩く。そして一九六二（昭和三十七）年からボンドを使用した作品を制作し、その独特のマチエールが高い評価を受けることになる」。西宮市民美術教室で教えていたのは、「須田剋太、津高和一、松井正といった当時第一線で活躍する画家たち」(尾崎)であった。

こうして一九六〇年頃から松谷さんは「具体」のリーダー吉原治良の指導を受けられるのだが、吉原に認められるのは容易なことではなかった。夢中に制作する中で意識には上らなかったかもしれないが、吉原の考えと松谷さんの考えは違っている。松谷さんは長い療養の中で生きるということを強く願ってこられた。生ということが大きなテーマであった。それが抽象的な作品のタイトル《抵抗(圧迫)》や《生命》として現れていた。

しかし、リーダーである吉原は「説明的なタイトル、および作品が文学的性格を帯びることを著しく嫌った」。「具体美術は物質に生命を与えるものだ」という「具体美術宣言」は身体と物質との関係に読み換えられていた。具体の先輩画家たちは誰も使用したことのない新しい素材、新しい技法による制作に邁進していて、内面性の探求が必要だとは感じていなかったように思う。しかも「具体」は、一九五八年に画家ジョルジュ・マチウ、サム・フランシスと共に来日し、日本の美術界を席巻したアンフォルメルというフランスの新しい戦後美術運動の理論的指導者ミシェル・タピエの協力を得て、「新しい絵画世界展―アンフォルメルと具体」という展覧会を催し、「具体」が世界の美術の最先端にいることを示していた。「具体」は絶頂期にあった。身体と物質との衝突によって「物質に生命を与える」方法が世界的に認められたと考えたとしても不思議ではない。この昂揚の時期のすぐ後に「具体」に参加された松谷さんも新

図四　ボンドを使った作品

しい素材、新しい技法、誰も作ったこともない作品を作ろうともがき苦しむことになる。

美術館の図録を見ると、当時の松谷さんは「板の上に土や石膏、ビニールパイプといった具体特有の雑然としたマティエールを重ね、さらに黒のストロークを前面に走らせて形作られた画面」や、「むき出しの金具を打ち込んで画面に板を張りつけた物質性の強い作品」（尾崎）などを制作しておられる。鬱積した思いをいかに表現するか。造型についての試行錯誤が繰り返された。本来内面性を重視する松谷さんにとって、物質を「物質のままでその特質を露呈」させ、「物質を生かし切る」方法を考えることは非常に困難な道であったと思われる。しかし、この困難が松谷さんを画家にしたと言っても過言ではない。

その模索の中でボンドという新しい素材に出会い、全く誰もやったことのない作品を制作することになったからだ。ボンドを流し、ひっくり返し、乾燥させると、火ぶくれのような、女性の性器のような形ができたのだ（図四）。吉原は絶賛した。ただ松谷さんから見れば、友人の医学生に見せてもらった顕微鏡で見た細胞、命のイメージがあって、それがボンドという物質にぶつかって作品ができたのだった。まさに「具体美術宣言」に謳われた精神と物質との融合であった。方法論を手に入れた松谷さんは夢中で制作を続け、一九六三年にはグタイピナコテカで個展をするよう勧められる。そのパンフレットで吉原は絶賛した。

「透明な乳頭、あるいは、巨大な水泡、あるは火傷の火ぶくれを連想する不思議な材質、このあいだやってきたタピエも『すくなくともこんなマチエールは見たことがない』とつぶやいていた」（神奈川近代美術館図録）。一九六六年には第一回毎日美術コンクールでグランプリを獲得することになる。

○

一人の芸術家の精神性に光を当てようとするとやはり長い文章になってしまう。しかし、この段階で終わるわけにはいかない。なぜなら、松谷さんの芸術が本物になるにはパリでの修業が必要だったからだ。

パリに着いて、これまでやってきたボンドの作品を見せても、誰も関心を示さなかったと松谷さんから聞いたことがある。それはやはりショックであったに違いない。日本にアンフォルメルの運動を紹介したタピエが称賛したことを考えれば、フランスでもある程度は評価されると期待されたはずである。しかし、前衛の運動は移ろうのが早いし、ヨーロッパは流行に飛びつくところではない。タピエが日本に来たのは実はアンフォルメルの運動がフランスで下火になっていたからだと言われている。松谷さんはおそらく困惑されたことだろう。二〇一〇年の神奈川県立近代美術館での展覧会《松谷武判展—流動—》の図録の「松谷武判インタヴュー」から、パリに着いてからの生活を追ってみることにする。

フランス政府からの支給は六ケ月であった。「外の世界に出て、鳩が豆鉄砲食らったみたいな状態」になった後、エジプト、ギリシア、イタリアを回る。ヨーロッパ文化をその起源から見てみようというわけである。そこで、「東洋と西洋の違いを歴然と感じ」る。また、ダダの回顧展に行き、「これはすべてやられてしまっているではないか！」と愕然とする。しかし、大阪で作品を見て、関心を持っていたS・W・ヘイターのアトリエを訪ねて、制作させてもらうことになる。一九六七年のことである。パリに着いて六ケ月後、支給はなくなったが、航空券は四年間有効であったので、日本食レストランで皿洗いのアルバイトをしながら、昼間はヘイターの工房で銅板画の制作に打ち込む。一九六九年、ヘイターの助手となる。一九七〇年、ヘイターのアトリエ17を辞し、モンパルナスにシルクスクリーン工房を作る。その後工房をバスティーユに移す。

二十九歳でパリに行き、ヘイターの版画工房を訪ねて制作を許され、後に助手となる。こう書くといかにも簡単に思えるが、決して誰にでもできることではない。誰も知った人のいない異国で制作しながら生きていくというのは、並大抵のことではない。パリの冬は長い。寒く、暗い冬には一人で生活していくだけでも精神力を試される。松谷さんには不安と孤独を乗り越える絵に賭ける情熱があったのだ。その情熱がヘイターを動かし助手になることを勧めたのだろう。またヘイターの工房で一緒に制作に励んでいたアメリカ人の画家ケイト・ヴァンホーテンに会い、結婚することになったのも大きな励ましであっただろう。一九七〇年、三十三歳で自らの工房を作る。「その頃も相変わらずそんなに絵は売れないのです」、「相変わらず貧乏でね」と言いながら、制作を続けていかれる持続力には驚く以外にない。パリに落ち着いてから数年の間、一体松谷さんは何を考えておられたのだろう。先ず、パリ到着後のカルチャー・ショックから考えてみよう。

このエッセイを書く前に、現代美術について何冊か本を読んだが、その中に大岡信の『抽象絵画への招待』があった。そこに、パリに行って激しいショックを受けた銅版画家の話が載っていた。一九二〇年生まれ、一九七六年没の駒井哲郎である。既に著名な版画家であった駒井哲郎は一九五四年、三十四歳の時にパリに渡った。パリでの衝撃について大岡氏は次のように書いている。

しかし、駒井氏ほど自作について語ることの少ない画家もまれである。たとえばぼくらは、彼が一九五四年春から五五年末までの渡欧で何を学んできたかについて、ほとんど何ひとつ語ってもらえない。帰国後しばらくのあいだ、駒井氏はごく少数の作品しか作らなかった。そして憑かれたように、樹木の連作をはじめた。それはあるいは、文字通り夢破れて、最初の徹底的デッサンからやり直そうとする画家の決意を物語るものだったのかもしれぬ。初期の甘美な幻想風景はほとんど意識的に拒絶され、画家はビュランの刻む鋭い線そのものに、彼自身の存在理由を問うかのように、執拗に線を引きつづける。この当時の傑作「廃墟」や「ある空虚」は、すさまじいまでに濃密な線で埋められていて、すでに単一の方向を持った夢は跡形もなく拡散してしまっている。この時期が駒井氏にとっては最も苦痛にみちた時期だったのではないかと思うのだが、今日これらの全く写実的な「樹木」の連作や「ある空虚」の超現実的な夢魔の世界を見ると、この画家がフランスでしたたか味わわされてきたにちがいない、骨組みの絶対的優位性とでもいえそうなものの自覚的追求がはっきり見てとられる。

駒井哲郎が大きな衝撃を受けた理由は西洋の版画の素晴らしさに圧倒されたこと、ビュランという技法を習得できなかったことだと言われている。しかし、エッチングによる抒情的で幻想的な作品が得意であった駒井の日本的な感性が、銅板に直接線を彫っていく技法と合わなかったのではないだろうか。西洋の技法には近代文明を生んだ西洋の長い歴史の重みがある。銅板を針で削り、腐食させるエッチングでは細やかな日本的感性を表現することが可能であったのだろう。しかし、彫刻刀で銅板に直接線を彫っていくにはもっと激しい、切りつけていくような、挑戦者の心意気が必要だったのではないか。抒情性を捨て、骨格を追求しようとした駒井の問題は西洋の文化と日本の文化の違いという大きな問題を孕んでいるように思う。

私はイギリス近代小説の起源を探るという研究を長い間続けてきたが、結局四世紀に書かれたアウグスティヌスの『告白』にまでさかのぼることになってしまった。『告白』とは一時キリスト教を棄てたアウグスティヌスの、神への懺悔と感謝と讃美の書である。今なおヨーロッパ人の心の底には『告白』の精神が流れている。同じように、銅板画の技法にも彼らの精神が色濃く染みついている。それを使おうとすれば、その技法に潜んでいる彼らの精神と対峙しなければならない。駒井哲郎がパリに渡って抒情性を捨てたように、松谷さんもまた具体の身体と物質の衝突というやり方を再考しなければならなかったはずである。松谷さんの場合をインタヴューから見てみよう。

ヨーロッパに行って思ったのですが、歴史の時間の流れの単位が違うのです。百年ぐらいの単位で流れがあるのです。流行があって一般化して、その中でいいものだけが残っていく。そうした波が百年ごとぐらいなわけです。そんな中に入ってみると「具体」でちょこっとやっていたぐらいでは、だれも見向きもしてくれない。「これは持久戦をするしかない」と思いました。そういう意識を植え付けられました。

ヨーロッパの生き方は、いいか悪いか別として、一人の人が一つのことを表現しているというのが大切にされる社会だと思います。情報のレベルではなく、もっと本質的なことを求められて、持久戦で見せていくしかないのです。長い時間の流れの中で耐えていくようなものを作っていくことが大切になっていきます。だからボンドも、もう一度、と思ったのです。

ヘイターに入って、直接描くということ、版画の形ですが「描く、構成する」ということをもう一度学んだのです。

それから制作にあたって大きいと思うのは、空間の取り方について、ヨーロッパに行ってから学んだのです。現在のボンドの作品も薄くした上に重なっているとか、立体感があるように作っているのです。(中略)ヨーロッパは生活自体の空間感覚が、違いますから。日本は一般的には非常に平面的でしょう。

言葉にしてみればこれだけのことだ。しかし、このことを意識し、自分の身体に染み込ませて、作品として世に出すことができるまでにはどれだけの年月が必要であることか。松谷さんが駒井哲郎と異なるのは、元永定正、白髪一雄、田中敦子など世界的に認められていた、異才ぞろいの関西の芸術集団でもまれていたことではないか。フランスにおいても「誰もやってないことを」やってやろうという意気込みがあったからではないか。もちろん、才能があったことは言うまでもない。とりわけ、ものの本質を見抜く力、粘り強く制作を続けていく力は他者の追随を許さない。そして、もう一つ付け加えるなら、自分の芸術の根源を決して忘れなかったことだ。いや、それは決して忘れられるようなものではなかった。将来の可能性を夢見ることのできる少年時代に、八年もの間闘病生活を送らなければならなかったことは、大きな不幸であり、不運であった。しかし、その間に絶えず反芻しなければならなかった様々な感情や思いは創作のマグマとなっていた。問題はそれをどう表現するかであった。「具体」の時代は身

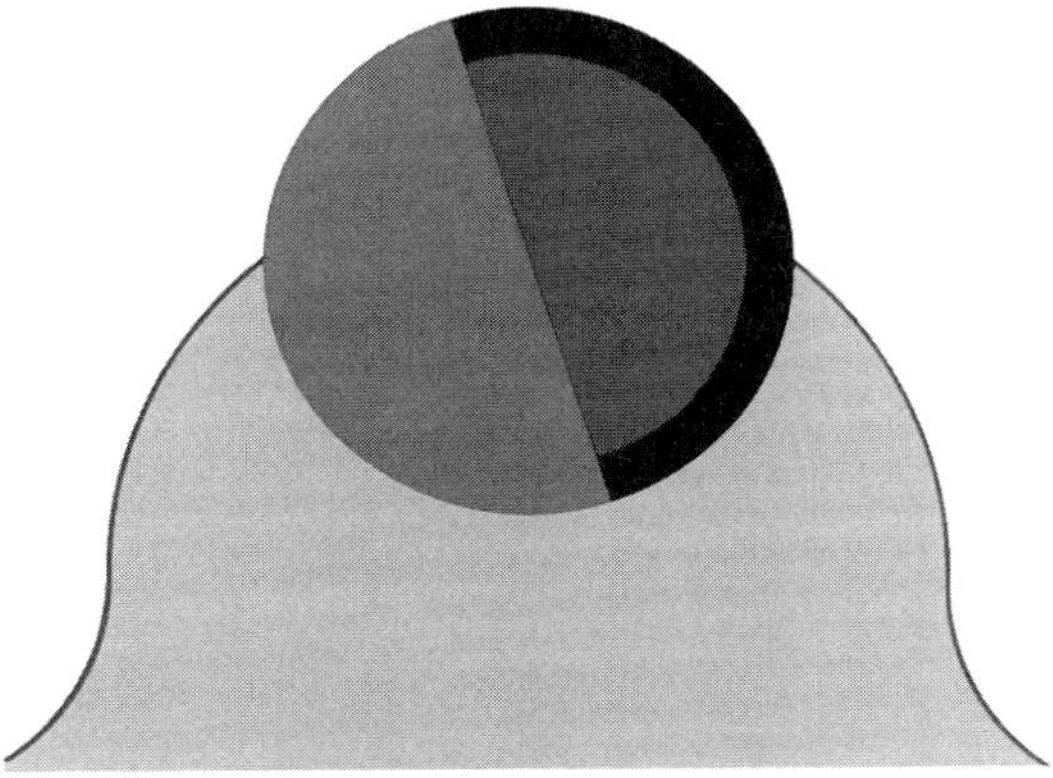

図五　《作品 4》

体と物質の衝突という方法であった。それは大きな成功を収めた。しかし、それは多分に偶然に支配された、どちらかと言えば機械的な方法であった。しかし、パリにあってはその方法は通用しなかった。知的に構成することを学ばねばならなかった。ヘイターの工房で「描く、構成する」ことをもう一度学んだと述べておられるのはまさにそのことを示している。当時の作品を見てみよう（図五、六）。

　どちらも非常に知的な、洗練された作品で、パリの空気を感じさせる。しかし、よく見ると円は《岩肌》や《抵抗（圧迫）》に見られる命の膨らみを思わせる。《図五》では、「具体」時代に作られていたボンドの膨らみがひっくり返って上を向いている。そこから丸い円が生み出されていくイメージ。《図六》ではペニスを連想させる細長い円筒と丸い円が重なる。それは命の重なり、受精だろう。その結果、円の中に新たな命が生まれる。つまり、知的に構成されているが、これらの作品でも松谷さんは一貫して命をイメージした制作をしておられるのだ。しかし、そのタイトルが無機的な《作品》であるように、この時期は自分のイメージに基づきながら、抽象的な形をいかに組み立てるか、画面をいかに構成するかということを試みておられたのだ。形の重なりは空間の把握の試みだろう。

ここで「具体美術宣言」に戻ってみよう。「具体美術は物質を変貌しない。具体美術は物質に生命を与えるものだ」。ボンドで制作された松谷さんの作品はまさに「物質に生命を与えるもの」だった。しかし、それは身体と物質の衝突と読み替えられ、「誰もやらないこと」を目指して、新しい素材、新しい技法を探求するなかで生まれたものだった。リーダー吉原の称賛、「このあいだやってきたタピエも『すくなくともこんなマチエールは見たことがない』とつぶやいていた」。ここでは材質、マチエールの新しさのみが問題にされていた。しかし、制作者である松谷さんの中には、顕微鏡で見ていた生命のイメージがあった。文学性を排除しようとしていた吉原の目には、そこに込められたイメージ、文学性が見えなかった。それほど材質の新しさが衝撃的だったのだろう。振りかえって言えば、吉原は、ボンドの作品こそ「具体美術宣言」の精神を具体化したものだと言って称賛すべきだった。「物質を生かし切ることは精神を生かす方法だ。精神を高めることは物質を高き精神の場に導き入れることだ」。パリで版画、シルクスクリーンの技法を学びながら、おそらく松谷さんは宣言のこの部分を反芻しておられたのではないだろうか。

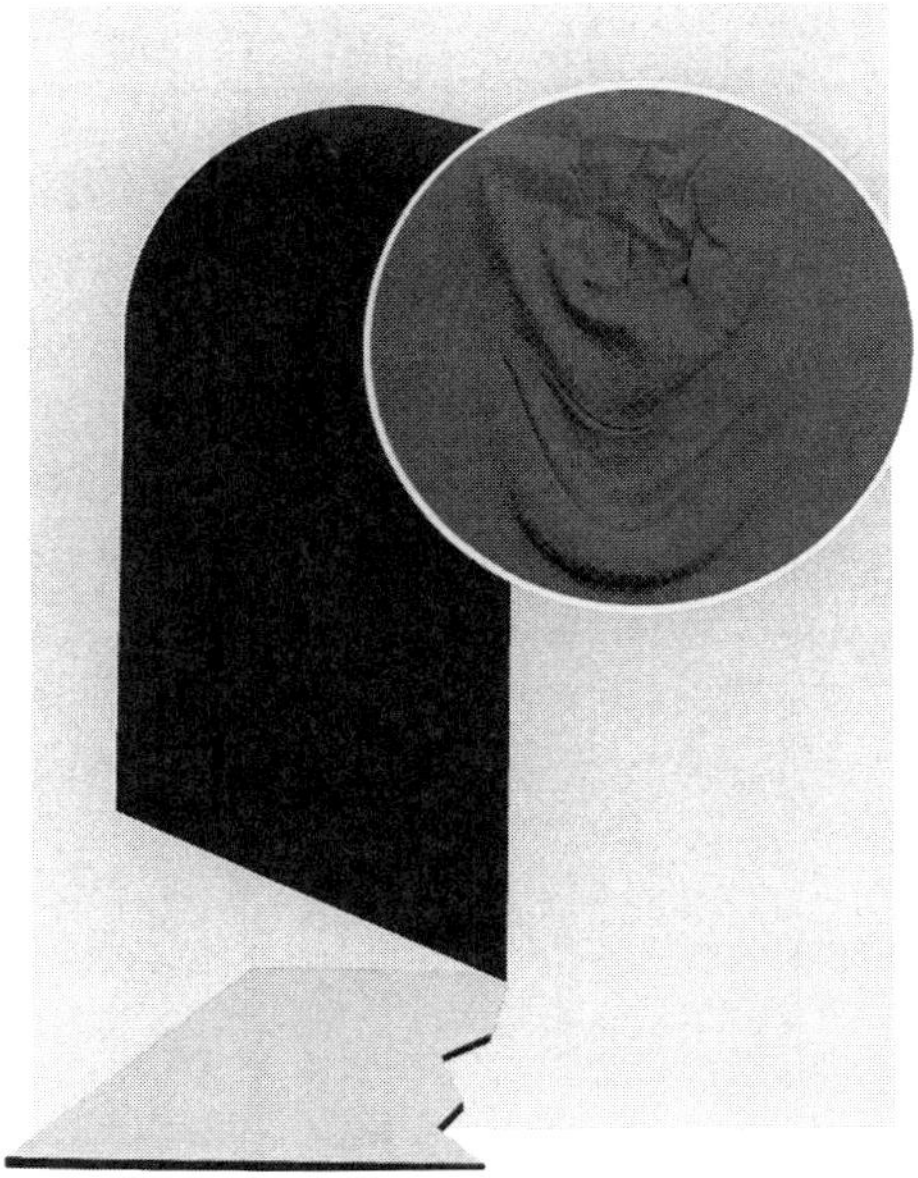

図六　《作品５》

この後、松谷さんの世界はゆっくりと、しかし着実に広がっていく。具体時代のボンドの作品を写真に撮ってシルクスクリーンで刷る。ボンドの作品の陰影が面白いし、青や紫で刷ってみるとまた別の面白さがあった。ボンドの作品も新たに作り始める。堅い物質を柔らかなボンドの中に押しつける。エロティックな交わりである。この頃には既にヨーロッパの生き方を理解されていた松谷さんは、それを堅いものと柔らかなものの対話と呼んでおられる。ヨーゼフ・ボイスのエコロジーを意識した運動にも関心を持ち、画材を紙と鉛筆に限定し、毎日日記を書くように紙に鉛筆を走らせる。十メートルほどの作品《流れ―１》ができる。ボンドの作品に鉛筆で塗ることを思いつき、やってみる。黒鉛独特の、厚みのある黒が美しく、魅せられる。横長の作品《流れ―１》の最後の部分が滝のように流れ落ちるイメージを持ち、テレピン油で溶かしてみる。命の流れが鮮明に出てきた。それ以後縦長の作品やインスタレーションも含めて、《流動》、《波動》という大きな、激しい命の流れをイメージした作品の制作が始まる。

高校を自主退学し、画家を目指して日本画《岩肌》を描いた頃に始まった松谷さんの命を描く絵は、こうして堰き止められていた命の流れが滔々と、ときには激しく飛び散る絵となって現れるようになっていったのである。

○

最近の松谷さんの作品を見ると、黒い色面全体に説明することのできない不思議な魅力が溢れている。黒の絵の前に立っているときの印象を譬えれば、映画を観終わった後、出演者や音楽、衣装、カメラなどの担当者の名前が延々と続く画面を見ている感覚に近い。暗くなったスクリーンにはもはや映像はないが、見ている者の頭の中を不思議に心地よい思いが流れていく。様々なシーンとそれらが私たちの心に惹き起こした様々な思いがよみがえる。見る人によって印象はまちまちだが、良い映画は間違いなく人の心を動かす。同じことが松谷さんの作品にも言えるだろう。

松谷さんの作品には、水墨画や墨跡に近い精神性が見られる。二十九歳まで日本で生活し、命をどう表現するかを追求するうちに、日本的な精神性が現れてきたとしても不思議ではない。

「精神を高めることは物質を高き精神の場に導き入れることだ」という「具体」の精神がいかに芸術の制作において重要なものであるかは、水墨画や墨跡のことを考えれば容易に理解できる。しかし、私たちは古い文化を捨てて、性急に新しいものを追い求めがちである。「具体」が自ら唱道した精神性、文学性を捨ててしまったのもその現れだろう。その意味でも、松谷さんがパリに腰を据えて制作をされたことは重要であったと思う。松谷さんが求めておられた命の表現はヨーロッパでの生活の中で鍛えられ、洗練され、深みと厚みを持つようになったからだ。それは松谷さん自身が言っておられるように、百年を一単位として流れるヨーロッパの時間と、一人の芸術家は一つのことを表現して行くのだというヨーロッパの方法を深く学び、実践された結果だろう。

見る者を深い思索に誘う作品には四十年を超えるパリでの生活という時間の重みが詰まっているのだ。

*

参考文献

〈メアリー・ポピンズの不思議な世界〉

安藤美紀夫『世界児童文学ノートII―新しい世紀の空想世界―』偕成社、一九七六。

猪熊葉子、神宮輝夫『イギリス児童文学の作家たち』研究社、一九七五。

ジョナサン・コット著、鈴木晶訳『子どもの本の8人―夜明けの笛吹きたち―』晶文社、一九八八。

谷川俊太郎訳、平野敬一監修『マザーグース』講談社、一九八一。

トラヴァース「ただ結びつけることさえすれば」。イーゴフ／スタブス／アシュレイ編、猪熊葉子／清水真砂子／渡辺茂男訳『オンリー・コネクトII　児童文学評論選』岩波書店、一九七九。

鷲津名都江監修・文『マザー・グースをくちずさんで』求龍堂、一九九五。

Demers, Patricia. *P. L. Travers.* Twayne Publishers, 1991.

Draper, Ellen Dooling and Jenny Koralek eds. *A Lovely Oracle, A Centennial Celebration of P. L. Travers, Creator of Mary Poppins.* Larson Publications, 1999.

Travers, P. L. *Mary Poppins.* Collins, 1982. 邦訳は林容吉訳『風にのってきたメアリー・ポピンズ』岩波書店、一九五四を参照した。

〈ハーンと息子の英語の授業〉

小泉節子、小泉一雄『小泉八雲　思い出の記　父「八雲」を憶う』恒文社、一九七六。

小泉八雲作、銭本健二編『小泉八雲父子英語練習帳―幼児の英語教育のために―』八雲会、一九九〇。

杉山平一『窓開けて』編集工房ノア、二〇〇二。

ピーター・ミルワード『童話の国イギリス』中公新書、二〇〇一。

〈漱石とデフォー―『ロビンソン・クルーソー』を読み直す〉

高山宏『庭の綺想学―近代西洋とピクチャーレスク美学』ありな書房、一九九五。
デーヴィッド・タンズリー著、笠井叡訳『イメージの博物誌5―霊・魂・体―小宇宙としての人間―』平凡社、一九七七。
夏目漱石『文学評論（三）』講談社学術文庫、一九七七。
――「現代日本の開化」、三好行雄編『漱石文明論集』岩波文庫、一九八六。
村岡勇編『漱石資料―文学論ノート』岩波書店、一九七六。
矢本貞幹『夏目漱石―その英文学的側面―』研究社、一九七一。
Boardman, Michael M. *Defoe and the Uses of Narrative.* Rutgers U.P. 1983.
Brooks, Douglas. *Number and Pattern in the Eighteenth-century Novel : Defoe, Fielding, Smollett and Sterne.* Routledge & Kegan Paul, 1973.
Crowley, J. Donald. Introduction to the Oxford edition of *Robinson Crusoe*, 1972.
Defoe, Daniel. *Robinson Crusoe.* Oxford U.P. 1972.　日本語訳は平井正穂訳『ロビンソン・クルー

ソー』（上）岩波書店、一九六七を使用した。
Secord, A. W. "Studies in the Narrative Method of Defoe." *Language and Literature* Vol. IX. The U of Illinois, 1924.
Shonhorn, Manuel. *Defoe and Politics : Parliament, Power, Kingship, and Robinson Crusoe.* Cambridge U.P. 1991.

〈ナルニア―罪と歓びの物語〉

C. S. Lewis. *The Chronicles of Narnia.* 7 Vols. London. Collins, 1997. 尚、本文の引用、要約に際して次の翻訳を参考にした。
C・S・ルイス著、瀬田貞二訳『ライオンと魔女』岩波書店、一九八五。

――『朝びらき丸東の海へ』岩波書店、一九八五。

――『魔術師のおい』岩波書店、一九八六。

『アウグスティヌス』山田晶訳、世界の名著16　中央公論社、一九七八。

安藤聡『ナルニア国物語　解読―C・S・ルイスが創造した世界』彩流社、二〇〇六。

河合隼雄『こころの最終講義』新潮社、二〇一三。

ビアトリス・ゴームリー著、奥田実紀訳『「ナルニア国」への扉～C・S・ルイス～』文溪堂、二〇〇六。

島田裕巳『ハリー・ポッター　現代の聖書』朝日新聞出版、二〇〇八。

マイケル・ホワイト著、中村妙子訳『ナルニア国の父　C・S・ルイス』岩波書店、二〇〇五。
山形和美・竹野一雄編『C・S・ルイス「ナルニア国年代記」読本』国研出版、一九八八。
McGrath. Alister E. *The Intellectual World of C. S. Lewis*. Chichester. Wiley-Blackwell, 2014.
Wilson, A. N. *C. S. Lewis : A Biography*. New York. W. W. Norton & Company, 1990.

〈新渡戸稲造の『武士道』とクエーカー〉

『新渡戸稲造「幼き日の思い出／人生読本」』日本図書センター、一九九七。

『新渡戸稲造全集』第一、三、十巻　教文館、一九八三―八四。

新渡戸稲造著、矢内原忠雄訳『武士道』岩波文庫、一九三八。

石川富士夫『イナゾー・ニトべ伝―新渡戸稲造』有明学術出版社、一九八七。

『内村鑑三日記書簡全集』第五巻　教文館、一九六四。

太田愛人『『武士道』を読む：新渡戸稲造と「敗者」の精神史』平凡社、二〇〇六。

河崎良二『語りから見たイギリス小説の始まり―霊的自伝、道徳書、ロマンスそして小説へ―』英宝社、二〇〇九。

佐藤全弘『新渡戸稲造―生涯と思想』キリスト教図書出版社、一九八四。

――『クエーカーとしての新渡戸稲造』キリスト友会日本年会、一九八二。

――『現代に生きる新渡戸稲造』教文館、一九八八。

花井等『国際人　新渡戸稲造―武士道とキリスト教』学校法人広池学園出版部、一九九四。

フレッド・G・ノートヘルファー著、飛鳥井雅道訳『アメリカのサムライ』法政大学出版局、一九九一。

矢内原忠雄『内村鑑三と新渡戸稲造』日産書房、一九四八。


〈ブレイクの絵〉


今泉容子『ブレイク　修正される女―詩と絵の複合芸術』彩流社、二〇〇一。

梅津濟美訳『ブレイクの手紙』八潮出版社、一九七〇。

梅津濟美『ブレイクを読む』八潮出版社、一九八〇。

岡本謙次郎『美術家評伝双書3　ブレイク』岩崎美術社、一九七〇。

鎌田東二著『霊的人間：魂のアルケオロジー』作品社、二〇〇六。

河崎良二『静かな眼差し』編集工房ノア、二〇〇五。

中山公男監修『週刊グレート・アーティスト88号　ブレイク』同朋舎出版、一九九一。

並河亮『ブレイクの生涯と作品』原書房、一九七九。

アンソニー・ブラント著　岡崎康一訳『ウィリアム・ブレイクの芸術』晶文社、一九八二。

ディヴィッド・ブルーエット著　ダニエル・デフォー研究会訳『「ロビンソン・クルーソー」挿絵物語―近代西洋の二百年（1719―1920）―』関西大学出版部、一九九八。

ウィリアム・ブレイク著　寿岳文章訳『無心の歌、有心の歌』角川文庫、一九九九。

松島正一『孤高の芸術家ウィリアム・ブレイク』北星堂書店、一九八四。

柳宗悦全集、著作篇第四巻『ヰリアム・ブレイク』筑摩書房、一九八一。
由良君美『ディアロゴス演戯』青土社、一九八八。
Essick, Robert N. *William Blake's Commercial Book Illustrations : A Catalogue and Study of the Plates Engraved by Blake after Designs by Other Artists*. Clarendon Press. Oxford, 1991.
Lister, Robert. *The Paintings of William Blake*. Cambridge UP. Cambridge. 1986.

〈チャップリンの笑い〉


『ラヴ・チャップリン！ コレクターズ・エディション』朝日新聞社、二〇〇四。

中野好夫訳『チャップリン自伝』新潮社、一九六六。

河合隼雄、養老孟司、筒井康隆『笑いの力』岩波書店、二〇〇五。

河崎良二「ガリヴァとは誰か？ 『ガリヴァ旅行記』序説」『大阪商業大学論集』六四号、一九八二。

——「スウィフトの怒りと笑い—『控え目な提案』の構造—」『大阪商業大学論集』第七〇号、一九八四。

ジョルジュ・サドゥール著、鈴木力衛・清水馨訳『チャップリン』岩波書店、一九六六。

アブナー・ジョブ著、高下保幸訳『ユーモアの心理学』大修館書店、一九九五。

メアリー・ベス・ノートン他著、上杉忍［ほか］訳『アメリカの歴史第四巻—アメリカ社会と第一次世界大戦：19世紀末—20世紀』三省堂、一九九六。

茂木健一郎『笑う脳』アスキー・メディアワークス、二〇〇九。

〈浮田洋三の抽象画〉

浮田要三著、加藤瑞穂、倉科勇三編集『「きりん」の絵本』きりん友の会、二〇〇八。
YOZO UKITA. Lounais-hämeen Museo, 1999.（フィンランドでの個展）

〈産霊尊《ムスヒのみこと》—画家松谷武判の世界〉

大岡信『抽象絵画への招待』岩波新書、二〇〇六。

河崎良二「城崎から—次代の自然観・死生観のために—」『こだはら』第14号、帝塚山学院大学、一九九二。

舟橋豊『古代日本人の自然観—『古事記』を中心にして—』審美社、一九九〇。

《松谷武判展—流動—》神奈川県立近代美術館　鎌倉、二〇一〇。

《波動・松谷武判展》西宮市大谷記念美術館、二〇〇〇。

初出一覧

〈メアリー・ポピンズの不思議な世界〉
『LANTERNA—英米文学試論—』第18号、帝塚山学院大学文学部英文学科、二〇〇一。

〈ハーンと息子の英語の授業〉
年刊文芸誌『MARI』3号　手鞠文庫、二〇〇三。

〈漱石とデフォー　—『ロビンソン・クルーソー』を読み直す〉
『LANTERNA—英米文学試論—』第13号、帝塚山学院大学文学部英文学科、一九九六。

〈ナルニア—罪と歓びの物語〉
『こだはら』第36号、帝塚山学院大学、二〇一四。

〈新渡戸稲造の『武士道』とクエーカー〉
『こだはら』第30号、帝塚山学院大学、二〇〇八。

〈ウィリアム・ブレイクの絵〉
『こだはら』第29号、帝塚山学院大学、二〇〇七。

〈チャップリンの笑い〉
『こだはら』第32号、帝塚山学院大学、二〇一〇。

〈浮田洋三の抽象画〉

『こだはら』第31号、帝塚山学院大学、二〇〇九。
〈産霊尊《ムスヒのみこと》——画家松谷武判の世界〉
『こだはら』第34号、帝塚山学院大学、二〇一二。

あとがき

「少年老い易く学成り難し」とはよく使われる言葉だが、大学を定年退職する時期が近づいてきた今、その言葉が身に染みる。大学に三十七年も勤めたことになるが、思い返すと時間は圧縮されてまるで数年間のことだったように思える。それに、一年に論文一つ、エッセイ一つを最低限の仕事にして、焦らず怠けずやってきたので、数だけは案外多く書いたつもりだが、満足のいくものが書けたとは言い難い。

それでも、退職する前に一冊本を出したいと思って、今年の三月、読書の好きな人ならなんとか読んでいただけそうな論文とエッセイを選んで、編集工房ノアの涸沢純平さんに送った。二か月ほどして涸沢さんから二冊にして出す案と、一冊に絞った案とをいただいた。読書離れの今、二冊も売れない本を出すなど考えられないので、一冊に絞ることにした。ここ数年、時間をかけて訳しながら書いてきたエッセイ「ビアトリクス・ポッターの暗号日記」と、人間が徐々に欲望を肯定してきた長い歴史を聖書の放蕩息子の解釈の変化から読み取ろうとしたエッセイ「放蕩息子の兄」を諦めた。「ポッターの暗号日記」は原稿用紙で二百枚にもなっていたのでやむをえないが、今でもちょっと残念である。

この本の題名を「英国の贈物」としたのは、このように、私が長年楽しみや喜びをいただいてきたイギリス文学や絵画へのお返しのつもりである。漱石とデフォーを取り上げた論文が一番古いのだが、それはロンドン大学に一年間留学して帰って二、三か月後に発表したものである。その二か月ほど後に阪神淡路大震災に遭うのだが、そのことは最初のエッセイ集『透明な時間』に書いたので繰り返さない。ロンドン大学では主に十七世紀のピューリタンの自伝を読みながら、その原型とも言える聖アウグスティヌスの『告白』に遡ったり、自伝から小説へ至る変化を考えたりしていた。しかし、その研究を『語りから見たイギリス小説の始まり』としてまとめるのに十五年もかかってしまった。浅学菲才というのはまさにこういうものだ。

ここに収めたエッセイの多くは上記の研究の合間に書かれたものなので、その影響を受けている。『メアリー・ポピンズ』が実は世界の神秘へと導く書であるように、ハーンが夕焼けにこの世を超えた世界を見ていたように、ブレイクにとってこの世の背後の神の世界が真の現実であったように、筆者もまた現実の奥にある精神的なもの、霊的なものに惹かれていたように思う。もちろん、その危険性は意識しているつもりである。精神的な世界に埋没して、チャップリンが母親から教わった日々の生活における「愛と憐れみと人間の心」の大切さを忘れてはならない。また、C・S・ルイスの教えも肝に銘じているつもりだ。

それにしても、スルメかジャーキーのように硬いエッセイばかりで、ハンバーグしか食べない若者には嚙めないかもしれない。そういう人には元「具体美術協会」のメンバーで著名な画家浮田要三さんや松谷武判さんについてのエッセイから始めてもらうと読みやすいかもしれない。ゆっくり口に含んで、軽く嚙んでみると、一人の画家の生き方に思いもよらない深い味があるのに気づいて、最後まで嚙んでいたくなるかもしれない。筆者が書きたかったことの一つは、チャップリンのところで書いたように、幼少時代の「経験をはっきりとした喜劇観にまとめるには、長い年月に亘る思索と試行錯誤が必要」であるということである。長い思索と試行錯誤に耐えられた人が本当の芸術家なのである。

私が幸福だったのはそのような本物の芸術家に日々接することができたことである。中でも、見る者を深い思索の世界に誘う黒の作品で世界的に有名な松谷武判さんに前書に続いて挿絵を描いていただいたことは大きな喜びである。それだけでなく、松谷さんが設立されたフランス政府公認の財団法人ＳＨＯＥＮ（松縁）基金から出版助成金をいただいた。身に余る光栄である。御恩はこれからも長くエッセイを書き続けることでお返しする以外にないと思っている。記して感謝の意を表します。

二〇一五年九月二十三日　西宮・甲山の麓にて

河崎良二

河崎良二（かわさきりょうじ）
1948年　兵庫県生まれ。
1979年　大阪市立大学大学院博士課程所定単位修得後退学。
1993―94年　ロンドン大学客員研究員
現在帝塚山学院大学教授
博士（文学）

著書
『透明な時間』（編集工房ノア、1999）
『静かな眼差し』（編集工房ノア、2005）
『語りから見たイギリス小説の始まり―霊的自伝、道徳書、ロマンスそして小説へ―』（英宝社、2009）

英国《えいこく》の贈物《おくりもの》
二〇一五年十二月一〇日発行
著　者　河崎良二
発行者　涸沢純平
発行所　株式会社編集工房ノア
〒五三一―〇〇七一
大阪市北区中津三―一七―五
電話〇六（六三七三）三六四一
FAX〇六（六三七三）三六四二
振替〇〇九四〇―七―三〇六四五七
組版　株式会社四国写研
印刷製本　亜細亜印刷株式会社

ISBN978-4-89271-245-6

静かな眼差し
河崎　良二

オランダ、イギリスの画家たち、宗教と自然、美術の深奥に分け入る。フェルメール、レンブラント、パーマー、ターナー、コンスタブル…　二二〇〇円

透明な時間
河崎　良二

イギリス画家・コンスタブルの風景画の自然とやすらぎ、現実と虚構の時間、風景の向こうがわ、存在の透明な時間への旅。　二〇〇〇円

希望
杉山　平一

第30回現代詩人賞　もうおそい　ということは　人生にはないのだ　日常の中の、命の光、人と詩の「希望」の形見。九十七歳詩集の清新。一八〇〇円

詩と生きるかたち
杉山　平一

いのちのリズムとして詩は生まれる。詩と真実を語る。大阪の詩人・作家たち、三好達治の詩と人柄。花森安治を語る。丸山薫その人と詩他。二二〇〇円

窓開けて
杉山　平一

日常の中の詩と美の根元を、さまざまに解き明かす。明快で平易、刺激的な考え方や見方がいっぱい詰まっている。詩人自身の生き方の筋道。　二〇〇〇円

巡航船
杉山　平一

名篇『ミラボー橋』他自選詩文集。青春の回顧や、家庭内の幸不幸、身辺の実人生が、行とどいた眼光で、確かめられてゐる（三好達治序文）。二五〇〇円

表示は本体価格

再読　鶴見　俊輔

〔ノア叢書13〕零歳から自分を悪人だと思っていたことが読書の原動力だった、という著者の読書による形成。『カラマーゾフの兄弟』他。　一八二五円

火用心　杉本秀太郎

〔ノア叢書15〕近くは佐藤春夫の『退屈読本』遠くは兼好法師の『徒然草』、ここに夜まわり『火用心』、文芸と日常の情理を尽くす随筆集。　二〇〇〇円

マビヨン通りの店　山田　稔

ついに時めくことのなかった作家たち、敬愛する師と先輩によせるさまざまな思い――〈死者をこの世に呼びもどす〉ことにはげむ文のわざ。　二〇〇〇円

日が暮れてから道は始まる　足立　巻一

筆者が病床で書き続けた連載「日が暮れてから道は始まる」（読売新聞）「生活者の数え歌」（思想の科学）に、連載詩（「樹林」）を収録。　一八〇〇円

日は過ぎ去らず　小野十三郎

半ば忘れていた文章の中にも、今日の状況の中でこそ私が云いたいことや、再確認しておかなければならないことがたくさんある（あとがき）。　一八〇〇円

大阪笑話史　秋田　実

〈ノアコレクション・2〉戦争の深まる中で、笑いの花は咲いた。漫才の誕生から黄金時代を、世相と共に描く、漫才の父の大阪漫才昭和史。　一八〇〇円